卢一欣 ··· 著

儿童语言·人物自白·杂糅文本

J.D.塞林格小说中的证言叙事

上海大学出版社

图书在版编目(CIP)数据

儿童语言·人物自白·杂糅文本:J. D. 塞林格小说中的证言叙事/卢一欣著.—上海:上海大学出版社,2023.9
ISBN 978-7-5671-4825-3

Ⅰ.①儿… Ⅱ.①卢… Ⅲ.①塞林杰(Salinger,Jerome David 1919-2010)-小说研究 Ⅳ.①I712.074

中国国家版本馆 CIP 数据核字(2023)第 176899 号

责任编辑　贺俊逸
封面设计　倪天辰
技术编辑　金　鑫　钱宇坤

儿童语言·人物自白·杂糅文本:
J. D. 塞林格小说中的证言叙事
卢一欣　著
上海大学出版社出版发行
(上海市上大路 99 号　邮政编码 200444)
(https://www.shupress.cn　发行热线 021-66135112)
出版人　戴骏豪

*

南京展望文化发展有限公司排版
上海华业装璜印刷有限公司印刷　各地新华书店经销
开本 890mm×1240mm　1/32　印张 7.5　字数 170 千
2023 年 9 月第 1 版　2023 年 9 月第 1 次印刷
ISBN 978-7-5671-4825-3/I·693　定价 52.00 元

版权所有　侵权必究
如发现本书有印装质量问题请与印刷厂质量科联系
联系电话:021-56475919

目　录

导　论 / 001

第一章　儿童语言中的无意识证言：断裂、阻隔的话语与叙述视角 / 034

第一节　认识战争：《最后一次休假的最后一天》《男孩在法国》与《陌生人》中的创伤认识与多重聚焦 / 035

第二节　渡过战争：《为艾斯美而写——有爱也有污秽》与《康涅狄格州的威格利大叔》中的见证者同盟与移动窗口 / 058

第三节　记住战争：《抓香蕉鱼最好的日子》中的无意义词与外聚焦叙事 / 077

第二章　人物自白中的初始证言：延宕、压制的话语与叙述语态 / 090

第一节　抗拒见证：《笑面人》中的信息迟滞与递归 / 093

第二节　主动见证：《好心的中士》《我认识的一个女孩》《德·杜米埃-史密斯的忧伤年华》中的间接记忆与叙事议论 / 109

第三节 渴望见证：《麦田里的守望者》中的谎言与不可靠叙事 / 125

第三章 杂糅文本中的隐匿证言：重复、交替的话语与叙事频率 / 144

第一节 重返创伤：《弗兰妮》与《祖伊》中的对话与再现 / 146

第二节 跨越创伤：《哈普华兹十六，一九二四》中的信与时间游戏 / 168

第三节 重新见证：《祖伊》《抬高房梁，木匠们》和《西摩：小传》对《抓香蕉鱼最好的日子》的见证反思与互文改写 / 187

结　论 / 201

参考文献 / 210

后　记 / 231

导 论

J. D. 塞林格(J. D. Salinger,1919—2010)是美国著名的遁世小说家,因一部《麦田里的守望者》(*The Catcher in the Rye*,1951)而享誉世界,他被认为"可能是同辈之中拥有最为殷切的读者的严肃作家"(Mizener, 1959:83)。① 从某种程度而言,这部备受追捧又毁誉参半的作品遮蔽了塞林格其他小说的锋芒。塞林格生前共发表作品三十二篇,出版一部长篇小说及三部中短篇小说集。20 世纪 40 年代是塞林格的创作高峰,这时期他先后在《科里尔》(*Collier's*)、《星期六晚邮报》(*Saturday Evening Post*)、

---

① 《麦田里的守望者》自问世之初便备受瞩目,被视作"20 世纪美国文学经典",也是全世界最受欢迎的读物之一。1961 年,该书的销量达 25 万册,出版后十年间在美国的销量累计达 150 万册;至 1981 年,该书已有 27 个语种译本;迄今为止,全世界已售出逾 6.5 亿本(Shields and Salerno, 2013:267)。但是,塞林格对《麦田里的守望者》的出版一直心有余悸。他的传记作者在《塞林格》(*Salinger*, 2013)序言中写道:"他用十年的时间写出了《麦田里的守望者》,而余下的一生都在为此懊悔。"1953 年他搬离纽约,隐居在新罕布什尔州。但他却因《麦田里的守望者》的出版而受到极大搅扰,许多人给他写信,摄影师、记者和读者从四面八方赶来,蹲守在他居住地附近,有人甚至闯入他的家中。在给情人梅纳德(Joyce Maynard)的信中,塞林格说:"每次发表点什么,别人就会又来审视我,评价我,挤榨我,给我贴标签。"(转引自 Shields and Salerno, 2013:416)他虽然终生保持写作的习惯,但自 1965 年发表后却不再发表作品。温克(John Wenke)评价道,或许有人认为同样过着隐遁生活的品钦"比塞林格还要塞林格",但品钦虽然隐居,还持续发表作品,塞林格却抗拒发表和出版,是美国真正当之无愧的"卓越的缺席作家"(Wenke, 1991:xi)。

《纽约客》(New Yorker)、《哈珀斯》(Harpers)、《大都会》(Cosmopolitan)等报纸杂志上发表短篇小说,共计二十四篇;他在40年代末期成长为文坛有影响力的作家。50年代,塞林格共发表八篇中短篇小说,出版一部长篇小说与一部短篇小说集。1951年,塞林格出版长篇小说《麦田里的守望者》。这部作品的出版掀起轩然大波,塞林格也因此声名大噪。弗伦奇(Warren French)甚至将整个50年代称为"塞林格时代"(The Age of Salinger)(French,1963:1),因为"大多数50年代的美国人都在霍尔顿·考菲尔德身上找到了自己的影子"(French,1970:13)。① 1953年,塞林格将发表的九篇短篇小说以《九故事》(Nine Stories)为名结集出版,连续三个月蝉联《纽约时报》的畅销书榜单。他此后发表的《弗兰妮》("Franny",1955)及《祖伊》("Zooey",1957)的合集《弗兰妮和祖伊》(Franny and Zooey)于1961年出版;《抬高房梁,木匠们》("Raise High the Roof Beam, Carpenters",1955)和《西摩:小传》("Seymour: An Introduction",1959)的合集《抬高房梁,木匠们;西摩:小传》(Raise High the Roof Beam, Carpenters; Seymour: An Introduction)则于1963年出版。1965年,塞林格发表《哈普华兹十六,一九二四》("Hapworth 16",1924),这是他生前最后公开的著作。他的多部作品被翻译为意大利语、法语、德语、瑞典语、挪威语、丹麦语、日语、希伯来语、塞尔维亚—克罗地亚语、捷克语、芬兰语、俄语、中文等多语种版本(见French,1963:31),在世界各地受到普遍欢迎。

纵览塞林格的写作生涯,1940至1948年是他的"新手期",一些人认为他在这时期的作品属于"二流刊物文章"(Gwynn and

---

① 本书所引文献文字为中文的,如注明来源为英文文献,则均为作者所译。

Blotner，1960：9)；1948 至 1951 年则被视作他创作生涯的巅峰时段，他在这期间创作的小说受到最为广泛的好评；此后，他发表作品的数量逐渐减少，而这些稍晚问世的作品在读者中的接受度相对较低，被一些人认为是塞林格"雄心勃勃的败笔"(Gwynn and Blotner，1960：3)。① 实际上，如果仔细研读塞林格的所有作品，会发现他编织的虚构世界比通常被视为其唯一代表作的《麦田里的守望者》所呈现的更为深刻。有学者指出，塞林格在同时代作家中对"年轻人的敏感、冲动、迷惘、理想主义"的细微把握是"独一无二的"(Gwynn and Blotner，1960：2)。他精心刻画了一系列敏感而悲哀的年轻人群像——"不同于梅尔维尔的亚哈船长或詹姆斯的阿切尔"(Gwynn and Blotner，1960：2)，使第二次世界大战(以下简称"二战")后繁华大都市中内向敏感的年轻人与之惺惺相惜。他也被认为是 20 世纪 50 年代美国"唯一在写作中表达对信仰的虔诚的作家"(Gwynn and Blotner，1960：3)，在二战后作家中独树一帜。二战期间，时任战地记者的海明威读完塞林格的短篇小说后感叹："老天，他太有天赋了。"然后(很可能出于激动之心)掏出鲁格手枪，把一只鸡的头射了下来(Shields and Salerno，2013：88)。1953 年，韦尔蒂(Eudora Welty)在《纽约客书评》上评论塞林格的短篇小说："他是天生的作家，他有敏锐的眼睛、令人难以置信的好耳朵，以及优雅的风度。尽管他总是描写一些完美而惹人怜爱的孩子，他的作品中没有一丝多愁善感。"(Welty，1953)维甘德(William Wiegand)也指出："在一定程度上，塞林格唤醒了美国小说中沉睡的方言艺术"(Wiegand，1958：4)。1963 年，普雷斯科

---

① 由于塞林格中后期(20 世纪五六十年代)的作品充满了不符合逻辑或有悖常理的思维，隐喻过于复杂，意蕴过于晦涩，因而不为一般人所喜爱。

特(Orville Prescott)为《纽约时报》撰文评价塞林格的作品:"文学史上很少有这么小体量的作品可以引起如此多讨论、争议、赞美、谴责、神化与阐释。"(Prescott，1963)格温与布洛特纳曾经预言，如果塞林格继续创作"格拉斯家世小说"(The Glass family saga)，"他将为现代文学作出不可磨灭的重大贡献"(Gwynn and Blotner，1960：33)。弗伦奇也高度评价塞林格,认为他"在被失败主义包围的50年代[美国]充当了杰出的文学发言人"(French，1963：11)。史密斯(Dominic Smith)激赏塞林格的写作手法,认为《九故事》是"关于作品形式和读者期待的游戏",通过"改变规则"探索小说的可能性,并认为塞林格的小说兼具"乔伊斯的宗教式顿悟、契诃夫的电影式优雅,以及海明威的冷峻讽刺和深刻"(Smith，2003：642—645)。温克认为《九故事》这样的小说集应当与乔伊斯的《都柏林人》、安德森的《俄亥俄,温斯堡》、海明威的《我们的时代》、福克纳的《去吧,摩西》及韦尔蒂的《金苹果》等重要现代作品"等量齐观"(Wenke，1991：32)。奥康纳则赞许塞林格与爱默生和惠特曼一般"有远见",同时又是像艾略特和福克纳那样是"完美的手艺人"(O'Connor，1980：189)。的确,与《麦田里的守望者》中详尽、直白的语言风格不同,塞林格的大部分作品叙述克制、隐晦,在低迷沉重的气氛里娓娓道来,又随着出人意料的结局戛然而止,给人以迷惘之感。熟悉塞林格作品的人不难发现,他熟悉传统叙事方式,但他不满足于此,而是在反复的写作实验中寻觅和形塑他自己的声音。他的诸多作品耐人寻味,充满实验性。塞林格对20世纪后半叶其他作家的影响无疑是深远的,对这时期的小说(特别是短篇小说)的贡献也是显著的。厄普代克就曾在《纽约时报书评》中自谦:"对一些人而言,塞林格的作品像某种启示——我得坦白——我就是这些人当中的一个。"(Updike，

1961)

　　较为特别的是,塞林格经常将儿童置于推动叙事进程的关键位置。尽管自马克·吐温以降,未成年主人公便充当着美国文学作品中的重要叙述者,塞林格小说中的儿童(往往不是叙事者)所占据的主要地位在当时仍然较为突出。这种对于天真而脆弱的儿童的关照,在马克·吐温与海明威的笔下均有涉及,但他们不像塞林格这样把儿童置于其写作体系的核心地位:塞林格创作的并非儿童文学作品,但他对儿童和青少年的关注和怜悯基本上是其大部分作品的重要主题。① 在《抓香蕉鱼最好的日子》《康涅狄格州的威格利大叔》《为艾斯美而写——有爱也有污秽》《最后一次休假的最后一天》《特迪》《哈普华兹十六,一九二四》等小说中,塞林格塑造了一系列或天真或古怪早熟的儿童主人公形象。由于儿童语言具备无意识特征,塞林格利用这些故事、对话、童谣和谜语巧妙打造了断裂与阻隔的叙事话语,它们是理解塞林格作品的重要元素。塞林格作品的另一叙事特点是大量采用以回忆为表现形式的人物自白——这一叙事手法最早可追溯至美国

---

① 尤内斯(Denis Jonnes)在《美国冷战文学和青少年文化的崛起》(*Cold War American Literature and the Rise of Youth Culture: Children of Empire*, 2015)中指出,"冷战是塑形 20 世纪后半叶的美国文化与文学的核心事件"(Jonnes, 2015: xi)。由于美国在第二次世界大战后一跃而成为全球新的领导者,在美苏对峙的情况下,为了遏制苏联,美国鼓励整个社会团结一致,"几乎没有任何一个个体或社群未曾在不同程度上受其影响"(Jonnes, 2015: xii)。尤内斯发现,冷战期间,塞林格、田纳西·威廉斯、阿瑟·米勒、威廉·斯泰伦、捷克队·凯鲁亚克、弗拉迪米尔·纳博科夫、西尔维亚·普拉斯、弗兰纳里·奥康纳等作家开始将"少年""青少年"及"年轻人"作为家庭核心人物进行书写,此类书写实际反映了"成长于美国五六十年代的人的经历"及这一代人后来如何成为美国国内反叛运动的主力,并对美国"接下来几十年的政治和社会生活"产生决定性影响(Jonnes, 2015: xii)。尤内斯列举的作家的确都在作品中将儿童或青少年作为重要写作对象,但唯有塞林格把儿童或年轻人作为绝大多数作品的主人公。

文学17世纪新英格兰年轻人的日记叙事（Mintz，2004：27），由马克·吐温发扬光大。但塞林格小说中的人物自白不同于一般的日记叙事，他往往采取不同的叙事策略，其结构更为复杂，所传达的意图也更为隐蔽。《麦田里的守望者》《为艾斯美而写——有爱也有污秽》《笑面人》《好心的中士》《我认识的一个女孩》《德·杜米埃-史密斯的忧伤年华》《抬高房梁，木匠们》及《西摩：小传》等小说均以第一人称视角进行回忆，这些在叙事时间上迟滞的自白叙事传递出对过去事件（历史）的持续关注，值得深入探讨。同时，塞林格笔下的人物偏好使用书信、日记、笔记、留言等文本传达感受。杂糅文本频繁出现在《弗兰妮》《祖伊》《哈普华兹十六，一九二四》《抬高房梁，木匠们》《西摩：小传》等作品中，颇具分量。譬如在《祖伊》中，祖伊在浴室里长时间阅读兄长写给他的一封信，这封信的内容占据了小说约十分之一的篇幅。《德·杜米埃-史密斯的忧伤年华》中的信函也蕴藏深意，是理解小说的关键。《哈普华兹十六，一九二四》几乎全文是西摩·格拉斯童年时期在一次夏令营中写给家人的一封长信。在塞林格的作品中，书写在纸上、墙上、镜子上的文字内容，均具有不可忽视的意义，这些杂糅文本是事件和时间在文字上的"凝结"。小说中屡次出现人物反复阅读这些文本的场景，塞林格利用重复与交替的话语操纵时间游戏，让读者随同小说主人公反复回到过去。

塞林格试笔小说的20世纪40年代正值二战。他曾作为盟军的情报人员参战，也间接见证了纳粹德国对犹太人群体的大屠杀。二战后，塞林格罹患战争创伤症（PTSD），曾于1945年主动前往纽伦堡的一家医院接受精神治疗。塞林格曾在战争中见证无数的死伤场面，这对他的精神可能造成不小的伤害。然而，埃尔森（Eberhard Alsen）推断，塞林格的创伤并不来自前线的战斗经历，因为他所在的第十二步兵团行动小结报告(After Action Report)的每日行动记录表明,该团反间谍情报分队从未真正上战场参与作战。埃尔森顺便指出,塞林格的小说中很少有具体战事的描写,这是因为塞林格作为谍报人员根本不曾亲自战斗(Alsen, 2018: 8)。但是,不少塞林格传记作者都认为塞林格是参加过诺曼底登陆和许特根森林战役等实战的。不过,参战不一定非要描写战事,是否描写战事也不是判断某个文学作品是否属于战争书写的唯一标准。这里值得参考的是,埃尔森另辟蹊径,认为塞林格创伤病症的导火索是纳粹对犹太人的大屠杀,而塞林格随部队进入考夫林集中营(Kaufering Concentration Camp)的所见所闻极可能是其"一生中最为痛苦的事件"(Alsen, 2018: 93)。的确,塞林格曾告诉自己的女儿玛格丽特(Margret Salinger),解放纳粹集中营时"那股子烧焦的人体气味至今挥之不去"(玛格丽特·塞林格, 2005: 55)。因此可以推断,见证纳粹大屠杀至少是塞林格的创伤来源之一。然而,纳粹集中营的见闻并未使塞林格认同这场战争。作为反谍报人员,除去在后方质询可疑人员以及在被遗弃的联络站搜罗资料等工作,塞林格的相当一部分职责是为其所属步兵团做收尾工作,即从死去的德国士兵身上搜集信息,这意味着他要在无数具尸体中间工作。1945年5月13日,塞林格给海明威写信称:"多么麻烦、沉闷的闹剧,还死了这么多人。"("What a tricky, dreary farce, and how many men are dead.",转引自 Alsen, 2018: 91)

塞林格厌恶战争,也始终在作品中关注军人的精神世界。不同于其他战争作家,他极少直接描写战争,而是善用隐喻,用黑色幽默感谨慎地编织情节,使战争成为其小说的宏大底本。温克便指出,相较于梅勒和冯内古特等作家的战争书写,塞林格创作的不像是战争小说,他旨在"探索战争对士兵所造成的肉体和精神的损害"(Wenke,1991:15)。珀塞尔则认为,塞林格的作品有别于其他战争书写,摆脱了戾气,保有逆境中的希望(见 Purcell,1991:77—93)。事实上,塞林格的创作(尤其是他后来的作品)虽然隐藏了战争元素,却在战争的维度之外重构了它的残暴。这种写作方式印证了卡鲁思所说的创伤反应,即"受创伤折磨的人承载着一种不可能的历史",因为"创伤事件并不会在发生的当下被完全体验","只有在与另一处场景、另一个时间的联系中才能完全自明"(Caruth,1995:5,8)。在主题层面,塞林格的作品具有明显的创伤特征和见证功能,实际上达到了"作出见证"的效果。这种见证不仅是对知识或信息的掌握,更是一种"介入式"(intervention)的交流和传达(Xie,2006:4),证言正是在"介入"的过程中得到了传递。在文本形式层面,塞林格的作品则具有断裂、重复、延宕、变形等创伤记忆的表征。然而,塞林格作品在主题和文本形式两方面的特征均未获得应有的关注,因此这两点也成为塞林格研究值得深入探讨的话题。

塞林格正式出版的作品不多,但他却是二战后批评家们讨论最多的作家之一(Davison,2011:54),基于其作品的相关研究成果十分可观。总体上,塞林格批评围绕成长、宗教、伦理、英雄与反英雄、叙事语言等主题展开,但相关批评过度拘囿于文本,对社会背景的讨论趋于笼统,对作家所处时代的战争历史及其作品创伤主题的考察尚有发掘余地。国外学界对塞林格的研究基本从 50 年代初开始升温,50 年代末至 60 年代中期尤为热烈。早期的相关批评如海瑟曼(Arthur Heiserman)、米勒(James E. Miller, Jr.)、哈桑(Ihab Hassan)、格温(Frederick L. Gwynn)及布洛特纳(Joseph L. Blotner)等人的研究对塞林格的作品评价较高。随后,大量研究逐渐从"文化"与"精神分析"层面转向"神话批评"与"宗教批评"的范畴(Blotner,1963:101),批评家如斯坦纳(George Steiner)、卡津(Alfred Kazin)及盖斯马尔(Maxwell Geismar)等人开始关注塞林格的创作局限。1959年,卡津为《哈珀斯》杂志的秋季特别增刊撰文《孤独的一代》("The Alone Generation"),批评塞林格的创作由于"他过分认同笔下人物的精神痛苦"而"缺乏力量"。(Kazin,1959)同年,斯坦纳在《民族报》(*The Nation*)上发表《塞林格产业》("The Salinger Industry," 1959)一文,对当时的塞林格研究热大加挞伐,指责文学专业人士出于发表的压力而过分拔高了塞林格的文学地位。

20世纪60年代,对塞林格艺术创作的褒贬仍在继续,不同的是,塞林格研究相较之前更为全面和客观。1960年,格温与布洛特纳出版了《J. D. 塞林格的小说》(*The Fiction of J. D. Salinger*, 1960)一书,这是最早完整总结塞林格作品的专著。两位批评家在这部著作中高度赞赏、归纳并阐释了塞林格1940—1960年间发表的小说,对每篇小说进行点评,揭示它们之间的互文关系。1963年是"塞林格产业"的高潮。费恩(Donald M. Fiene)发表《J. D. 塞林格:文献目录》("J. D. Salinger: A Bibliography," 1963)一文,完整而详细地梳理了塞林格早中期的作品及相关研究,为后来的研究提供了翔实的文献索引。① 弗伦奇的《J. D. 塞林格》(*J. D. Salinger*, 1963)结合塞林格的生平经历,对其截至当年所出版的全部作品进

---

① 塞尔斯曼(Jack Salzman)在《〈麦田里的守望者〉新论集》(*New Essays on The Catcher in the Rye*, 1991)中介绍了1984年出版的一部塞林格文献索引著作《J. D. 塞林格:书目及注释(1938—1981)》(*J. D. Salinger: An Annotated Bibliography, 1938—1981* by Jack R. Sublette, New York: Garland, 1984),这本书出版时间更晚,涉及的时间跨度更长,因此它所提供的文献比费恩1963年提供的材料更为丰富。

行了介绍,并就既有的研究文献和批评文章进行综述。弗伦奇的论述重点仍在于塞林格作品中的"纯真"主题,认为这些作品描写了生活现实打破童真幻象的过程。① 1963 年,布洛特纳发表《今日塞林格:一次评鉴》("Salinger Now: An Appraisal")一文,评介塞林格十年来的文学创作生涯。他表示,塞林格的艺术创作还存在可突破的空间,希望他不过分沉迷于写作格拉斯一家的故事,脱离他为自己所设置的"僵局",使其作品的精神性与文学性相互平衡(Blotner, 1963: 105)。1965 年,米勒在《J. D. 塞林格》(*J. D. Salinger*)一书,他指出,"异化"(alienation)是塞林格作品的重要主题。

20 世纪 70 年代,塞林格研究热潮稍有消退。这时期最引人注意的是欧曼等人(Carol Ohmann and Richard Ohmann)与米勒围绕《麦田里的守望者》展开的争论。1976 年,卡罗·欧曼与理查德·欧曼发表《书评人、批评家及〈麦田里的守望者〉》("Reviewers, Critics, and *The Catcher in the Rye*")一文,主张从马克思主义视角解读该小说(见 Ohmann and Ohmann, 1976: 15—37),但遭到米勒的批评,米勒认为霍尔顿成长的痛苦不是由社会结构造成的,也不可能通过改变社会的政治经济状况而得到缓解(见 James E. Miller, Jr. 1977: 599—603);但前者再次著文反驳称,马克思主义批评为理解世界提供了最好的钥匙(见 Ohmann and Ohmann, 1977: 773—777)。伦德奎斯特(James

---

① 该书一共再版过两次。G. K. 霍尔出版社(G. K. Hall)1976 年出版了该书的修订本,1988 年再次出版了新的修订本并将其命名为《重访 J. D. 塞林格》(*J. D. Salinger, Revisited*)(Salzman, 1991: 21)。在《重访 J. D. 塞林格》中,弗伦奇增加了与塞林格生平有关的资料,包括其婚姻状况、生活状态及日常习惯,主要补充论述了《麦田里的守望者》中霍尔顿这一人物形象如何脱胎于塞林格早期小说《我疯了》(*I'm Crazy*, 1945)之中的第一人称叙事主人公。

Lundquist)是最早认识到战争对塞林格创作的影响的学者之一。他在《J. D. 塞林格》(*J. D. Salinger*，1979)中结合塞林格的生平史实来品评塞林格的主要作品及其与战争的关系，同时也谈及东方宗教和哲学思想对塞林格写作风格的影响。

  20世纪80年代，塞林格研究热潮重新出现，中间经历短暂回落，到了90年代再次升温。这段时期较为突出的是埃尔森的研究，他重点关注塞林格的数篇格拉斯家世小说中的宗教思想，指出格拉斯家世小说是理解塞林格创作理念的关键。埃尔森试图论证印度吠檀多哲学对塞林格的影响，其著作《作为一部小说的格拉斯家族中短篇故事集》(*Salinger's Glass Stories as A Composite Novel*，1983)首次就东方哲学问题对格拉斯家世小说进行了详尽讨论。1991年，温克出版了塞林格研究领域中的重要专著《J. D. 塞林格：短篇小说研究》(*J. D. Salinger: A Study of the Short Fiction*)，这是第一部专门以塞林格的短篇小说为研究对象的著作，同时编入其他评论者从宗教释经、文化研究、源头研究、传记批评等角度对塞林格的评述。温克反对布洛特纳等人贬低塞林格早期短篇小说的观点，认为"其中绝大多数作品都发表于优质刊物"并且奠定了塞林格在"主题与艺术上的持久的全神贯注的精神"(Wenke，1991：xi)。在这一时期，《麦田里的守望者》仍然是讨论的重点，其中塞尔斯曼的《〈麦田里的守望者〉新论集》(*New Essays on The Catcher in the Rye*，1991)是较为翔实的研究文献。塞尔斯曼从冷战、文化符号、叙事策略等多重视角解读《麦田里的守望者》，认为《麦田里的守望者》和《笑面人》《抓香蕉鱼最好的日子》以及《为艾斯美而作——有爱也有污秽》，"是塞林格最好的作品"，"因为它们描写了失败的决心和自我的欺骗，以及这种失败和欺骗的道德后果"(Salzman，1991：17)。纳德尔(Alan Nadel)则在著作《遏制文化：美国叙事，后现代主义以及核时代》(*Containment Culture: American Narratives, Postmodernism, and the Atomic Age*, 1995)中以专节分析了霍尔顿的语言的"证言特色"与冷战的关系。

21世纪较有影响力的塞林格研究著作分别是施泰因勒(Pamela Hunt Steinle)的《冷战恐怖下：〈麦田里的守望者〉的审查及美国战后性格》(*In Cold Fear: The Catcher in the Rye Censorship and Postwar American Character*, 2000)、埃尔森的《J. D. 塞林格读者指南》(*A Reader's Guide to J. D. Salinger*, 2002)、格雷厄姆(Sarah Graham)的《塞林格的〈麦田里的守望者〉》(*J. D. Salinger's The Catcher in the Rye*, 2007)、布氏丛书的三部塞林格研究著作，以及塞林格之女玛格丽特2000年出版的《梦幻守望者——我的父亲塞林格》(*Dream Catcher: A Memoir*)，希尔兹(David Shields)和萨莱诺(Shane Salerno)2013年出版的《塞林格》(*Salinger*, 2013)以及埃尔森2018年出版的塞林格传记《塞林格与纳粹》(*Salinger and the Nazis*, 2018)等成果。施泰因勒主要从文化研究的角度探讨《麦田里的守望者》自出版以来的审查问题，并指出霍尔顿保守的价值观是他愤怒的源泉。埃尔森在《J. D. 塞林格读者指南》中结合塞林格生平，就其作品的接受、叙事结构、主题、象征等方面进行阐释。格雷厄姆则在《塞林格的〈麦田里的守望者〉》中详细介绍了《麦田里的守望者》的文本和社会背景，梳理了针对这部小说的批评史，同时收录了一些重要的批评文章。"布鲁姆现代批评视角"(Bloom's Modern Critical Views)丛书出版了《J. D. 塞林格》(*J. D. Salinger*, 2018)一书，该书收录了采用后现代批评方法研究塞林格作品的文献。"布鲁姆现代批评阐释"(Bloom's Modern

Critical Interpretations)系列则出版了《J. D. 塞林格的〈麦田里的守望者〉》(*J. D. Salinger's The Catcher in the Rye*, 2009)与《J. D. 塞林格的短篇小说》(*J. D. Salinger's Short Stories*, 2011)两部著作,其中收录了对塞林格主要作品的重要评述。玛格丽特则以塞林格家人的身份首次从近距离披露了塞林格的生平。希尔兹和萨莱诺撰写塞林格传记前,采访了大量与塞林格有过接触的人,书中强调了战争对塞林格的影响。① 埃尔森的《塞林格与纳粹》是塞林格最新的传记作品,纠正了过去塞林格传记作品中的谬误,并提供相关史料,分析塞林格在二战期间及二战后与纳粹方面的关系。另外,尤内斯在《美国冷战文学和青少年文化的崛起》(*Cold War American Literature and the Rise of Youth Culture: Children of Empire*, 2015)一书中辟专章从冷战和创伤的角度分析了《麦田里的守望者》,这篇文章与以往评述该小说的文章相比,学理性更强,挖掘小说细节更深入,是从创伤视角研究塞林格作品的经典。

批评家们还将塞林格与其他作家进行纵向及横向的比较研究。海瑟曼与米勒的《J. D. 塞林格:某个疯狂的悬崖》("J. D. Salinger: Some Crazy Cliff", 1956)、卡普兰(Charles Kaplan)的《霍尔顿与哈克:少年的奥德赛》("Holden and Huck: The Odysseys of Youth", 1956)及布兰奇(Edgar Branch)的《马克·吐温与 J. D. 塞林格:文学的延续性》("Mark Twain and J. D. Salinger: A Study in Literary Continuity", 1957)等论文均提及

---

① 不过,希尔兹和萨勒诺的传记没有得到塞林格之子马特的认可,他在一次讲座中称希尔兹和萨勒诺的书"完全是胡说八道"。

《麦田里的守望者》承袭了马克·吐温开创的"追寻叙事传统"。① 格伦瓦尔德(Henry Anatole Grunwald)的《塞林格:重要的私人肖像》(*A Critical and Personal Portrait*,1962)列举了二十五位对塞林格产生影响的作家。格林(Martin Green)的《艾米斯与塞林格:个人意识的纬度》("Amis and Salinger: The Latitude of Private Conscience",1958)将金斯利·艾米斯与塞林格进行对比研究,认为两位作家具备共同的"品质、偏好与秉性"(Green,1958:20),他们所处理的人物类型、事件情境雷同,笔触也具备相似的幽默感。他指出,艾米斯和塞林格的作品重点是讽刺伪善的人(phoney),他们的人物塑造也围绕这一目的展开,他们的文学创作始终在探究个体如何在一个"充满缺陷和危险"的社会中"占据一席之地"(Green,1958:24)。尽管,《麦田里的守望者》中的主人公的确反复提到对虚伪之人的厌恶,但格林对塞林格整体创作主旨的归纳仍然略显狭隘。费德勒(Leslie Fiedler)与维德莫(Kingley Widmer)等人则将塞林格与凯鲁亚克进行对比研究,

---

① "追寻叙事传统"指的是主人公离开原来的处所去寻求冒险,在旅程中寻找生命的意义并最终返乡的历程。塞林格笔下的霍尔顿与马克·吐温的哈克贝利拥有相似经历,但哈克贝利的追寻尚且有赖于成年人的关照,回乡的结局亦属圆满;而霍尔顿英雄式的出走过程却处处遭逢成年人的背叛,其最终的"返乡"结局是进入精神病院,这象征其寻求意义的愿望终于落空,是塞林格黑色幽默的体现。两部小说主人公的开场白和叙述方式也极为相同,但正如马克·吐温的叙事那样,虽借鉴但并不囿于 17 世纪新英格兰年轻人的日记叙事——这些年轻人通常用日记记录自己的心理状态,"罗列罪恶感、愤怒、以及折磨般的自我检讨"(Mintz,2004:27),《麦田里的守望者》中也体现出对日记和信件这种叙事方式的继承。这可以看作塞林格因循了早期新英格兰传统和马克·吐温的创作手法,但却并不是对他们的单纯模仿。相较于哈克贝利,霍尔顿作为"不可靠叙述者"的特征更加显著,其"不可靠"性恰恰源于对自我肯定和情感联系的渴望,而哈克贝利的这种渴望则并不强烈。如果说马克·吐温旨在表现一个既存在欺骗又充满正义感的淳朴的美国南方社会,塞林格则致力于描写一个粗暴抛弃其年轻一代的美国现代社会。

认为"霍尔顿漫无目的的反叛精神象征着美国西进传统的衰弱"（转引自 French,1963:104）。除此之外,还有多篇硕博士论文对塞林格作品或对包括塞林格在内的作家群进行研究。① 总体而言,国外的塞林格研究主题丰富,涉及文化身份、宗教、精神分析、叙事、伦理、战争等研究视角。从范围上说,国外学者对塞林格的不同作品皆有所涉猎,但侧重点往往在《麦田里的守望者》。

国内的塞林格研究最早始于 20 世纪 80 年代,或因翻译和传播的迟滞,研究范围较为局限,绝大部分围绕《麦田里的守望者》进行讨论。21 世纪以来,国内学者对塞林格作品研究范围略微有所扩大,仍囿于少数作品,未能形成系统研究。迄今为止,国内对塞林格的评述集中于翻译语言、叙事、童真崇拜、成长、异化、宗教、生态、半犹太身份等主题。21 世纪初的塞林格研究略显式微,或因作家本人于 2010 年过世及 2019 年适逢塞林格百年诞辰的缘故,近年来对其作品的讨论略有回升的趋势。宼旭华 2012 年的博士论文《从个体与异化社会的二元对立到超越对立——J. D. 塞林格小说研究》以塞林格及其作品为专门的研究对象,从存在主义视角较为翔实全面地梳理了塞林格的作品。国内与塞林格及其作品相关的著作大多以章节的形式对塞林格的少数作品进行介绍,王立宏 2017 年出版的《J. D. 塞林格小说的文化阐释》是罕见的塞林格

---

① 如 Hochman and William S. *Strategies of Critical Response to the Fiction of J. D. Salinger*, 1994.; Peter C. Surace, *Round Trips in the Faction of J. D. Salinger, Bellow and Barth during the Nineteen Fifties*, 1996.; Karen R. Tolchin, *Part Blood, Part Ketchup: Coming of Age in America with J. D. Salinger, Phillip Roth, Edith Wharton and Jamaica Kincaid*, 2000.; Eleanor Demler, *The Modern Identity Quest: Five Alienated Heroes of J. D. Salinger*, 2001.; Robin Dudley, *J. D. Salinger's Uncollected Stories and the Development of Aesthetic and Moral Themes in "The Catcher in the Rye"*, 2004 等国外硕博士论文。

研究专著,该书所引研究文献数量不多,但选题有一定价值,是对国内塞林格研究的重要补充。笔者 2019 至 2022 年间发表的三篇论文《矛盾、见证与治愈:J. D. 塞林格〈笑面人〉中隐蔽的"中国"》《续写证言:论 J. D. 塞林格后期创作对小说〈香蕉鱼〉的互文改写》和《塞林格小说与艾略特〈荒原〉的互文性探究》也对国内的塞林格研究作出了有益贡献。

从与本书相关的研究来说,借助战争历史和创伤理论对塞林格作品进行文本探究的不多见,也缺乏从证言叙事角度出发的研究。对于塞林格作品中的战争因素,国外学界的讨论始于 20 世纪 70 年代末,且基本上参照当时的塞林格传记。现有的文献中:从历史和文化批评视角出发,珀塞尔(William F. Purcell)将塞林格划归于战争作家一类,认为战争在塞林格的作品中是无法回避的事件背景;但温克称,与梅勒、海勒和冯内古特等战争作家相比,塞林格关注的重点在于战争给军人的身体和精神所带来的损害而不是战场本身,因而不宜归纳为战争作家;尤内斯和纳德尔均认为在冷战背景下,霍尔顿寻根究底和忏悔式的叙事语言像是证人在众议院非美活动调查委员会(House Un-American Activities Committee)上的证词,"标示着潜在的恐惧、妄想及罪恶感"(Jonnes,2015:88,Nadel,1995:71—89)。从精神分析视角出发,奥姆斯(Julie Ooms)认为塞林格的战争书写体现了"邻人之谊"(neighborliness),其笔下的人物虽然经受了无法言说的战争创痛,却仍能通过与家庭和社群的联系,与他者共情,从而得到抚慰;史密斯则称塞林格的小说"将战争的因素内化为精神的一部分","人物内心破碎而残酷无情",只能偶尔借助孩童的纯真来平衡精神上的堕落(Smith,2003:645);亚历山大也洞察到,塞林格的小说如《抓香蕉鱼最好的日子》准确把握了"一个士兵因为战争"而"在精神上受到创伤""无法继续应付正常的社会生活时"的状态(Alexomder,2003:90);埃尔森则联系考察出塞林格的创伤来自战时随部队进入集中营的见闻,他指出,"对于在集中营里见证的一切,塞林格的反应是将其间接地表现到小说之中",《为艾斯美而写——有爱也有污秽》和《抓香蕉鱼最好的日子》两篇小说便完整呈现了主人公的创伤征兆(Alsen,2002:110);尤内斯认为塞林格的写作属于创伤写作,《麦田里的守望者》中对潘西中学的回顾是回到"创伤发生前的人生阶段",霍尔顿后来的"受伤、疾病、疯癫、忧愁、求死"表现则表明他处于"麻木而行将自我了结的抑郁状态",小说"更是作家后来的成人自我对年轻的人的早期生活的彻底改写",因为他"他现在不赞成这场战争"(Jonnes,2015:91—92,95)。尤内斯认为霍尔顿的状态暗合了创伤症状,同时也反映了美国人在冷战早期体验到的"政治压抑"(Jonnes,2015:88)。① 以上论点直接或间接地印证了本书关于"塞林格作品均是创伤小说"的论断。整体而言,这些学术成果内容丰富,从战争历史角度频繁触碰塞林格作品中的创伤主题,但缺乏与理论的结合,对战争因素的讨论往往点到为止。而本书则注重结合创伤与见证理论,将系统性地探究塞林格作品中的证言叙事。

国内关于创伤主题的塞林格研究较少,截至2023年7月,以"塞林格"与"创伤"(或"见证")为关键词的主题文章六篇,硕士论文三篇,博士论文两篇。笔者的两篇论文即《续写证言:论J. D.

---

① 尤内斯指出,冷战早期,尚未从二战阴影中走出的美国人不得不担忧新的冲突的发生。他们精神紧绷,一方面,"为了政治团结",美国人需要忠实地过一种"美国式的生活";另一方面,"为了国家安全"他们又必须随时"准备牺牲自由"。为此,他们要培养"有文化、负责任、成熟"的美国人,但青少年"既不可预测又不便控制",被视作"不安定因素",美国主流社会因此苛责青少年的行为而与之产生裂隙(Jonnes,2015:26—30)。

塞林格后期创作对小说〈香蕉鱼〉的互文改写》和《矛盾、见证与治愈：J. D. 塞林格〈笑面人〉中隐蔽的中国》，从创伤和见证的角度分析塞林格的文学创作；这两篇论文的主要部分分别构成了本书的两个小节（即第三章第三节与第二章第一节）。孔霞 2014 年的硕士论文《塞林格小说中的创伤主题研究》借助巴勒夫（Michelle Balaev）的创伤地点理论，概括了塞林格作品中的战争创伤、家庭创伤、犹太身份创伤和社会创伤，旨在表现"塞林格对战争和混乱、虚伪、金钱社会的失望和批判"，肯定"儿童与青少年对纯真和爱的追求"（孔霞，2014：Ⅱ）。吴云 2016 年的硕士论文《塞林格〈九故事〉中的精神创伤：表征，原因及救赎》则指出，《九故事》中的人物无法融入社会而陷入精神上孤立的困境，反映了社会经济和战争历史所造成的创伤，塞林格则通过写作转而向爱和禅宗寻求救赎。谷恒恒 2019 年的硕士论文《灰烬中的守望者——J. D. 塞林格战争小说的创作流变研究》将塞林格的作品均视为战争小说，结合其生平经历论述他的战争观、战争叙事及人物形象的流变。上述论文为国内的塞林格研究的创伤主题作出了重要的补充，但对塞林格作品叙事层面的关注还可以更加深入。

其次，尽管国外学界注意到儿童在塞林格作品中的重要地位，却很少将儿童或儿童语言作为主要研究对象，更没有研究儿童话语的见证功能。研究者通常仅强调塞林格作品中的纯真、成长和异化主题，对作者写作用意的揣度也流于笼统，且主要以《麦田里的守望者》为研究文本。从马克思主义批评视角出发，施特劳奇（Carl F. Strauch）将儿童的纯真视为塞林格小说中解决精神堕落问题的关键，认为《麦田里的守望者》的主角霍尔顿尚未准备好进入腐化的成人世界；格雷厄姆和欧曼等人均指出，塞林格在《麦田里的守望者》中有意识地刻画了阶级不平等、社会伪善以及资本主义的缺陷,并通过青少年霍尔顿的懵懂视角揭示这些现象;莫德沃伊(Leerom Medovoi)认为,青年文化与资本主义和消费主义紧密相关,儿童象征着年轻的美国,塞林格小说的主人公代表着美国及其价值观。从精神分析视角出发,豪威尔(John M. Howell)与布莱恩(James E. Bryan)致力于讨论《麦田里的守望者》和《抓香蕉鱼最好的日子》中的少年或儿童如何应付复杂的"性"的问题。从历史和文化批评角度,施泰因勒认为霍尔顿的价值观实际上相当保守,他愤怒的原因在于没有人真正实践这些保守的价值;史密斯则注意到,塞林格小说中的儿童比成年人拥有更多的道德感。布莱恩表示,塞林格始终秉持着一种浪漫主义理想,认为儿童最为接近真理和智慧,世界最终的希望在儿童身上。马扎罗(Jerome L. Mazzaro)的评价与众不同,他认为伟大的作家应该关心成年人主题,塞林格则由于关心儿童而不在此列。然而,也有论者如戴维森(Richard A. Davison)提出,由于塞林格小说中的成年人经常利用孩子的感受来慰藉自己,其小说的主体不是儿童而是成年人。加洛韦(David D. Galloway)则摒弃了"少年"这一概念,将霍尔顿视为敏感愤怒的人类的典型,认为他代表"现代人",而不是"现代少年"(Galloway,1974:140)。弗伦奇则认为塞林格对"格拉斯家族"的塑造实际上虚拟了一个与"伪善"(phoniness)相对立的纯真世界(French,1963:158),而他的作品主要刻画生活现实如何打破童真幻象。温克也持类似观点,认为塞林格的许多作品表现了"纯真的儿童世界与颓败贫瘠的成人世界之间的冲突"与"少年进入成年时期之前的异化过程"(Wenke,1991:31)。

相较之下,国内学界对塞林格作品中儿童的讨论更为狭窄,主要围绕"成长小说"主题进行探讨,视儿童为"纯真"的代表,同时批判资本主义社会,忽视了儿童语言在小说中的作用。国内学界大多讨论《麦田里的守望者》,仅少数几篇文献提到了塞林格的后期作品。其中,陈新儒《塞林格"笑面人"的叙事结构与伦理价值》是为数不多注意到儿童主体性的论文,该论文运用叙事学理论揭示成人世界与儿童世界的对立。杨琳琳2014年的硕士论文《神话与宗教:塞林格笔下"少年智者"的自我追寻》绕开了《麦田里的守望者》,重点讨论《特迪》《抓香蕉鱼最好的日子》《弗兰妮与祖伊》和《抬高房梁,木匠们;西摩:小传》四部作品。该论文借助比较神话学的研究范式,考察塞林格作品中的"追寻"和"英雄"两大主题,分析宗教在主人公追寻过程中的启蒙作用,同时将儿童视为"英雄原型"追寻过程中的帮助者,揭示"儿童原型"与宗教的关系,提到了"童心即佛心"等思想(杨琳琳,2014:54)。另外,孟湘的《塞林格的"生命超越"与"中国的禅"》将塞林格小说中的禅与儿童紧密联系在一起,指出人在初始状态下拥有赤子之心,"道"主张"复归于婴儿",中国的"禅"则体现了童心(孟湘,2010:28)。

此外,国内外学界极少关注塞林格小说中的书信日记与人物自白的叙事形式,更疏于留意其创伤见证主题,只有列文(Paul Levine)和温克注意到塞林格在创作过程中对口头语言的不信任。列文认为塞林格将"书面文字"作为他笔下主人公的重要"交流方式",是因为"文字比语言更长久","象征着艺术家的诚实和创造力"(Levine, 1958:96);温克则表示:"对塞林格而言,语言的失败推动了现代生活的恐惧、空虚和绝望。在整个叙述中,塞林格通过信件、书籍或铭文这类间接、建构的话语模式,持续探索语言的有效性"(Wenke, 1981:252)。

塞林格研究的历史和现状表明,虽然从文化历史、马克思主义批评视角以及精神分析视角的讨论较为丰富，对塞林格小说中的创伤及见证研究还存在许多有待发掘之处。既有的创伤主题将塞林格作品视为对创伤的再现（representation），而本书认为，塞林格小说中的证言叙事是创伤的回响（echo）而并不完全是再现。换言之，塞林格的小说叙事呈现了关于战争和集中营经历的一种情感上的主观真实，而不是对创伤记忆及战争史实的客观回溯。目前国内外的塞林格研究主要集中于《麦田里的守望者》，对其作品的讨论仅止步于部分代表作。国内的塞林格研究尚未形成体系。其次，在研究主题上，学界对塞林格作品的见证研究较为缺乏，也缺少结合理论与文本叙事策略的讨论。同时，塞林格本人在二战期间的经历未曾受到学界应有的重视。随着 20 世纪 90 年代末几部重要的塞林格传记相继问世[1]，其战争经历才得以揭晓并逐渐进入批评家们的视野。埃尔森 2018 年 4 月出版的塞林格传记《塞林格与纳粹》更表明，此前几部传记作品中谬误颇多，而新传记所提供的史料对于重新理解塞林格作品、发掘其中的"证言"非常关键。

---

[1] 如亚历山大（Paul Alexander）的《塞林格：传记》（*Salinger: A Biography*，1999）、玛格丽特·塞林格的《梦幻守望者》、斯洛文斯基（Kenneth Slawenski）的《J. D. 塞林格：一种人生》（*J. D. Salinger: A Life*，2010）以及希尔兹和萨莱诺的《塞林格》。汉密尔顿（Ian Hamilton）所著《J. D. 塞林格：写作人生》原计划于 1986 年出版，却因引用塞林格未公开的书信而遭到塞林格的诉讼，最终未能出版；但本书作者从与塞林格专家兼传记作家埃尔森的交流中得知，亚历山大与斯洛文斯基撰写的传记中多有道听途说之谬误，汉密尔顿则对史料进行过实在、详尽的考察。1988 年，汉密尔顿出版《寻找 J. D. 塞林格》（*In Search of J. D. Salinger*），但因为汉密尔顿被迫放弃许多有用的材料，对塞林格怨怼多，恐有失公允，故本书没有参考这部著作。

见证是创伤研究①的重要主题之一,用卡鲁思的话来说:"回溯创伤不仅是见证一起事件,而是再一次见证当时无法被完全体验的经验本身。"(Caruth,1995:151)语言是见证的途径,这是本书的研究重点。在此基础上,本书从儿童语言②、人物自白和杂糅文本三种叙事表现形式入手,以卡鲁思、费尔曼(Shoshana Felman)和劳勃(Dori Laub)的创伤与见证观点为理论基础,借助阿甘本(Giorgio Agamben)、扬(James Young)、基尔比(Jane Kilby)和罗兰德(Antony Rowland)等人的创伤见证理论以及热奈特(Gérard Genette)与巴赫金(M. M. Bakhtin)等人的叙事理论,结合二战及战后历史资料,讨论塞林格作品中的创伤证言,从而进一步发掘塞林格的整体美学风格和创作理念。与本书尤其相关的是卡鲁思的创伤理论以及费尔曼和劳勃在《证言:文学、精神分析和历史中的

---

① 创伤作为一门理论,始于20世纪90年代的美国,其主要任务是"阐述创伤的文化和伦理内涵"(怀特海德,2011:4)。卡鲁思于20世纪90年代率先将"创伤"的概念理论化,探究创伤对于线性时间和叙事结构的破坏力量。费尔曼、劳勃与拉卡普拉则重视证言中的情感真相,要求听者理解证言,但同时也对创伤事件保持审视距离。哈特曼(Geoffrey Hartman)将阅读行为视为一种伦理实践,因为文学文本可以通过"主动的主体(读者)"和"被动的客体(文本)"创造一种"暗中包含读者在内的见证团体",使阅读行为本身构成一种见证(怀特海德,2011:8—9)。进入21世纪以来,创伤研究朝更加专门化的方向发展,学界对创伤的研究从越战、大屠杀研究延伸至巴以冲突、911创伤、种族与集体创伤、性暴力创伤、癌症与艾滋病创伤、记忆、创伤恢复与原409等方面,但是对于战争创伤与文学叙事的体认仍是以卡鲁思、费尔曼、劳勃等人的研究最为经典。
② 儿童语言指儿童所说的话、游戏童谣以及谜语等传统儿童口头语。一般而言,除日常对话之外,十一岁以下的儿童所使用的传统口头语包括童谣(nursery rhymes)、胡言乱语(nonsense)、讽刺诗(satirical verse)、谜语(riddles)、怪异故事(spooky narratives)、特定年龄段的重复话语(verses to chant at particular times of the year)、恶作剧语言(trickery and repartee)、数数歌(counting-out rhymes)以及游戏专用语(dialogues that accompany various kinds of games)等(见Iona Opie. "Playground Rhymes and the Oral Tradition" in Peter Hunt ed. *International Companion Encyclopedia of Children's Literature*, Routledge, 2004:275)。

见证危机》(*Testimony: Crisis of Witnessing in Literature, Psychoanalysis, and History*, 1992) 一书中提出的见证理论。在塞林格的作品中，创伤记忆外化为证言声音，创伤记忆的特点则以儿童语言、人物自白与杂糅文本的叙事表现形式反复强迫性地呈现出来，读者则为之见证。本书将结合创伤记忆和证言理论对塞林格作品进行相应探讨，并且厘清创伤记忆在衍化为证言的过程中，在二者重叠以外，证言所生发出的新特征。本书选取塞林格创作高峰期(1944—1965年间)的主要作品为研究文本，即《最后一次休假的最后一天》("Last Day of the Last Furlough", 1944)、《好心的中士》("Soft-Boiled Sergeant", 1944)、《男孩在法国》("A Boy in France", 1945)、《陌生人》("The Stranger", 1945)、《我认识的一个女孩》("A Girl I Knew", 1948)、《抓香蕉鱼最好的日子》("A Perfect Day for Bananafish", 1948)、《康涅狄格州的威格利大叔》("Uncle Wiggily in Connecticut", 1948)、《笑面人》("The Laughing Man", 1949)、《为艾斯美而写——有爱也有污秽》("For Esmé—with Love and Squalor", 1950)、《德·杜米埃-史密斯的忧伤年华》("De Daumier-Smith's Blue Period", 1952)、《麦田里的守望者》、《弗兰妮》、《祖伊》、《抬高房梁，木匠们》、《西摩：小传》以及《哈普华兹十六，一九二四》等小说。本书结合塞林格所处时代的战争历史语境，以塞林格小说主题层面和文本层面的创伤表征为切入点。本书认为，塞林格始终未能走出战时阴影，他的写作是对战争的嘲讽和干预，其作品中的言语意象具备创伤证言的功能，作品的文本形式也具有创伤记忆表征，与他的战争经历和避世情结声气相通。

"证言"(Testimony) 一词的词源可追溯至古法语的"*testimoine*"，表示"法庭的见证或证人的宣誓证词"，以及拉丁文

"*testimonium*"及其词根"*testis*",前者指"证据、证明、目击、证实"（evidence, proof, witness, attestation）,后者则指"能够作证的中立证人"。扬指出,该词"既表示抽象概念上的'知晓',也表示切实看见某事。……同时它还是对知识和信息的掌握"（Young, 1998: 19）。换言之,证言既指"直接看见",也指"间接了解",动作的对象则是某种真实。1985年,兰兹曼（Claude Lanzmann）的纪录片《浩劫》（*Shoah*）问世,标志着战后大屠杀创伤见证的开端,自此围绕战时犹太人遭遇的集体大屠杀记忆对"证言"/"见证"的讨论也相继展开。① 在这样的语境下,"证言"往往指对创伤事件的自传性回忆和复述性话语,即回答"发生了什么"的问题,强调对真相的重新表征。怀特海德（Anne Whitehead）也说:"创伤记忆是僵硬的,以一种精确重复的模式重演历史,而叙述记忆能够临时制作历史。"（怀特海德,2011:99）将记忆转换为叙述的创伤书写就是一种证言。既然证言就是对创伤记忆的重新体验和表达,那么它也与创伤记忆密切相关,并且具有创伤记忆的相应特点。

记忆②的最大特征是它的不可靠性。利科（Paul Ricoeur）指出:"如果我们指责记忆不可靠,恰恰因为它是我们唯一且独一无

---

① 尽管对证言的讨论始于大屠杀创伤并且至今大多依然围绕这一事件展开见证,本书认为,只要有创伤,就应当有见证的可能。因为见证不仅关乎事实,还存在情感的维度,这一维度甚至不要求见证过程对事实的精准还原,却强调对情感的传递过程。
② 对"记忆"概念的正式讨论最早源自柏拉图和亚里士多德。古典时期,"记忆"意味着对既有知识的恢复和重现,譬如柏拉图认为记忆就像蜡纸上印的图像,可以由事后取得（见 Foster, 2009: 6）。启蒙和浪漫主义时期的"记忆"则经常与身份、个体及精神生活有关。20世纪以来,战争历史和技术革新使"记忆"在世纪末成为西方文化中的热词,它如今演化为"一种选择和阐述的过程",而不仅仅是"被动的信息存储"（Foster, 2009: 6）。

二的资源,它象征着我们声称要记住的事情的过去的特征……坦率地说,除了记忆,我们没有别的方式表示某些事情发生了,存在过,在我们宣称记住它之前确实地存在过。"(Ricoeur, 2004: 26)换句话说,尽管记忆不可靠,我们仍然需要依靠记忆去指认发生过的事件。创伤记忆不仅拥有记忆的这种特点,并且因为涉及创伤而具备了一些其他特征。根据卡鲁思的说法,创伤本质上是一种记忆,但它最大的特点在于它"不是普通的记忆"(Caruth, 1995: 151)。创伤记忆是"冻结的""无时间性的",与之相关的心理活动"则因此是不自觉的、漫无目的并且无意义的"(Amir, 2014: 44)。它突破了线性时间和叙事的规则,成为重复、延宕、断裂,乃至变形的记忆。"重复"的概念首次出现在弗洛伊德的《摩西与一神教》(*Moses and Monotheism*, 1939)中,他指出,"创伤"的结果(effects)之一是"记住被遗忘的经验",然后"通过重复这种经验而再次体验它",弗洛伊德称之为"创伤固着"(fixation to the trauma)或"强迫性重复"(repetition-compulsion, Freud, 122)。卡鲁思指出这种创伤是被动的体验,她认为创伤的悖论是"创伤经验不能在事件发生的当下被完全消化和接受""而是在事后反复体验","受到创伤意味着被某个画面或事件所攫持"(Caruth, 1995: 4—5)。因此,"对事件的反应发生在幻觉和其他入侵现象经常延迟的、不受控制的重复出现中"(Caruth, 1996b: 11)。其次,创伤记忆具有一种内在的"延迟"效果。卡鲁思认为,创伤记忆本身存在一种"固有的滞后性","它只有在事后与另一个地点、另一个时间的联系中才完全自明"(Caruth, 1995: 8, 11)。因此,创伤本质上是一种持续性、入侵式的记忆的重返,萦绕不去而不受主体的主观意识所控制。同时,"重复"和"延宕"使创伤记忆具备"断裂"的特征,因为"重复"和"延宕"是从一个时间点或时间段闯入另一个时间点或时间段,是时间的重合与断折。另外,创伤记忆对线性时间的颠覆,又使证言具有一定的不可靠性和"变形"的特征。用卡鲁思的话来说,"将作为个人体验的创伤转换成叙事记忆,能够使其转化为语言,得到交流,并且融入自我和他者对于过去的认知,但是同时也可能使创伤记忆失真、变形,不止于此,更为深刻的是,将破坏创伤事件根深蒂固的不可理解性"(Caruth,1995:153—154)。换句话说,创伤记忆实际是情感对记忆的扭曲和重新理解,它反映出创伤真实及其效果的复杂性。正如梅西勒所言:"一个人不能说记忆是如实的或准确的,如果记忆有一种真相,那么它更多的是情感的真相,而不是现实的真相。"(Maechler,2001:242)也正因如此,费尔曼和劳勃才会强调,证言作为创伤记忆的一种语言表现,具有传递创伤和真相的可能。

　　应当承认的是,由于创伤记忆的种种特征,证言在客观事实层面上也可能存在不可靠性。而且,有一部分证言是绝对无法获得的。在大屠杀过程中,死者不能说出他们的证言,幸存者的言说只能部分代表死者,因为"那些没有经历过的人永远不会知道;而经历过的人永远不会说;不会真正地说,不会完整地说……过去属于死者"(Wiesel,1975:314)。因此,用阿甘本的话来说,证言必定"包含着阙如"(Agamben,1999:33),隐匿了不在场之物。正如费尔曼与劳勃所言,所有的证言"都超越了它的话语进行言说"(Felman and Laub,1992:278),言说与真相之间存在裂隙。应当认为,真相包含"客观真实"与"主观真实"。"客观真实"构成历史,而历史关注事实,因此"客观真实"可以通过档案材料获得。然而,由于证言反映了创伤记忆,具备创伤记忆的诸类特征,因此证言更多与主观真实相呼应。在情感和伦理的维度,证言反映的主观真实可能比它指证的客观真实更具价值。兰格(Lawrence Langer)便认为,与证言在细节上的矛盾和冲突(即关于"客观真实"的错误记录)相比,证言的"本质"和"主旨"更为重要(Langer,1991:15)。这是因为,证言的本质和主旨皆在指示"主观真实"。本书用"证言叙事"表示"作为证言的叙事"。既有"证言",必然意味着有"见证者"。依据劳勃在《真相与证言:过程及斗争》("Truth and Testimony: The Process and Struggle",1995)一文中的划分,按事件距离可将"见证者"界定为"作为事件亲历者的见证者"(being the witness oneself within the experience)、"作为他者证言的见证者"(being a witness to the testimony of others)与"为见证过程作证的见证者"(being a witness to the process of witnessing itself, Lawb, 1995:61)。本书视作家塞林格为第一种见证者,并认为他在多篇小说中分别塑造了前述三种见证者。怀特海德指出,作家通过证言叙事"作出见证",并在见证过程获得"包含读者在内的见证团体"(怀特海德,2011:9)。塞林格正是如此。

费尔曼和劳勃将证言分为三种类型:"无意识证言"(unconscious testimony)、"初始证言"(precocious testimony)和"隐匿证言"(underground testimony)。费尔曼从弗洛伊德对伊尔玛的梦的解析中演绎出"无意识证言":"人不必掌握或拥有真相才能有效地见证它;言语本身在无意中成为了证明;讲话的主体见证了真相,尽管他自己对真相毫无察觉,并且这个真相对主体而言从根本上就是不可获得的。"(Felman and Laub, 1992:15)在这里,"证言不是对真相的说明,而是获取真相的一种方式"(Felman and Laub, 1992:16)。也就是说,无意识证言的产生并不是为了作出见证,但"见证"是它的实际结果,揭示了创伤事实。本书认为,塞林格作品中的"儿童语言"承担了"无意识证言"的功能。小说中的儿童由于远离战场而无法了解真相,但他们在故事中的话语无意中成为战争/创伤事件的证言,揭示了与之有关的创伤真相。

"初始证言"指主体在彻底理解事件之前作出的证言("[one] speaks in advance of the control of consciousness"),依据费尔曼的说法,初始证言"先于知识和意识说话,并且突破了自身意识理解的局限"(Felman and Laub,1992:21)。例如,二战时先于盟军大部队抵达集中营的战地记者,即便不完全了解其正在见证的事件现场,仍然需要向后方传递当下的见闻,他所做出的就是"初始证言"。米奇克(Samantha Mitschke)总结"初始证言"的特点,认为它是:"(1)对已经发生过的事件的讲述;(2)这些事件不能被理解;(3)由事件见证者进行阐释;(4)先于听者的'知识和意识'进行言说,突破听者'意识理解的局限'。"(Mitschke,2015:232)本书认为,塞林格小说中的自白叙事也充当了战争创伤的"初始证言",是叙述者在一段时间(经过一些事件)之后,强制性地压抑了已经存在创伤的主观情感,从"最初的"视角对事件、自己或其他人物的描述和追忆。这些叙事实际上对创伤作出了见证。

费尔曼和劳勃用"隐匿证言"指代一种寓言式的证言。"隐匿证言"在指涉上回避了所要见证的事件本身,却影射了该事件,为其作出见证。费尔曼以加缪的《鼠疫》为例,认为小说中描绘的瘟疫和人物命运是对纳粹势力及二战造成的大规模死亡的见证。费尔曼指出:"小说(《鼠疫》)最初是作为隐匿证言、作为一种语言抵抗行为出现的,它不是对其所叙述的历史冲突的简单陈述或描写,而是对这场冲突的实际干预。加缪的叙事意图不仅在于作出历史见证,而是要真正参与这些事件。"(Felman and Laub，1992：98—99)在塞林格的作品里，书信等杂糅文本的叙事表现形式是对战争创伤的"隐匿证言"。这些书信、笔记、日记等文本，表面上虽然回避了对于战场和种族迫害的描述，或其叙述目的看似并不在于战争/创伤事件本身，却在不同的篇目中，通过互文的方式相互补充信息，隐晦地指出战争对人的伤害。

  本书拟借鉴费尔曼等人对证言和创伤理论的基础性阐释，探索塞林格作品中证言叙事的目的和意义。本书认为，写作是塞林格介入战争、回应创伤的方式。具体而言，写作是塞林格的某种"创伤后遗症"。通过写作，塞林格作出见证并获得自己的见证者(读者)，以此得到某种慰藉。为了弥合证言与真相之间的缝隙，塞林格在语言形式层面进行不同的试验，将创伤衍化为不同的叙事形式，探索"隐喻"和"间接表达"的指涉模式(怀特海德，2011：95)，对战争进行批判和反思。如哈特曼所言，创伤包括"事件(内容)"和"对事件的症状性反应(形式)"两个方面(Hartman，1995：536)，塞林格作品中的儿童语言、人物自白和杂糅文本是不同创伤证言的变形，而断裂、延宕与重复这三种创伤特征恰是共时性地存在于塞林格作品的内容和形式之中。本书由五部分组成。导言部分梳理塞林格研究历史与现状，介绍本书的理论框架及研究目的、意义与方法。结论部分将对导言中提出的问题进行总结。正文划分为并列的三个部分，以前述创伤记忆和见证观点为理论基础，分别发掘儿童语言中的无意识证言、人物自白中的初始证言和杂糅文本中的隐匿证言。正文的三章分别由保持递进关系的三小节组成，将剖析塞林格作品中的不同叙述策略及其对应的创伤特征，探究创伤记忆与证言的关系，进而探讨塞林格证言叙事的目的和意义。本书将讨论塞林格如何通过写作介入创伤,即:历史的真实如何进入文学?文学如何见证历史?"见证"在文学中意味着什么?语言及其形式在见证过程中起何种作用?具体而言,塞林格如何建构证言叙事?证言叙事如何反映他对于战争的态度?

第一章以塞林格小说中的儿童语言为主要阐释文本,从叙述视角入手,聚焦主题和形式层面的断裂与阻隔效果,探索儿童语言的无意识证言的功能。在《最后一次休假的最后一天》《男孩在法国》及《陌生人》中,塞林格采取多种聚焦方式进行互文写作,片段式地记录主人公贝比·格拉德瓦勒的生活、情感及其参战的过程,天真无邪的马蒂则陪伴贝比认识了战争的残酷。在《为艾斯美而写——有爱也有污秽》与《康涅狄格州的威格利大叔》中,塞林格采用了复杂的移动窗口,着意把控叙述声音及环境,操控读者的视线。艾斯美早熟的话语、小男孩查尔斯顽皮的游戏语言以及雷蒙娜的呓语无意识言说了小说中成年主人公的创伤,与叙述者及成年主人公共同承担着见证的职责。[①]《抓香蕉鱼最好的日子》中的小女孩西比尔则以艰涩难懂又颇具预见性的儿童语言,见证了成年人在战后无法消解的精神哀恸,并预言了西摩之死,西摩之死则成为记住战争的契机。本章认为,一方面,儿童口中的无意义词语和叙事视角的聚焦转换使叙事产生断裂效果,另一方面,碎片化的儿童语言与断裂的叙事进程相互补充,填补彼此留下的空白。本章的三节依次指

[①] 另外详见 John Hermann, "J. D. Salinger: Hello, Hello, Hello," College English, 22(1961): 262.; Eberhard Alsen, *A Reader's Guide to J. D. Salinger*, Westport: Greenwood Press, 2002. p. 97。

出,儿童的无意识证言成为主人公、隐含读者乃至隐含作者①认识战争、渡过战争和记住战争的途径。

第二章以塞林格作品中的人物自白为阐释文本,从叙述语态入手,考察叙述主体与言语行为的变动关系所产生的延宕、压制效果,探讨小说中的人物自白如何作为初始证言而存在。每节的主题分别为"抗拒见证""主动见证""渴望见证"。《笑面人》的叙事中对中国的矛盾表述传递出作家本人的文化创伤,小说的嵌套叙事结构则实际充当了创伤见证的虚拟替身。《好心的中士》《我认识的一个女孩》以及《德·杜米埃-史密斯的忧伤年华》中,叙述主体在滞后的主动讲述中插入对事件的直白议论,影响读者对事件的看法;两个叙事层之间的自由转换表明过去与现在的创伤时空同步。《麦田里的守望者》中,叙述者之所以先呈现部分无法"完全见证"乃至明显"不可靠"的初始证言,是有意回到事件发生当下的语境中重建代表创伤的事件,满足讲

---

① 本书所提到的"读者"和"作者"概念均以韦恩·布斯的定义为准。布斯在《小说修辞学》(*The Rhetoric of Fiction*, 1961)中,把作者区分为"真实作者""隐含作者""故事的叙述者""专业作家"以及"超作家"。他认为,隐含作者是真实作者的第二自我,缔造所有的故事情节,并"假装"这些情节存在,是处于"某种创作状态"的"作品的生产者",同时又是"文本'隐含'的供读者推导的这一写作者形象"(布斯,1987:444;申丹,2009:37)。布斯假设了三种"隐含读者"的存在:第一种隐含读者是假设的读者(Postulated Reader),他知道叙述者所讲述的故事是虚构的;第二种隐含读者是轻信的读者(Credulous Listener),他相信叙述者所讲述的事情是真实发生的,但他对叙述者的价值有所取舍,不会全盘接受;第三种隐含读者(the More Credulous Listener)则完全相信叙述者的真实性,并接受叙述者的全部价值观。布斯赞赏第一种隐含读者,他们往往通过"解读叙述者的话语",或"超越叙述者的话语来推断事情的本来面目",对文本进行"双重解码"(申丹,2009:60)。一旦意识到不可靠叙述者和反讽的存在,这类隐含读者就会进入隐含作者的思维去理解反讽。在这个过程中,读者对文本进行重构,"作家和他的读者之间"达成"反讽共谋"(布斯,1987:404)。成功的反讽让作者与读者接近彼此,产生真正认同的友爱,因为此时"讽刺作家和解释者实际上已经毫无二致",作者和读者"合二为一"了(布斯,2009:102,103)。

述渴望。本章认为,小说中的人物自白具有明显的初始证言功能,叙述者在自白中压制事后对事件的理解,使文本中既有初始证言,又隐含带有创伤印记的讲述。在主题层面,这些延迟而相互冲突的话语使叙事产生杂语(polyglossia)和交响。在文本形式层面,复杂的叙事层、时间的倒错与推延又不可避免地印证了创伤记忆的延宕性与不可靠性。

第三章以塞林格作品中的书信、日记、笔记等复杂文本形式为主要阐释对象,从叙事频率入手,探究小说主题及文本层面重复、交替的话语风格及其作为隐匿证言的功能。每节主题分别为"重返创伤""跨越创伤""重新见证"。《祖伊》作为对《弗兰妮》的补充说明,在叙事时间上与之构成线性的承接关系。塞林格将情节上联系如此密切的两个故事分开创作,悬置前者的意义,并在后者中增添叙事层继续讲述,旨在通过对话再现"格拉斯一家"的创伤。《哈普华兹十六,一九二四》中,西摩·格拉斯九岁时写给家人的信通过时间游戏唤起创伤。塞林格后期小说《祖伊》《抬高房梁,木匠们》[①]和《西摩:小传》通过互文改写的方式,利用小说中存在的笔记、日记等多重文本,在《抓香蕉鱼最好的日子》的基础上重新且更深入地见证了二战创伤。本章认为,一方面,小说中的文字具有明显的隐匿证言功能,它们对故事的回溯无意中间接指控战争,展演出创伤受害者在二战结束之后对战争的持续抗拒、渴望见证以及反思。同时,书信、日记、笔记等叙事表现形式记录创伤记忆,偶然

---

① 《抬高房梁,木匠们》最初均发表在《纽约客》上,后来与《西摩:小传》合集出版。厄普代克(John Updike)曾坦言《抬高房梁,木匠们》是"最重要也最优秀的一篇格拉斯小说":"一首神奇而欢快的散文诗,具有一种神秘而清晰的最终效果,令人陶醉。"(Updike, 1962)的确,在塞林格的格拉斯家世小说中,《抬高房梁,木匠们》的情节最为丰满,结构安排最接近传统小说。即便读者不了解格拉斯一家、不以互文的方式阅读该小说,它也体现出相当程度的美感。

衍化为战争创伤的档案证明。塞林格将书信、笔记、日记纳入小说,由小说中的人物反复阅读,从而重新经历和体验事件,延长了历史事件的时效。另一方面,作者采用互文的手法,并对叙事时间进行游戏折叠,使小说在形式上产生重复和交替的效果。

第一章
儿童语言中的无意识证言：断裂、阻隔的话语与叙述视角

"无意识证言"一词，源于证言理论的里程碑著作《证言：文学、精神分析和历史中的见证危机》。费尔曼援引弗洛伊德对伊尔玛的梦的解析，认为"无意识的""无心的""偶然的"证言，由于对展示真相有所助益，也可以具备"极重要的启示性和探究价值"(Felman and Laub，1992：15)。费尔曼把"无意识证言"列为证言的类别之一："人不必掌握或拥有真相才能有效地见证它；言语本身在无意中成为了证明；讲话的主体见证了真相，尽管他自己对真相毫无察觉，并且这个真相对主体而言从根本上就是不可获得的。"(Felman and Laub，1992：15)见证主体不必亲眼目睹事件，也无须出于主观目的出面作证，却可以在言说过程中揭示真相，使他说出的话成为对事件的证言："证言不是对真相的说明，而是获取真相的一种方式。"(Felman and Laub，1992：16)塞林格小说中大量的儿童语言承担着"无意识证言"的功能。小说中的儿童远离战场，不可能直接了解真相，但他们令人难以理解的话语却在无意中成为战争/创伤事件的间接表述，以怪异（uncanny）的巧合表达了成年人的创伤。这些儿童语言还呈现出碎片化的特征，其琐碎性只有在创伤的框架内才得以自洽。卡鲁思曾经指出，创伤最大

的特点在于它"不是普通的记忆"(Caruth, 1995: 151)。由于创伤是一种记忆重返,萦绕不去又不受控制,它表现出一个时间对另一个时间的闯入,是时间上的断折与重合。创伤记忆以持续性、入侵式的方式突破了线性时间和叙事的规则,表现出碎片化的特征;传递创伤记忆的证言也是(并且应当)如此。

本章所选取的小说中的儿童语言常常显得晦涩、碎片化而看似毫无意义,使文本意义产生断裂和阻隔的效果。在形式层面,塞林格采取了多重聚焦、移动窗口和外聚焦等叙事策略,这些叙事方式有利于表现断裂、阻隔的特征。如前文所述,哈特曼认为创伤小说中的创伤主要具备两个特征,即造成创伤的事件(内容)和对事件的症状性反应(形式)(见 Hartman, 1995: 536),而塞林格作品中断裂、阻隔的叙事特征均可被视作创伤在内容和形式上的集中体现。因此,本章将以塞林格小说中的儿童话语为主要研究对象,从叙述视角入手,聚焦主题和形式层面的断裂与阻隔效果。本章的三节依次指出,儿童的无意识证言成为主人公、隐含读者乃至隐含作者认识战争、渡过战争和记住战争的途径。在二战的历史背景下,证言成为理解战争的方式及揭示创伤真相的手段。

第一节 认识战争:《最后一次休假的最后一天》《男孩在法国》与《陌生人》中的创伤认识与多重聚焦

《最后一次休假的最后一天》《男孩在法国》与《陌生人》是关于同一主人公贝比·格拉德瓦勒的系列故事。后两篇小说是塞林格在第一篇的基础之上所拓展的虚构世界,这一写作方式预告了塞林格后来创作"格拉斯家世小说"的互文创作形式。这三篇小说是塞林格早期鲜见的、直接涉及战争主题的作品，它们也预示了《麦田里的守望者》的诞生。①《最后一次休假的最后一天》是塞林格未结集出版的作品中的佳作，讲述了二十四岁的空军上士贝比（贝比的编号与塞林格本人在军队的编号一致）出发参战前与家人度过的最后一天，故事情节相当平凡琐碎，刻画了贝比出战前的纠结情绪及亲友间的关怀依恋之情。塞林格作品中的两大重要虚构主体——儿童与军人——也在该小说中首次彼此联结。弗伦奇认为《最后一次休假的最后一天》的主旨并不在于讲述一个士兵如何向家人隐瞒他即将奔赴前线的故事，而旨在表现"在迫使他接受成年人责任的不可抗力面前，羞涩而敏感的年轻人如何绝望而徒劳地努力抓住他不必承担责任且无忧无虑的少年时代"（French，1963：61）。这种说法有一定道理，但如果结合后面两篇小说，也可以发现塞林格通过环绕聚焦的方式讲述了战争对个体的伤害。

---

① 塞林格在这几篇作品中首次提到了与《麦田里的守望者》相关的人物。贝比·格拉德瓦勒的亲密战友文森特·考菲尔德是《最后一次休假的最后一天》和《陌生人》中的重要角色。《麦田里的守望者》主人公是霍尔顿·考菲尔德，他有一个哥哥曾参加二战。而在《最后一次休假的最后一天》中，文森特顽皮的弟弟霍尔顿曾被好几个学校退学，新近走失，这个故事情节与《麦田里的守望者》中的故事情节如出一辙。文森特告诉玛蒂："我有个妹妹和你一般大。她可能不及你漂亮，但她可能更聪明。"文森特所提到的妹妹很可能是《麦田里的守望者》中的菲比·考菲尔德。虽然《最后一次休假的最后一天》《男孩在法国》和《陌生人》的人物、情节、时间与《麦田里的守望者》中无法完全对应，但是很显然，在创作这三个短篇小说时，作者已经在构思《麦田里的守望者》了。当然，《最后一次休假的最后一天》也提到，文森特的父亲是演员，这与塞林格后来创作的格拉斯一家的情况也相符合，因此也可以认为，贝比的故事是格拉斯家世小说的前奏，而格拉斯家世小说此时也在塞林格的计划之中。或许塞林格那时候还没有想好让谁来做他的长篇小说的主人公。值得一提的是，正如温克所言，"死去的兄弟"是塞林格多部小说的重点情节（Wenke，1991：63）。在贝比·格拉德瓦勒的故事系列中，文森特失去了弟弟霍尔顿；在《麦田里的守望者》中，霍尔顿失去了弟弟艾里；在格拉斯家世小说中，格拉斯一家失去了西摩与沃特。

《男孩在法国》的情节较为简单：贝比战时随军辗转至法国，休战间隙寻找散兵坑休息。由于受伤的手使他沮丧，他开始玩起祷告魔术的游戏，假装可以瞬间回到温暖的家中。找好散兵坑后，他躺下来第三十几次阅读年幼的妹妹马蒂的来信，随后沉沉入睡。《陌生人》则讲述贝比战后带妹妹马蒂拜访亡故战友文森特·考菲尔德的前女友海伦，并将文森特牺牲的细节告知后者的故事。

以上三篇小说并不代表塞林格最好的写作水准，弗伦奇甚至夸张地表示，《陌生人》是"塞林格最大的败笔之一"（French，1963：63）。但小说中平实琐碎的情节具备战争年代的特殊文学价值：由于"日常生活"的概念在战时相当奢侈，小说中生活化的描写为滞陷于战争的人提供他们向往的生命意义。同时，其中的反战情绪与美国当时整体文化氛围中对英雄主义与和睦家园的宣传背道而驰，使小说本身具备某种诚实的价值。[①] 三篇小说分别描绘了战前、战时与战后的情形，还原了一名军人经历战争的心路

[①] 除了本节的研究对象之外，塞林格在小说《麦田里的守望者》《抬高房梁，木匠们》等作品中也多次直接或间接地提及当时美国电影和文学作品对战争不负责任的美化。事实上，当时的"美国主流文学"热衷书写"田园牧歌式的城郊生活"、表现战后的"稳定和平安"（Hendin，2004：3），很少对战争进行诚实的反省。契弗（John Cheever）与厄普代克（John Updike）的"城郊现实主义"就是如此，他们擅长描写战后的美国社会，虽然伴随战争留下的隐痛，却展现出亮丽的富足生活（Hendin，2004：3）。有学者认为，战后五十年代的美国在精神上是"分裂"的：表面上，人们感受到二战结束之后精力恢复的喜悦，战争阴影被抛诸脑后，但实际上，温暖与和平之下是反叛与野蛮的暗涌：麦卡锡主义、朝鲜战争、种族主义等等不一而足——五十年代"充斥着伪造的愉悦"，"整个的十年本身就是一件赝品"（Karl，2004：20—21）。在那一时期，也涌现出如盖迪斯（William Gaddis）、梅勒（Norman Mailer）、贝娄（Saul Bellow）、马拉默德（Bernard Malamud）、金斯堡（Allen Ginsberg）、罗斯（Philip Roth）、奥康纳（Flannery O'Connor）、豪克斯（John Hawkes）、埃里森（Ralph Ellison）等优秀作家，他们的一些作品与塞林格的《麦田里的守望者》一样，揭示时代的虚伪，表现个体在其中寻找位置及对自我进行确认时感受到的迷惘和不确定状态，但他们很少像塞林格那样在小说中抨击美国文化对于战争英雄的赞美。

历程;贝比与马蒂的兄妹之情在其中格外引人注意。马蒂不同于本章涉及的其他几篇小说中的儿童,她的话最少。《男孩在法国》中,马蒂根本未出场,但她写给贝比的信是这个篇幅短小的故事的关键内容。她在《陌生人》中的角色分量尤其轻微,甚至有些多余,因为她出现与否并不影响小说的进程。而即便出于互文写作的目的,塞林格在《最后一次休假的最后一天》中安排出场的其他人物如贝比的父母,也均未再次出现于此后的作品之中。那么,塞林格为何连续在小说中安排马蒂这个人物?换言之,儿童旁观者及其语言对于这几篇小说主题的呈现有何意义?本书认为,三篇作品共同实现了无意识见证的功能,女孩马蒂在此过程中颇为关键。

一、内聚焦与频繁的创伤体验

"内聚焦"是塞林格创作早期频繁采用的一种叙事策略。法国叙事学家热奈特 1972 年出版的《叙事话语》(*Narrative Discourse*)用"聚焦"(focalization)取代"视角"(point of view),旨在澄清感知者的"眼睛"(即"谁看")和叙述者的"声音"(即"谁说")之间的关系——"聚焦"专门指代感知者的"眼睛"。热奈特将"聚焦"分为三种类型:第一种为零聚焦或无聚焦叙事,指"无所不知的叙述者的叙事",即一种上帝视角。在此情形之下,"叙述者说的比任何人物知道的都多"(叙述者所知信息＞人物所知信息),塞林格的《祖伊》便主要采用了这一聚焦方式。第二种为内聚焦叙事,此情形下叙述者"只说某个人物知道的情况"(叙述者所知信息＝人物所知信息),《麦田里的守望者》《德·杜米埃-史密斯的忧伤年华》等小说就是以内聚焦叙事为主。第三种为外聚焦叙事,这种聚焦从外部观察和描写人物,不进行内心透视,"叙述者说的比人物知道的少"(叙述者所知信息＜人物所知信息),这类作品曾经盛行于两次世界大战之间，塞林格的《抓香蕉鱼最好的日子》格外显著地采用了外聚焦叙事的手法。当然，聚焦转换在小说中较为常见。热奈特提示道，在同一部作品中，聚焦方法不会贯穿始终，并且可能仅运用于某些短小的叙述段落，各个视点之间的区分也不一定明晰（热奈特，1990：129—130）。本节选取的三部作品内部均存在着多重聚焦之间的切换，而贝比的内聚焦视角是其中的重要构成。读者通过贝比的内聚焦视角可大致理解贝比的创伤，从而才可能理解塞林格为何塑造幼童马蒂这一角色。

《最后一次休假的最后一天》以零聚焦开场，对贝比周围温暖、日常的家庭环境进行描写，逐一陈设香烟、帽子、菱形图案的袜子、杂乱的书籍等物品，并交代"他的母亲随时可能会给他送来巧克力蛋糕和牛奶"（Salinger，1944b：26）。帽子、袜子、书籍、母亲及其送来的巧克力蛋糕和牛奶，都与温馨的童年时光有关。贝比的母亲出场后，叙述立即转换至贝比的内聚焦："太晚了，他想。时间到了。或许我可以把它们[蛋糕和牛奶]带走。长官，我带了我的书。我还不会杀任何人。你们先走。我想和这些书一块儿留下来。"（Salinger，1944b：26）贝比内聚焦的这段话与前面的温馨场景鲜明对照，标示出主人公面对战争的畏惧心理，这种心理已经近似于创伤体验。格兰诺夫斯基曾将主体对创伤的反应分成若干阶段，其中之一便是"倒退"（regression），即创伤者在"面对创伤时"，"回归到原始的、不必承担责任的阶段"，"会减轻焦虑或罪恶感"，譬如"回到童年"（Granofsky，1995：108）。因此，前面零聚焦下的童年般的温馨场景可以暂时消除贝比即将奔赴战场的恐惧，正如迪亚克（István Deák）所说，创伤患者倾向于沉浸在"被神化的过往的欢乐祥和的记忆之中"（Deák，1997：38）寻找安慰。这种温馨的"回到童年"的场景与贝比后文对年幼的妹妹马蒂的格外关注相照应。

叙事随后回到外聚焦,描写贝比与母亲的交流,继而再重返贝比的内聚焦视角,小说全篇如此再三,在此过程中,贝比对战争的恐惧萦绕不去。当贝比的挚友文森特·考菲尔德迎接回到家中的贝比和马蒂时,文森特开玩笑说:"我们不烧煤气。我们把小朋友烧了取暖。一直这样。"(Salinger, 1944b: 61)温克指出,文森特所说的"我们"显然指代军人群体,这句玩笑表明他领悟到"战争如何把对孩童的残杀正常化了"(Wenke, 1991: 19)。也可以理解为战争破坏了儿童所代表的纯真和温馨。塞林格用这种戏谑的方式表明他对战争的态度,同时暗示读者战争带给主人公的悲观和恐怖的感受。

战争的意象和军人的形象在一定程度上彰显英雄气概,服膺于社会对男性气质的规训与宣传。正如费林(Peter Filene)所言,"没有任何职业比军人……更能界定男性身份"(Filene, 1998: 165)。但是,贝比作为一名即将奔赴前线的军人,并没有表现出传统意义上的男子勇气,其内心聚焦充满焦灼和恐惧,反而显示其男性气质的削弱。在聚焦转换不停回到内聚焦的过程中,有一幕是贝比关于自己那套西服套装的心理活动:

> 他的西服套装全都挂起来了,但因为被防潮纸包裹着,他看不到它们。他怀疑自己可能再没机会穿了。……千千万万个女孩,在那千千万万辆大巴里的、千千万万条街道上的、千千万万个喧嚣派对上的千千万万个女孩,她们都没见过他穿那身韦伯夫妇从百慕大带给他的白色外套。连弗朗西丝也没见过。他之前就该在某个有她的场合穿一穿那白色外套的。他一直觉得自己相貌平平,特别当她在的时候,他总觉得自己

的鼻子更显得大且长了些。如果有那件白色外套就不一样了,她一定会为他所倾倒。(Salinger,1944b：62)

在这段心理活动的描写中,贝比关注的焦点在于那件白色外套,他相信穿着那件白色外套能够使他光彩倍增,并担心自己因为参战而不再有机会穿上它与女孩子们约会。如此注重服饰的想法在传统的男性思维中并不常见。康奈尔(R. W. Connell)指出,对男性的讨论是"以该群体与女性群体的区别及联系为前提的"(Connell,2000：16)。也就是说,性别建构从某种意义上产生于男女性别特质的比较。贝比经常考虑他与女性的关系,尤其感到在弗朗西丝面前十分自卑,认为只要她在场,他的鼻子的缺陷似乎更加明显,而只要穿上那件白色外套,他就能赢得弗朗西丝的青睐,重获自信。贝比通过这套服装强调自己的自尊,并因为他所钦慕的弗朗西丝而对自身形象倍感焦虑,这同样是男性气质羸弱的表现。除此之外,他无法恰当处理与弗朗西丝的关系。当文森特劝诫他,弗朗西丝远不如杰姬更适合做女友时,贝比为此辗转反侧:

我对她[弗朗西丝]的爱越是没有回报,我爱她越久。……她让我痛苦,她让我感觉像要腐坏,她不懂我——几乎从来如此。但有时候,有时候她是这个世界上最好的女孩,没有人像她一样。杰姬从不给我痛苦,但她也不给我任何感觉。她收到我的信的当天就回我。而弗朗西丝大概要用两周到两个月的时间,有时根本不回,就算她真的写了,她写的也从来不是我想要读的。但是我反反复复读她写给我的信,却只读一遍杰姬的信。我只要看到弗朗西丝的信封上的字——

笨拙而做作的字——我就是这个世界上最幸福的人了。
(Salinger, 1944b: 62)

贝比对弗朗西丝付出很多情感却难以得到相同的回应。"她让我痛苦""几乎从来如此"——这种依恋而绝望的情绪无法得到纾解,因为贝比仍然认为"她是这个世界上最好的女孩"。弗朗西丝在这段关系中掌握绝对的主动权,作为男性的贝比却表现出属于传统女性性别建构的依赖、感性、温柔等特征。但在另一方面,贝比对另一位女性杰姬的叙述却缺乏感情,显得十分冷漠——"杰姬从不给我痛苦,但她也不给我任何感觉",即便杰姬收到贝比的信"当天就回",而"弗朗西丝大概要用两周到两个月的时间""有时根本不回",甚至写的回信也从来不合贝比的心意,他却"反反复复读"弗兰西丝的信,而"只读一遍杰姬的信"。这种受虐般的心理似乎表明,贝比宁可软弱地面对弗朗西丝,甘愿屈居一段关系中的弱势地位,也不愿与杰姬恋爱而处于一段感情中的强势地位;贝比的男性气质进一步崩塌了。

贝比遭到破坏的男性气质与他对战争的恐惧及战争创伤有关。当故事时空整体切换到《男孩在法国》之中时,聚焦视角也在外聚焦与主人公贝比的内聚焦之间频繁切换。这部分内聚焦中,女性意象仍然与他的战争恐惧相连。贝比找到一个散兵坑,他蜷缩在其中安慰自己:

等过一会儿我把手从毯子下面拿出来,我的指甲就长出来了,我的手会变干净。我的身体也会是干净的。我穿着干净的短裤、干净的内衣,白T恤。一条圆点领带。带条纹的灰色西装。我就在家里,挂上了门闩。我把窗户打开,让一个安静的好姑娘进来——不是弗朗西丝,不是我认识的任何人——然后我再挂上门闩。我会请她为我读一些艾米丽·狄金森的诗——关于没有海图的那首①——再让她为我读一点威廉·布莱克——关于小羊的那首②——然后我挂上门闩。她用美国口音说话,也不会问我有没有口香糖或夹心糖之类的,然后我再挂上门闩。(Salinger, 1945a:21)

这是一段创伤痕迹明显的内心独白,女性和诗歌在这里成为家园的象征,共同衬托出贝比渴望逃离战争、回到家乡的脆弱心理。干净的短裤、内衣、白T恤、圆点领带、带条纹的灰色西装、家、诗歌、美国口音,都来自贝比在和平年代的记忆,而他所想象的场景(即由一位不认识的美国女性为他读诗)则是他所渴念的没有战争的未来。修森(Andreas Huyssen)指出:"为了清楚地表达我们对现实世界……的不满,我们需要过去和未来。"(Huyssen, 2003:6)换句话说,在牢记过去的同时,对未来展开想象,使人更加了解他自己目前的处境。"过去的记忆"和"想象的未来"相交织的方式,

---

① 这首诗指的是狄金森(Emily Dickinson)的《海图尚未标出》("Chartless"): I never saw a moor, / I never saw the sea; / Yet now I know how the heather looks, / And what a wave must be. / I never spoke with God, / Nor visited in Heaven; / Yet certain am I of the spot, / As if the chart were given。
② 这首诗指的是布莱克(William Blake)的《小羊羔》("The Lamb"): Little Lamb who made thee/ Dost thou know who made thee/ Gave thee life & bid thee feed. / By the stream & o'er the mead; / Gave thee clothing of delight, / Softest clothing wooly bright; / Gave thee such a tender voice, / Making all the vales rejoice! / Little Lamb who made thee/ Dost thou know who made thee/ Little Lamb I'll tell thee, / Little Lamb I'll tell thee! / He is called by thy name, / For he calls himself a Lamb. / He is meek & he is mild, / He became a little child: / I a child & thou a lamb, / We are called by his name. / Little Lamb God bless thee. / Little Lamb God bless thee。

使贝比思乡的情绪得到更为强烈的表达。他强烈的还乡愿景来自长期战斗的倦怠感和求生意志,正如他此前所设想的:"我今晚不再挖坑了……我今晚不会用那个该死的铲子铲土了。我也不会被子弹打着。别让我被子弹打着,不管是敌方的哪位。明晚我会挖一个特别好的坑,我发誓我会的。但是今晚,现在,我到处都疼,让我找个地方躺下来吧。"(Salinger,1945a:21)他感到忧愁和疲乏,反复地表达"挂上门闩"的期望,表明战争经历使他疲惫恐惧,令他想要远离战场,躲避在温暖安全的地方——像家一样的地方。身体的疲惫和精神的倦怠使他寄托于命运的庇护("别让我被子弹打着")。

《陌生人》的聚焦则转换到战后的时空里。此时,贝比离开战场,返回和平的家园,决心向已故战友文森特的前任女友波克太太讲述前者牺牲的来龙去脉。尽管海伦·波克已经嫁为人妇,贝比仍想告诉她文森特牺牲的真实情况。叙事依旧频繁回归贝比的内聚焦视角:"他道歉太多次了,但是他希望向世界上每一个被迫击炮弹片夺取爱人性命的女孩子道歉,那些迫击炮没有提前鸣笛警示。他非常担心自己对文森特的女孩讲这件事的时候显得过于冷酷了。"(Salinger,1945b:77)贝比的心理活动表明,他出于幸存者的义务迫切需要向曾经与死者有关联的人进行讲述,但又非常担心讲述的过程会伤害听者。这种关于讲述的举棋不定也是他个人创伤恢复的必经之路。赫尔曼(Judith Herman)将创伤恢复的历程分为循序渐进的三个阶段:"确保安全"(establishment of safety)、"记忆与哀悼"(remembrance and mourning)与"重新融入日常生活"(reconnection with ordinary life)(Herman,1992:155)。贝比回到家乡之后,他的安全得到了保证,因而可以认为他渡过了第一阶段,但要"重新融入日常生活",他还必须渡过第二阶段即"记忆与哀悼"。讲述的过程便是"记忆与哀悼"的过程。贝比执拗的讲述行为表明他进入了创伤恢复的哀悼阶段，只有讲述才得以缓释创伤。

贝比的内聚焦视角有效地向文本之外的读者传递了他的创伤感受。与此同时，聚焦视角的来回切换在三篇小说内部构成了叙事形式上的断裂。反复闪现的内聚焦视角固定在贝比一个人身上，无法对其他人物进行内心聚焦，妨碍了读者的视线。在这三篇小说中，贝比的视线就是读者的视线，后者通过内聚焦叙事了解前者的创伤感受，聚焦视角纵然存在断裂，并不妨碍读者为后者/文本作出见证。因为读者可以通过"感知者的眼睛"，成为"故事世界的见证者"而不是"叙事者交流的对象"(Jahn, 2007: 96)。也就是说，读者跟随感知者的视线范围，观察后者的所见所闻，从而成为感知者及文本的见证者，亦即成为叙述者的见证者。但是，正因任何读者都可以成为文本及内聚焦主人公贝比的见证者，这对塞林格而言仍显不够。按照劳勃对见证者的分类，如果说贝比既是战争亲历者，又是战争及战友文森特死讯的见证者，年幼的马蒂则属于"作为他者证言的见证者"以及"为见证过程作证的见证者"(Felman and Laub, 1992: 61)。马蒂虽然不谙世事，也极少讲话，但她自始至终的陪伴使贝比在文本内部拥有一名证人。

二、环绕聚焦与重复的见证需求

作出见证及获得旁人的见证对创伤患者而言是重要的治愈方式。费尔曼和劳勃曾指出："[创伤]是一个没有开始、没有结尾，没有之前、之中和之后的事件。这种无法被归纳的情况使其具有'他者性'、显著性、永恒性和无所不在性，使其超出了理解、叙述和掌握范畴。创伤幸存者并不是带着过去的记忆生活，而是带着一个不能也不会完成的、没有结尾也不会结束的事件继续进入目前的生活。"(Felman and Laub，1992：69)这便是说，创伤无时无刻不存在着，没有形状，也不可追溯与把控。与之相关的创伤记忆则反复干扰创伤患者，使后者很难摆脱记忆的困扰。而见证的本质实际是幸存者暨作证者试图重新回顾和理解创伤记忆，寻求与创伤有关的真相的过程。在这几篇小说中，年幼的马蒂满足了受到创伤的主人公的见证需求，成为他获得重生和复原的重要媒介。

　　通常，战争或灾难结束之后，人们对于忘记过去、投入新生活的渴望非常强烈。二战后，凡是参加过战争的军人都抱怨"没人想知道战争的真相"(Herman，1992：8)。这是因为，了解真相就是回顾创伤甚至重新经历创伤。塞林格研究者乌姆斯便指出："战后的和平是一种负面的和平，它建立在遗忘而非救赎的基础上。"(Ooms，2016：47)人们战后对战争的避讳也被塞林格书写进了《陌生人》这篇小说当中。但是，了解真相(暨为创伤者作见证)是理解创伤和治愈创伤的重要途径，因为"探寻真相"既是试图领悟"它所造成的伤害"和"受其折磨的状态"，也可以使人从这种"僵局"之中获得重生和复原(Felman and Laub，1992：28)。在小说中，当贝比向海伦自我介绍并告知来意时，后者相当冷静："[她]盯着他。她看上去好极了。好得就像还可以再点一根雪茄。"她甚至问起有关勋章的事情，贝比变得语无伦次，他想："其实她统统不在乎。她干嘛在乎？"(Salinger，1945b：77)温克指出，文森特是贝比的"精神手足"，是他的"翻版"(Wenke，1991：22)。这不仅因为文森特是贝比战时的至交好友，更因为文森特的死提醒着贝比他自己曾也处于危难之中，因此海伦对文森特的死因的漠不关心间接等同于她对贝比的冷漠。贝比告诉自己：

最糟糕的是你脑子里想告诉人们这类事——这比用嘴说出来糟糕得多。你的脑子,你那军人的脑子,希望所有这一切准确无误。你追溯细节的时候,总希望恰到好处……杀了谎言。别让文森特的女孩以为他死之前要了一根香烟。别让她以为他死的时候带着什么戏谑的笑容,或者说了什么精致的遗言。这种事根本不会发生。这种事除了在电影和书里会有,或者发生在一两个忘了活着有多痛快的家伙身上,根本就不存在。……瞄准那些最切近的、最巨大的谎言。那是你回来的原因,那是你如此幸运地活下来的原因。别辜负任何一个好人。开火!开火,哥们儿!就现在!(Salinger,1945b:77)

讲述行为本身可能就是严重的创伤,因为在此过程中主体将重新体验该事件。贝比的内聚焦揭示出他迫切需要与他人建立联系——正因如此,"用嘴说出"这类事才会显得"糟糕",因为战后没有人愿意倾听这些事情,而将这些事告诉他人只会妨碍贝比进一步融入战后生活。同时,"想告诉别人这类事"之所以"糟糕",并且"比用嘴说出来糟糕得多",是因为贝比在精神上仍然深陷战争的创伤,无法展开新生活,从而与他人产生隔阂。但是,他作为幸存者,渴望向远离战火的平民讲述战争真相、粉碎美化战争的谎言——"不辜负任何一个好人",这里所说的"好人"应是指那些为战争牺牲的人——这同样也是为他自己的创伤寻找见证者。讲述是创伤者在哀悼阶段获得创伤恢复的必由之路,其根本原因是讲述的过程满足了叙述者的见证需求。对于叙述者而言,他的叙述犹如证词——米勒指出:"不论叙述的声音说了什么,都伴随着一个暗含的话(有时甚至是明说的):'我发誓这就是我之所见,这真的发生了。'"(J. H. Miller,2011:59)贝比的这种心情不仅出现在战后；战争开始之前，他的创伤已经产生了。温克认为，贝比与海伦对话的过程模拟了"前线的战士与后方家园的人之间的隔阂"，贝比"重新适应世界的能力取决于他把战争的真正本质传达给别人的能力"（Wenke，1991：22）。但贝比无法把战争的真正本质传递给海伦，他向成年人寻求理解的努力失败了。

然而，就像塞林格笔下的许多主人公一样，贝比最终还是在孩童处获得了安慰。这种安慰首先来自马蒂的儿童身份——因为"回到童年"能够使创伤者减轻痛苦（Granofsky，1995：108），贝比的幸福就是在马蒂所带给他的"童年的恬淡愉悦"中"找到庇护"（Wenke，1991：19）。当贝比即将奔赴前线，生死未卜，他渴望有人对他目前的幸福作出证明。《最后一次休假的最后一天》中，贝比在学校门口接到了马蒂，当他们一同返程回家时，其他人都看着他们。贝比非常享受旁人的目光，他告诉自己："此情此景是给我的礼物。我从没这么开心过。这比我的书还要好，比弗朗西丝还要好，比我自己还好。好了，朝我开枪吧，你们这些狡猾的日本狙击手，我在新闻上见过你们。我统统不在乎了。"（Salinger，1944b：27）看见妹妹马蒂快乐的笑容，贝比心想："五十场战争也值了。"（Salinger，1944b：27）这段内聚焦叙述表明，战争开始之前，贝比的创伤已经发生了。他的幸福与马蒂有着必然的联系，马蒂证明他还平安活着，还能享受日常生活。隐藏在其内心独白之下的是他对于生命的珍视，说明在面对灾难和不幸时，见证（即使是对幸福的见证）的需求也同样迫切。

实际上，年幼的马蒂一直扮演着文本内部的"眼睛"的功能。在《陌生人》中，贝比向文森特的前女友描述文森特的死亡场景，马蒂则在旁担任第三种见证者（为见证过程作证的见证者）。她通过贝比认识了战争的残酷，重新聆听了文森特牺牲的真相。汉密尔顿认为《陌生人》表现了"受战争摧残的幸存者如何可悲地摇摆于两个世界之间——作战的世界以及战后作为平民重新适应的世界"(I. Hamilton, 1988：91)。诚然，在贝比得不到任何安慰的战后世界，只有马蒂这个涉世未深的儿童伴随他渡过创伤恢复的阶段。又譬如，在《最后一次休假的最后一天》中，贝比陷入对战场的恐惧而难以入睡，在房中自言自语：

> 马蒂，你还是个小女孩。但是没人会一直当小孩。……我的意思是，……努力做到最好。如果你向人承诺什么，要让他们知道你向他们承诺了最好的东西。当你上了大学，和糟糕的女孩在一起，试着让她不要那么糟。当你在剧院外碰到卖口香糖的阿姨，给他一块钱——前提是你不要颐指气使。这是诀窍，宝贝。我还可以告诉你很多事，马蒂，但我不保证自己总是对的。你是个小女孩，但你懂我。你长大后会很聪明。但如果你只是聪明而不是一个好女孩，我就不希望你长大。马蒂，做个好女孩。(Salinger, 1944b：62, 64)

这段话近似于临终之言，仿佛贝比已预感到自己无法平安归来，不能陪伴马蒂长大成人。但从根本上说，他并不是因此才迫切需要对马蒂交代叮咛。马蒂原本象征着和平世界和美好未来，贝比将年幼的马蒂视作自己生命"最后一天"的证人，这位证人在文本内部的天真的眼睛使贝比的恐惧得到安抚，赋予他前往战场的勇气。

雅恩定义的"环绕聚焦"(ambient focalization)概念，是指从"动态的""总结性的"或"交互性的"多个视角观察事件，使时空位置发生变化(Jahn, 1999：98)。由于拥有共同的主人公，《最后一次休假的最后一天》《男孩在法国》《陌生人》三篇小说经由环绕聚焦的方式联系贴合，组成变换时空的互文文本，断裂阻隔的叙述视线因而彼此产生连结，共同服务于塑造以贝比为中心人物的战前、战时、战后世界。三篇小说构成的环绕聚焦实际上形成读者与小说中的人物多角度的目光重叠，满足主人公获取见证的需要。与此同时，由于聚焦视角来回切换，在三篇小说内部均造成叙事形式上的断裂。反复闪现的内聚焦视角固定在贝比一个人身上，无法对其他人物进行内心聚焦，致使读者的视线受阻。这是创伤记忆阻隔、断裂的特质在小说文本形式上的表现。在文本内部，马蒂这名孩童的在场及"不在场的在场"（在小说《男孩在法国》中，马蒂并不在场，但她寄给贝比的信却产生了"在场"的效果）均为贝比的创伤作出了见证，她纯真无邪的语言以无意识证言的方式见证和关照着贝比的战争创伤，并以此机会无意识地认识了战争。

三、聚焦转换与无意识的战争认知

如前文所述，费尔曼和劳勃认为存在一种"无意识证言"，说出无意识证言的主体不一定掌握事实真相，但其语言依然具有揭示真相的作用。一名大屠杀幸存者在回顾事件时，曾将爆炸的一根烟囱记为四根烟囱，历史学研究者出于审慎的态度，判定其证言不可靠。但劳勃认为，这位证人"并非为爆炸烟囱的数量作证"，而是"为一个难以置信的事实作证"，"事实的发生比具体数字更重要"，因此一个烟囱和四个烟囱具有同等效力。他进一步指出，作为听者，少掌握一些情况不一定是坏事（Felman and Laub, 1992：60），因为证言与真相的不一致也能说明其他问题。劳勃此言旨在论证，残缺或有误的证言同样能够有效揭示事实，这一论点恰恰为无意识证言的重要价值提供了支持。不论是听者还是实际提供证言的人,均不需要完全掌握真相,琐碎的认知、甚至主观上不存在见证意向的证言依然可以帮助管窥真相,起到证实作用。在《最后一次休假的最后一天》《男孩在法国》以及《陌生人》中,马蒂对战争事实毫不知情,但她仍然间接认识战争,并且用她童稚的思考和语言见证了战争。

《最后一次休假的最后一天》中,贝比向家人暂时隐瞒自己即将奔赴战场的消息,却被年幼的妹妹马蒂偶然发现。夜晚无法入睡的贝比去马蒂房间,马蒂说:"贝比,你要上战场了。我给文森特系鞋带[玩闹]的时候,我看见你踢了他。我看见了。"(Salinger, 1944b:64)妹妹马蒂的话让贝比获得安慰,不仅因为这个懂事的幼童提前知道此事却仍向父母隐瞒,成为他的秘密盟友,更因为马蒂随后又焦急地说:"贝比,你不能受伤!你不能受伤!"(Salinger, 1944b:64)马蒂的叮嘱说出了贝比自己的担忧。在这一幕中,幼小的马蒂仅了解贝比要奔赴前线的事实,对贝比心中的恐慌与焦虑一无所知。她向贝比强调"不能受伤"虽是出于骨肉亲情的担忧,却无意间说出了贝比的恐惧,产生了见证的效果:贝比感到自己不可言说的心情拥有了见证者。因此,马蒂的话虽无特别之处,却对贝比产生极大影响,直接帮助他平复了纠结难安的情绪,甚至使他鼓起勇气上阵杀敌——他回到自己的房间,静下心来告诫自己:

> 这是我的家……我从小就在这。这是马蒂长大的地方,是妈妈过去弹琴的地方,是爸爸叠T恤的地方。这是弗朗西丝生活的地方,她在这里用她的方式给予我快乐。这还是马蒂安睡之处。任何敌人都不可以砸开我们的门、吵

醒她、使她恐惧。但如果我不出去用枪面对我的敌人，坏事可能会发生。所以我要去，我要杀了我的敌人。（Salinger, 1944b: 62）

懵懂年幼的马蒂象征着温暖如春的家园，是作为军人的贝比需要捍卫的共同体的一部分，她的陪伴与理解引出贝比自己的声音。透过内聚焦叙事，贝比的心声暴露在读者面前，获得读者的理解。他随后的自我鼓励是获得见证之后的安慰与鼓舞。这段内聚焦叙事揭示出贝比心理活动的转折，他决心保卫家园的勇气正来自幼小的妹妹马蒂的见证。①

《男孩在法国》则将聚焦转移到法国战场上。这篇小说中，除了贝比的心理活动，相当篇幅是妹妹马蒂写给贝比的信。年幼体贴的马蒂在信中反复关照贝比，询问他跟随队伍行军至何处，何时能够回家。与此同时，她为贝比带来家乡的消息，这些消息描绘了有别于战争场面的日常生活：

> 妈妈觉得你还在英国，但我觉得你在法国。你在法国吗？爸爸也告诉妈妈他觉得你还在英国，但我想他心里也觉得你在法国了。你在法国吗？……今年的海滩上，女孩

---

① 不过，这并不代表贝比认同战争本身。在《最后一次休假的最后一天》中，贝比与父亲就战争进行争论，他反对父亲将战争浪漫化，他认为参加过一战的父辈们"似乎都因为参加过那场战争而认为自己高人一等"，他们对战争的持续讨论会使后辈将战争视为一种英雄行为而无法认识它的残暴。贝比说："我相信应该杀死纳粹、法西斯分子和日本人，因为我不知道还有什么别的办法。……但我也相信，所有已经参加过或将要参加这场战争的人的道德义务是闭嘴，永远不再以任何方式提起它"（Salinger, 1944b: 62）。贝比的说法很可能解释了塞林格个人选择参战的理由以及他对战争的看法。但他后来的作品表明，他仍然渴望对战争进行回应，其各个时期的作品反映了他的表达方式的流变。

比男孩多。几乎看不到什么男孩子。女孩子们总是打牌，或者相互涂防晒油躺着晒太阳，她们比过去更常在水里嬉戏。……莱斯特·布洛甘在日本人战场上被杀了。布洛甘太太基本上不来海滩了，只有周日会跟布洛甘先生一起来。他们两个人就在海滩上并排坐着，布洛甘先生不再下到水里去了，但是你知道他是一个游泳好手的。……黛安娜·舒尔茨嫁给了一个原在西格特服役的军人，她都跟他回加州了一个礼拜，但是他又消失了，她就回来了。她现在都一个人躺在沙滩上。我们离家之前，奥林格先生死了。提米尔斯兄弟去找奥林格先生修自行车，结果发现他死在柜台后面了。提米尔斯兄弟哭着回法院大楼，提米尔斯先生正忙着跟陪审团讲话呢。提米尔斯兄弟还是直接闯进去喊'爸爸，爸爸，奥林格先生死了！'我们离开家来海滩之前，我帮你把车清理干净了。前排座位后面有很多地图，是你上次去加拿大的时候准备的。我把它们放在你的抽屉里了。那儿还有一个女孩的梳子。我觉得应该是弗朗西丝的梳子。我也把它放在你的抽屉里了。你在法国吗？P.S. 你下次去加拿大的时候，我能跟你一块儿吗？我不会说太多话的，而且我还会帮你点烟，我自己不抽。我想你啦。请尽快回家。(Salinger, 1945a: 92)

马蒂年纪尚小，她书写的目的并不是为了宽慰贝比，却使贝比在陌生血腥的环境之中获得慰藉。战争使家人无法团聚，马蒂的家书为他们的故乡在战时和战后的情况提供了证明：她记述了家人对贝比的牵挂（父母猜测贝比目前在法国或英国，表明他们只能通过新闻得知战事的进展，却不能与贝比取得及时联系，而妹妹马蒂将家人的关怀传达给贝比,告诉他即便失去联络,家人仍然时刻牵挂着他,减缓了他的创伤感和孤独感),贝比曾经的恋人弗朗西丝和杰姬、他们家庭的朋友的消息,以及其他发生在和平的后方的琐事;除此之外,她不经意间还提到了和平年代日常生活中的许多事物,例如牌类游戏、防晒油、沙滩、礼拜天、法院大楼、贝比的车、加拿大地图、弗朗西丝的梳子、抽屉,这些人与事物瞬间拉近了贝比与家乡的距离,令远离家园的他感到既熟悉又亲切。其次,尽管战争并不发生在他们的家乡,马蒂所记录的仍然是关于战争的记忆,因为家乡的生活的确受到了战争的影响,这一点将贝比与家人的境况联系起来——他们身处不同的空间,却在同一时间,受到同一事件的影响。马蒂还无意中提到具有战时特征的三件事:"今年的海滩上……几乎看不到什么男孩子",他们认识的莱斯特"在日本人战场上被杀了",黛安娜嫁给了军人,但后者消失了,她无异于被抛弃。其中的第一件事提醒贝比,他不是唯一离开家的男孩,还有无数男孩子与他一样奔赴前线;第二件事即莱斯特的死讯,这件悲伤的事情也提醒贝比,同在战场上的他还幸运地活着;第三件事比较含糊不清,从年幼的马蒂的角度,她只知道这件事的后果是黛安娜"现在都一个人躺在沙滩上",但她的丈夫究竟是失踪了还是在战场上牺牲了,马蒂和读者都不得而知。这三件事的主角的命运都与贝比同气连枝,年幼的马蒂见证他们的处境,便是间接见证了贝比的处境。马蒂还提到奥林格先生的死讯。奥林格先生显然是他们在家乡的熟人,主营自行车修理,他的死与战争无关。他的故事似乎从一个侧面表明:无论在哪里,都有死亡发生,幸运的是没有发生在贝比身上。如桑塔格所言,窥伺他者的痛苦,能够让人确认灾难"没有发生在我身上",从而获得一种"满足"(Sontag,

2003：99）。马蒂带来的信息在一定程度上有助于转移贝比对战争的注意力，稀释他对死亡的恐惧。

不止于此，马蒂还天真无邪地表示，她帮贝比把车清理干净了，把地图和弗朗西丝的梳子都放在抽屉里了，她甚至请求贝比下次去加拿大的时候带上她。从马蒂的儿童视角来看，她并不十分清楚战争多么危险，因此坚信贝比会回家。她为贝比清理车厢是因为相信贝比一定会回来开这辆车，帮他整理地图和梳子则是相信贝比还会用上这些地图，还会与女孩约会，地图和梳子是贝比回到家乡继续展开美好生活的象征。提到未来的加拿大之行，则更是强调贝比一定会平安归来。这对于散兵坑中疲惫不堪且伤痕累累的贝比来说不啻为安慰剂。当贝比读完妹妹马蒂的信，他大声对着空气重复马蒂在信末的叮嘱（"请尽快回家"），然后抱住双膝，在散兵坑中渐渐睡着。创伤后应激障碍可表现为诸如失眠一类的睡眠问题，贝比在散兵坑中的安睡暗示他的创伤得到了短暂的抚慰，而这一情形有赖于马蒂的关怀暨见证。因为，尽管幼小的马蒂并不了解战事，她给贝比的家书、对贝比的持续等待以及对战事进程的关心，既是遥远的陪伴和安慰，也为战争进程作证，提供认识战争的契机。

小说《陌生人》的标题表面上指贝比作为素昧平生之人拜访海伦，实际是用双关语暗示贝比同样是战后新生活中的陌生人。"作为幸存者，贝比从战场上回来，发现自己在情感上被错置于一个陌生的当下"（Wenke, 1991：23），他感到与一切都格格不入。当贝比从海伦的家中出来，他看到一个遛狗的人："他［贝比］意识到在突出部战役期间，这个人每天都在这条路上遛狗。他简直不敢相信。他可以相信，但对他来说就还是难以置信了。"（Salinger, 1945b：77）远在和平故土的人不了解战事，依然日复一日地平静生活。更何况人的自我保护机制会发挥作用,不愿意听到悲惨的消息。如费尔曼所言,当面对生命中的可怖之事时,为了保护自己,"大部分人睁一只眼闭一只眼","让发生在自己或他人身上的恐怖之事不至于伤害到自己","或者对其毫无察觉"(Felman,2014:54)。通过贝比与这个遛狗的人的偶遇,塞林格试图揭示战争是何等残酷,它摧残人的肉体和精神(如牺牲的文森特),在幸存者(如贝比)的生命中留下不可磨灭的伤痕,而他们誓死捍卫的家园以及在这片土地上生存的人对他们的牺牲和痛苦一无所知,他们就是这片土地上悲哀的"陌生人"。譬如海伦虽为文森特的死感到悲伤,但她分明乐观面对战后生活,并善意鼓励贝比振作精神,这种回顾战争时的轻松态度与贝比的期待相违背。贝比已在战时失去挚友,非常孤独,创伤以及军人与社会本来的隔阂加剧了这种孤独感,因此,当他意识到海伦无法理解自己时,年幼的妹妹马蒂的陪伴更具价值。走出海伦的家后,马蒂若无其事地告诉贝比:"妈妈说我们应该去看看那个剧——《哈维》。她说你喜欢弗兰克·费。那剧讲的是一个对着兔子说话的人。他喝醉了之后,就跟兔子说话。"她沉默半晌又说:"贝比,你回家高兴吗?"贝比说:"是的,宝贝。""哎!你把我的手弄疼了。"贝比松了松手,问她:"你为什么这么问?"她说:"不知道。我们去坐双层巴士的上面吧,敞开的那种。"她又说:"我可以用筷子吃东西。……我到时候吃给你看。"(Salinger, 1945b:77)未谙世事的马蒂仅注意到自己感兴趣的琐事,她的语言中也充满童趣,但当她问出"你回家高兴吗",贝比这个饱经战争创伤的士兵感觉到非同一般的体贴与关心。看剧、坐双层巴士、用筷子吃东西,都是寻常有趣的生活体验,马蒂实际上是邀请贝比走出战争的阴霾,回到安定的日常生活之中。温克指出:"拜访完海伦之后,贝比意识到有一种生活还要继续下去。"(Wenke,1991:23)其实贝比正是在马蒂的陪伴和帮助下才产生"继续生活"的意识。尽管年幼的马蒂还无法体验战争带来的创伤,但她无疑是战争创伤的见证者。同是希望贝比忘却战争、与生活重新建立联系,不同于海伦的客套与冷淡,马蒂用她天真烂漫的儿童语言无意识地时时提醒着贝比:"我愿意倾听你的诉说,我与你同在。"

《最后一次休假的最后一天》《男孩在法国》和《陌生人》应当放在一起互文阅读。温克提道:"贝比的旅程是一种精神上的疗愈过程:他对抗着过去而专注于当下。"(Wenke,1991:23)三篇小说依从战前、战时、战后的时间顺序描写贝比的精神之旅,真实地刻画年轻人如何因为卷入战争而认识战争。弗伦奇错误地指出,"战争没有在肉体或精神上改变贝比","而如果连战争都不能改变他","几乎没有什么能改变他了"(French,1963:63)。但贝比显然被战争改变了,他的改变是信仰崩塌与创伤发生的过程,这正是通过三篇小说环绕聚焦的互文关系所体现的。在这三篇小说中,多重聚焦之间的转换将无形无相而无所不在的创伤经验外化为可见可感之物,马蒂在此过程中成为了一只重要的"眼睛",漫不经心地展示并见证了与创伤有关的真相。恰如哈特曼所言,修辞语言的任务恰好在于"表达和发掘"二者间的裂缝(Hartman,1992:540)。三篇小说看似存在时空上的转换和断裂,实际上正好黏合了彼此的裂缝,共同呈现出军人在战前、战时与战后的创伤感受,马蒂的儿童语言则是这种感受得到表露的关键。贝比的内聚焦视角让读者理解其创伤,马蒂懵懂的言说则从一个侧面见证贝比的创伤,认识战争,并使贝比在文本内外都拥有见证者的陪伴。

第二节　渡过战争：《为艾斯美而写——有爱也有污秽》与《康涅狄格州的威格利大叔》中的见证者同盟与移动窗口

与马蒂一样，《为艾斯美而写——有爱也有污秽》中的艾斯美姐弟以及《康涅狄格州的威格利大叔①》中的拉蒙娜虽与战争/战场距离遥远，却仍通过他们自己的语言与成年主人公的创伤发生联系。在塞林格的全部作品之中，《为艾斯美而写——有爱也有污秽》及《康涅狄格州的威格利大叔》所呈现的儿童见证者最为相似，他们为成年主人公见证并帮助其穿越战争之殇。《为艾斯美而写——有爱也有污秽》讲述叙述者与艾斯美姐弟于英国小镇偶遇，十三岁的艾斯美请求叙述者为她撰文："要写得极其污秽，极其感人。"（塞林格，2018b：127）叙述者依照诺言，在小说后半段切换至第三人称②讲述了一个"污秽而感人的"故事：战争结束不久，饱受

---

① "威格利大叔"来自20世纪早期的童书系列故事，作者是霍华德·加利斯（Howard Garis）。在这个故事系列中，主人公威格利大叔是一只和蔼可亲的兔子老先生，他热情洋溢、待人宽厚。而在塞林格这篇小说中，埃洛伊斯曾经扭伤脚踝，沃特开玩笑称她的脚踝是"威格利大叔"；在小说结尾，对旁人冷酷无情的埃洛伊斯获得了顿悟，哭着喃喃自语"可怜的威格利大叔"。塞林格这样安排或许是希望将加利斯故事集中"威格利大叔"正面、阳光的形象与乐观、淳朴、善良的沃特联系起来。另外，布鲁姆（Harold Bloom）的观点也值得借鉴，他认为"威格利大叔"在小说中形成某种反讽：埃洛伊斯认识到这些年来"她性格中'威格利大叔'式的积极阳光的部分逐渐消失了"，"她遗失了生活的乐趣和对他人的爱"，于是将自我封锁起来，"甚至对自己的孩子也如此"（Bloom，2007：123）。埃洛伊斯的顿悟或许即在于此。
② 这一奇怪的人称转换策略是理解小说的关键环节之一，或许是因为那段经历太过痛苦，所以叙述者需要切换人称，以旁观者的身份对故事进行讲述。

创伤摧残的 X 中士在驻地收到艾斯美辗转邮寄的信件包裹,后者此举无意中纾解了前者的创伤症状和疲惫心态。《康涅狄格州的威格利大叔》则叙述主人公埃洛伊斯因战时失去恋人的痛苦及其战后城郊生活的苦闷,把对生活的不满转嫁给了女儿拉蒙娜、女佣格雷斯以及丈夫卢。埃洛伊斯在家迎接大学室友玛丽珍的到访,她把昔日恋人沃特①在战争中的荒唐死因告诉玛丽珍,流露出对他的深情怀恋及对现任丈夫的鄙夷与冷漠。拉蒙娜的自闭症没有受到母亲的重视,但她却因为执着于一个不存在的伙伴,偶然戳穿母亲的创伤真相,促使其情感崩溃。

尽管塞林格在许多作品中埋下战争因素的伏笔,唯有在《为艾斯美而写——有爱也有污秽》中,他一改将战争创伤藏匿于暗语和譬喻之下隐而不言的风格,致力于描画军人的创伤后应激障碍(PTSD),并且赋予它"一个封闭式的结尾"(Wenke, 1991: 53),这与塞林格大多数作品的风格相左。一些评论者认为《为艾斯美而写——有爱也有污秽》超越了《麦田里的守望者》而成就"塞林格艺术生涯的高潮"(Gwynn and Blotner, 1960: 4)。温克还将该小说誉为"塞林格最成功的战争小说",因为它"反映了塞林格驳斥那种视战争为荣耀、视死亡为神圣的陈词滥调的强烈决心","囊括了塞林格创作的所有重要主题:战争、童年、婚姻生活、沟通的挫败、惯例的伪善、友谊的困境"(Wenke, 1991: 49, 53)。匹克雷尔(Paul Pickrel)在《耶鲁评论》中赞誉它"是 50 年代最好的小说之

---

① 这位沃特·格拉斯(Walt Glass)是格拉斯家族中的一员,也是西摩·格拉斯的双胞胎弟弟之一,在战争中逝世。塞林格在后来的小说《弗兰妮与祖伊》《抬高房梁,木匠们;西摩:小传》中提到过这一人物,但都只是一笔带过。塞林格自 1965 年停止发表作品后,仍然一直保持着写作的热情和习惯,很可能在他尚未发表的作品中存在着对沃特等格拉斯家其他人物更细致的描写。

一,也是我所知的最令人赞叹的作品之一"(转引自 Smith,2003:643)。就连对塞林格作品大加挞伐的斯坦纳也坦承《为艾斯美而写——有爱也有污秽》"非常动人"(Steiner,2000:361)。① 相较之下,《康涅狄格州的威格利大叔》虽不及《为艾斯美而写——有爱也有污秽》受人追捧,却不失为一篇优秀小说。它不像其他 50 年代美国文学,试图表现遗忘战争、回归宁静中产阶级生活的场景,而是讲述主人公在战后的苦闷,这种塞林格式的"遗失感使人颇为揪心"(Wiegand,1958:9)。弗伦奇认为这篇小说极为重要,因为它是塞林格作品中唯一一篇同时在一个人身上展现了人性的"美好"与"虚伪"的作品:埃洛伊斯与沃特的回忆是美好的,她与现任丈夫卢的生活则充满了虚伪(French,1963:38)。小说中的儿童主人公拉蒙娜邋遢而自闭,并不讨喜,但她作为被成年人所忽视的儿童,在叙事中具有深远意义。布鲁姆指出:"拉蒙娜不是一个早熟或特别可爱的孩子。不管是她挖鼻孔的动作或是与人冷淡的相处之道,都不讨人喜欢。她的存在方式反映了一段历史:(儿童)需要自己满足自己,并且对成年人报以很低的期望。这个不起眼的孩子是塞林格小说中非同寻常的角色。"(Bloom,2007:118)布鲁姆低估了塞林格创造拉蒙娜的动机,拉蒙娜这一角色的出现不只是为了反映战后儿童的生存状态,她更是成年人的创伤的关键见证者。

  在两篇小说的结尾,成年主人公的创伤多少得到暂时缓解,表明这两个故事最终关切着叙述者的创伤治愈,而儿童主人公在此过程中至为关键。下面将对两篇小说中儿童话语开始,探讨这些儿童语言及移动窗口的叙述策略与创伤见证的关系。本书认为,

---

① 另见 John Hermann, "J. D. Salinger: Hello, Hello, Hello," *College English*, 22 (1961): 262.; Eberhard Alsen, *A Reader's Guide to J. D. Salinger*, Westport: Greenwood Press, 2002. p. 97.

小说中的儿童承担着见证者的功能，他们的语言表述中包含着暗示性的"误喻"(catachresis)和谶语，无意识地言说并见证创伤。他们与叙述者（包括叙述者的"叙述自我"在内）以及小说中的成年主人公共同承担着见证的职责，与叙述者的"经验自我"(experiencing I)结成同盟，是创伤治愈的关键，而移动窗口的叙述策略则是帮助见证者彼此达成默契同盟的必须。

一、强加的误喻：遭遇创伤

创伤经验是独一无二且难以言喻的精神感受。德里达(Jaques Derrida)认为，作为事件亲历者的见证者（即创伤者），其经验"从本质上而言是唯一且不可替代的"，"见证者所证实的是一直呈现给他自己的某种'东西'"，"秘密是他者的真正本质"(Derrida, 2005: 77, 165)。换句话说，创伤经验是专属于某个个体的"不能用语言表征的基本印象"(Amir, 2014: 44)。它的独一性与抗拒语言表征的特性使受伤者难以对之进行完备的复述与形容，创伤者私密的见证体验因而存在于"言说"与"不可言说"的表达悖论之中。扬也注意到创伤经验不便转译为语言的必然性，他在论及奥斯维辛的见证问题时谈道："如若将奥斯维辛与隐喻割裂，就是将前者完全抛置于语言范畴之外；[因为]受害者当初是通过隐喻去认识、理解奥斯维辛并对其作出反应的；作家是以隐喻的方式对其进行编辑、表达和解释的；今天的学者和诗人也是通过隐喻来记住、评论奥斯维辛并赋予其历史意义的。"(Young, 1988: 91)。在亚里士多德的《诗学》中，"隐喻"被定义为"用一个表示某物的词借喻他物"（亚里士多德, 1996: 149）。也就是说，任何试图表征创伤的尝试（诸如证言）必然无法与隐喻分割，证言只能由此及彼地、"以他物命名此物"式地间接展开（亚里士多德, 1996:

149)。针对这一观点,米勒在《共同体的焚毁》(*The Conflagration of Community*,2011)一书中进一步阐释道,在见证的问题上,"误喻"(catachresis)比"隐喻"更为恰当,它含有"将其他领域的词语强加于本质上拒绝表征的事物"之意(J. H. Miller,2011:152)。从字面上看,"误喻"表示"不恰当的比喻或某词不当、特殊的拓展意义",其希腊词根"*kata-*"则含有"歪曲"的意思;这层含义则在"隐喻"一词中佚失。《普林斯顿诗歌及诗学百科全书》(*The Princeton Encyclopedia of Poetry and Poetics*,2012)中对该词的定义是"借助其他词语来指代一个本身没有命名的事物",它所代替的是一个"缺失的术语",即"它揭示了语言中的一块空白,而这块空白不被语言所占据"(Freinkel,2012:209—210)。因此,"误喻"更适于表示对创伤进行指认和见证,它间接地强加于"抗拒表征"的创伤之上。在《为艾斯美而写——有爱也有污秽》和《康涅狄格州的威格利大叔》中均存在着这样强行设置的误喻,巧妙地指向主人公的创伤感受。

弗伦奇认为《为艾斯美而写——有爱也有污秽》表现了"人与人之间的成功交流"(French,1963:98)。然而,小说中的"我"暨X中士基本不与同事沟通,所谓"人与人之间的成功交流"仅体现在他与艾斯美姐弟(特别是艾斯美)的交流过程中,尤其是就"污秽"一词的交流过程中。下午茶行将结束时,艾斯美主动向叙述者提出:"如果你什么时候能专门为我写一个故事,我将感到不胜荣幸。……我喜欢写污秽的故事。……污秽。我对污秽极其感兴趣"(塞林格,2018b:124)。"污秽"(squalor)原指"肮脏、不适的状况",其拉丁文词源"*squalor*"或"*squalere*"意为"粗糙、肮脏、污秽",这个词在小说语境中极不和谐。由于艾斯美把握词语的能力不够——例如她将"intrinsically"(本质地、固有地)误读作

"intransically",叙述者便调侃道:"我想她父亲的词汇量一定大得非同一般"(塞林格,2018b:122),她又喜好炫耀词汇量①,旁人便不确定"污秽"一词能否传达她真正想表达的意思。《九故事》2018年中译本的译者丁骏对此曾作出说明:"'squalor'也是这样一个她为了炫耀而刻意使用的特别词汇,很可能她只是为了用而用,其实并不清楚这个词的准确意义和用法。"(丁骏,2016:101)叙述者起初也对此迷惑不解,但是当艾斯美稍后追问:"你对污秽到底有没有一点儿了解?"他已经心领神会:"我[对她]说[我]不敢说真的有多了解,但是眼下我正不断接触它这样那样的表现形式,正越来越了解,而且我会努力满足她具体的要求。"(塞林格,2018b:127)叙述者始终没有透露何为"污秽",但他默契地在小说后半段对之作出演绎:胜利日结束后的某晚,X中士因战争创伤忍受着难以自控的晕眩、呕吐和失眠,还要应付闯入房间的Z下士的恼人纠缠。Z离去后,X发现了艾斯美寄来的邮包,他的创伤因而得到缓释。叙述者称,这就是他当初向艾斯美所承诺的、为她所写的"污秽"的故事,但这个故事其实很难与"污秽"联系起来。

多数塞林格研究者指出,所谓"污秽"既指叙述者被狭隘肤浅的亲人、战友所围困的生活,更指涉其糟糕的战争经历。② 这种说

---

① 炫耀词汇量的初衷或许是为了让叙述者印象深刻。艾斯美在战争中失去了自己的父亲,因此很可能是将对父亲的感情投射在身穿军服的叙事者身上,温克便认为:"推动她[艾斯美]的表演的是她需要以自己的才智打动叙述者,并且就像故事随着其发展所揭示的,把他当作父亲的替代品。"(Wenke, 1991: 50)

② 见 Kinney, Arthur F. "J. D. Salinger and the Search for Love," *Texas Studies in Literature and Language*, 1(1963): 120; Tierce, Mike. "Salinger's 'For Esmé—with Love and Squalor'," *Explicator*, 3(1984 Spring): 57; Hermann, John. "J. D. Salinger: Hello, Hello, Hello," *College English*, 4(1961): 263; Eberhard Alsen, *A Reader's Guide to J. D. Salinger*, Westport: Greenwood Press, 2002. p. 98; Gwynn, L. Frederick and Joseph L. Blotner. *The Fiction of J. D. Salinger*. London: Neville Spearman Ltd, 1960. pp. 6—7.

法虽然正确却不免笼统,而且批评者们既就此达成一致,便通常绕过对"污秽"(squalor)的阐释而将它与题目中另一词"爱"并置讨论。① 但这类见解均不足以解释作家为何选择意义不甚明朗的"污秽"一词。实际上,"污秽"在文本中的不合时宜正是因为艾斯美事实上对其进行误用而产生的"误喻",它暗合了艾斯美姐弟战时的悲惨经历,因此是艾斯美关于战争的证言。艾斯美和弟弟查尔斯过早地成为战争孤儿,他们的遭遇最大可能地接近与迎合了"污秽"的延伸意义,即一种"污浊、悲惨的境地"。其次,叙述者的故事表明,不论艾斯美所谓"污秽"究竟为何,即便她自己也不甚理解该词的含义,她却无意中预言和见证了叙述者作为军人所经历的某种寂寥悲哀的感情;叙事者认为这种感情可以用"污秽"来加以形容。也就是说,叙述者特地用意义模糊的"污秽"来形容自己在驻地的经历,这其实是对他在战争中饱受精神摧残、孤立无援的境遇的"误喻"。准确地说,艾斯美懵懂预言并见证了叙述者的创伤,叙述者也通过"污秽"一词窥视了她的荒凉处境。他们以"污秽"为媒介,互为彼此的见证者,又共同为战争作出见证。必须承认,读者永远无法获悉艾斯美和叙述者所心照不宣的"污秽"究竟何意,诚如米勒所言:"掩藏秘密,永不揭示它们,这是文学的一个基本特征。"(米勒,2007:60)塞林格特地悬置了"污秽"这一误喻的词汇的定义,是因为有些"秘密"无法言传。

在艾斯美给 X 中士的信末,五岁的查尔斯留言道:

---

① 例如格温与布洛特纳认为"污秽"与"爱"互相抗衡、此消彼长(Gwynn,1960:8)。温克称《为艾斯美而写——有爱也有污秽》表现了"个体如何穿越污秽抵达爱,完成有意义的、救赎性的表达方式"、"(在这个故事里)爱最终赢得了胜利"(Wenke,1981:259)。布莱恩则反对地表示,"污秽"与"爱"相容共生:艾斯美让 X 中士领悟到,"没有污秽,就谈不上爱"(Bryan,1962:287)。

HELLO HELLO HELLO HELLO HELLO
HELLO HELLO HELLO HELLO HELLO
LOVE AND KISS CHALES(Salinger, 1953: 110)

在落款处,查尔斯将自己的名字"Charles"误写作"Chales"。奥康纳指出,"*chales*"是"chalice"(圣餐杯)一词的古英语词形,作家借此暗示查尔斯的童真与爱是献给 X 的圣餐(O'Connor, 1980: 185)。这一阐释合理地照应了小说题目中的"爱"的意义,不过,查尔斯的错误拼写还服务于另一目的。误拼的"Chales"中包含古英语 *hal* 词根,表示"健康、安全、平安;完整;毫发无损;真实、坦率",这些意义恰好对应艾斯美告别叙述者时所说的:"再见,我希望你能完好无缺地从战场上回来。"(塞林格,2018b: 128)可以说,"Chales"这一错误拼写暗示了创伤者在战争中遗失的那部分美好的东西,这种遗失无法用言语确切表达,只能通过错误的拼写中暗含的误喻来完成,使叙事者获得了极大的安慰。

同样,在《康涅狄格州的威格利大叔》中,埃洛伊斯怀念战争中逝去的恋人及昔日的纯真,小说中弥漫着浓厚的怀旧情绪,但这个故事绝不仅是哀悼纯真的遗逝或证实战争给女性带来的伤痛。拉蒙娜的一切言行对于理解这个故事都非常重要。弗伦奇把拉蒙娜厚厚的近视眼镜视作关键记号,他指出"塞林格笔下凡是具备某种天赋的角色都存在身体上的缺陷"(French, 1963: 43)。其实,拉蒙娜的特别之处并不在于她的儿童身份与成年人关系,而在于她的语言。她整日与想象中的伙伴吉米·吉莫雷诺(Jimmy Jimmereeno)形影不离,当她宣布吉米因车祸身亡后,又设想出一个米奇·米克雷诺(Mickey Mickeranno),代替吉米"睡"在她的床上。为了把床的大部分空间留给虚构的新男朋友"米奇",她只睡在床沿处。当母亲埃洛伊斯问她为什么不睡到床中间去的时候，她说："因为我不想伤到米奇"（塞林格，2018b：45）。埃洛伊斯随后强迫拉蒙娜睡到床中央，她离开后又很快激动地冲回房间，把拉蒙娜的厚眼镜贴在脸上，流泪沉吟。拉蒙娜的自闭可以归结为母亲由于深陷苦闷而对她疏于关爱，而埃洛伊斯对拉蒙娜语言的歇斯底里般的反应恰恰表明，拉蒙娜无意识地见证了战争给母亲埃洛伊斯造成的创伤。拉蒙娜想象中的小伙伴也是对沃特（埃洛伊斯的前男友）的误喻：吉米"死"后，拉蒙娜强行想象出与他名字相似的虚拟人物米奇，并且固执地为之保留位置；而沃特在战争中死后，埃洛伊斯却在现实中与另一个男人卢结婚生子。这也是为何在小说的结尾，埃洛伊斯向玛丽珍恳切地泣诉："我以前是个好女孩，对吗？"小说叙事在此达到了最饱满的情感强度，因为埃洛伊斯的冰冷无情终于被击溃，为了渡过创伤的疼痛，她必须正视疼痛。她在小说结尾暴露自己无力招架的创伤感受，表明她终于正视创伤的痛苦并拥有渡过这一困境的可能。

不难发现，艾斯美和拉蒙娜晦涩的儿童语言只有在与证言有关的阐释中才能得到较为合理的解释，它们以"误喻"的方式无意识地应和或引出叙述者的创伤真实，而与他们相对的成年人则是有意识地认识到儿童的创伤。在成年人与儿童各自的创伤彼此遭逢之际，儿童的"无意识证言"因其天真无邪而具备呼唤共情的能力。除此之外，小说中还存在着其他方式的无意识证言，指向更加深入的创伤见证。

二、准确的谶语：言说创伤

见证者是独一无二的记忆载体和"活档案"，因而通常先于证言存在，并且是确认证言的关键。正如列维纳斯（Emmanuel

Levinas)所言,"见证者是证言实现的媒介"(见 Felman and Laub, 1992:3)。但是,见证者不仅是"(事实上)作见证的人",也可以是"通过见证的言语引出真相的人"(Felman and Laub,1992:16)。两者之间的区别在于,前者必须与真相关系密切(例如是创伤事件的当事人),而后者则不必如此。尽管策兰(Paul Celan)有名言"没有人能够为见证者作证"("no one bears witness for the witness"),无意识的见证者却能够为任何真相作证。当然,无意识证言的见证者并不一定知晓自己的见证者身份,只有当其话语在客观上产生见证的效用,他才能被认为是见证者。换言之,无意识证言实际上先于见证者得到确认,它的存在标志着见证者的存在。① 《为艾斯美而写——有爱也有污秽》及《康涅狄格州的威格利大叔》中的几个孩童都是这样的见证者,他们用准确的谶语引出了创伤真相。

即便《为艾斯美而写——有爱也有污秽》中缺乏具体的战争描写,艾斯美与叙述者的大部分对白可以视作她这个局外人对战争残酷性的谶语暨证言。她对叙述者说:"我走过来纯粹是因为我觉得你看上去孤单极了。你有一张极其敏感的脸。"(塞林格, 2018b:118)艾斯美的父亲死于北非战场,她搭讪叙述者的动机很可能源自对父亲的思念。但她用以掩饰失怙之痛的托词碰巧言说了叙述者的真实感受:后者早在奔赴前线之前就已处于相当压抑孤寂的状态。他所在的情报培训班"毫无同志情谊可言","竟然连

---

① "谶语"在《现代汉语词典》中的释义为:"迷信的人指事后应验的话。"在这里,该词或者可以引申为一种主观上原本无意识,客观上却能预见或揭示原本被遮蔽的创伤的证言,而创伤主体所应验的创伤体验则反过来确认了见证者的见证身份。这几篇小说中,儿童的语言都无意识地说出了成年人原本无法言传的创伤感受,在没有具体战争情节的情况下,这些语言仍然传达了强烈的创伤,使成年人获得一定程度的抚慰。

一个合群的都没有","如果既没写信,也不上课,我们就各干各的"(塞林格,2018b:109)。只有艾斯美唯一真正在现实中与叙述者真心实意地交流过。此外,叙述者与艾斯美姐弟偶遇的次日,他的训练班即将前往伦敦准备诺曼底登陆。他早就忐忑不安,提前丢掉了防毒面具:"我非常清楚敌人一旦真的使用毒气,我是肯定来不及把这劳什子玩意儿戴上的。"当他收拾好行军包下山时,他想:"四周电闪雷鸣,我毫不在意。会不会被雷劈到也是天注定的事。"(塞林格,2018b:110)"是否遭遇雷劈"由上天注定,这句话暗含了"战场上是否丧命"的忧虑,叙述者听天由命的豁达中流露出对战争的不安与恐惧。艾斯美对叙述者的这些感受毫不知情,但她是唯一在他奔赴前线之前祝福他的人:"再见,我希望你能完好无缺地从战场上回来。"(塞林格,2018b:128)既然是期望"完好无缺",也就是说事实上存在着与之相反的可能性,艾斯美的祝福与叙述者心中的恐惧再次准确贴合,不经意间戳穿了后者的心事。

在小说结尾,艾斯美写给 X 中士的信也仿若"谶语",使后者的创伤得到最大程度的抚慰:

> 我们都为 D 日感到无比激动,也难免骇畏,但求这能加快促成战争的结束,以及这种至少也算是荒谬的生存方式的结束。我和查尔斯都很挂念你;我们希望你不属于第一批进攻敦廷半岛的部队。你不是吧?请你尽快回信。……我冒昧地随信寄去我的手表,战斗期间你可以戴着它。我们短暂的会面中我没有注意你是否戴着表,但是这只表绝对防水、防震,而且还有很多其他功用,比如可以测知步行速度。我深信在这些艰难的日子里,这只表对你肯定远比对我更有用,而且你可以把它当作一件幸运的护身符收下。

(塞林格，2018b：140)

这封信中，艾斯美并不了解叙述者的行军安排，她的问候是提前发出的，辗转拖延了一段时间才寄到X中士的手中。当艾斯美说"我和查尔斯都很挂念你；我们希望你不属于第一批进攻敦廷半岛的部队"，其实是说出她自己的牵挂，因为查尔斯年纪尚小，那次在咖啡馆会面时，查尔斯也完全沉浸于自己的世界之中，与叙述者的偶遇大约很难给他留下印象，因此查尔斯不太可能"挂念"叙事者，年幼的他更不可能了解"第一批进攻敦廷半岛的部队"可能遭遇的危机。艾斯美教查尔斯写下的一连串"HELLO"的留言，也表达了她希望传递给叙事者暨X中士的爱。这封信中的"你好"（HELLO）是人与人之间交流之初的问候语，若干问候的叠加表示出人与人沟通的可能；"爱"（LOVE）与"吻"（KISS）则象征着生命中的希望。大写的字母强调了这种情感的强度。

艾斯美赠送给叙述者的手表带着同为战争受害者的艾斯美姐弟的祝福，被辗转传递到叙述者之手，破碎的表面象征着艾斯美姐弟见证的决心——一定要将它寄送给X中士，后者则由此获得了所需要的安慰。正如温克所言，艾斯美的信件包裹"是战争受害者之间的联络"（Wenke，1991：52），艾斯美姐弟因而也成为X唯一的见证者。在小说末尾，叙事者说道："一个人只要还能真正感到睡意，艾斯美，那他就总有希望再次成为一个——一个完——好——无——缺——的人。"（塞林格，2018b：141）这里的"完好无缺"并不指身体的完整，更重要的是精神上的健康。尽管X无法得到战友或者兄长的体谅关怀（他的战友拿他欠佳的精神状况当谈资，他的兄弟则只顾着来信催促他带回战争纪念品），他认识到艾斯美姐弟在残酷的战争过程中始终是他遥远的陪伴。

可见,艾斯美姐弟不仅无意识地在战前言说了 X 中士的心声,他们的证言也在战时追随并在战后传递给濒临精神崩溃的叙述者。

　　类似的"谶语"同样表现在《康涅狄格州的威格利大叔》中。当拉蒙娜宣判她幻想的伙伴吉米死亡时,她轻描淡写地解释道:"他被车撞了,然后死了。"(塞林格,2018:42)她说这句话时流露出看似无动于衷的态度与埃洛伊斯将沃特的死告诉玛丽·简时的表现如出一辙。然而,读者只有在小说的结尾发现拉蒙娜和埃洛伊斯都在黑暗中哭泣时,才知道她们先前掩饰了内心真实的情感。格温与布洛特纳曾一针见血地指出:"吉米与拉蒙娜的关系正如沃特与埃洛伊斯的关系——象征着隐秘的爱,这种爱不受现实的阻碍。"(Gwynn and Blotner,1960:22)也就是说,她们都怀着某种不能说出口的、对某个死者(吉米或沃特)的深深爱意,母女二人的感情是相通的。拉蒙娜睡在床沿、在床中留出一个毫无必要的空位,表明她内心始终为这个不存在的伙伴留有一块地方。在现实生活中,拉蒙娜没有朋友,他们所住的街区没有别的孩子,她唯一的伙伴吉米"死了",她的孤独与母亲埃洛伊斯的孤独极为相似。埃洛伊斯在街区也没有朋友,她唯一喜欢的沃特在战争中白白牺牲,强留玛丽·简过夜也证明她极度孤单。可以认为,拉蒙娜对幻想中的伙伴的态度是对埃洛伊斯情感的见证与模仿。正因此,当埃洛伊斯猛然意识到这一点时,她放下了冷漠的面罩,在痛哭中宣泄自己隐忍许久的情绪。

　　如前文所述,《为艾斯美而写——有爱也有污秽》和《康涅狄格州的威格利大叔》中的儿童各自都经历着情感创伤,但她们的语言均以无意识的谶语的方式贴合着成年人的痛苦。她们的失落和哀愁帮助小说中的成年主人公更清晰地看见、体验和把握自己的创伤,在无意中分担和慰藉了成年主人公的悲哀。关于塞林格小说中的创伤,塞林格的女儿玛格丽特曾坦言:"我从许多方面明白了为什么小说《为艾斯美而写——有爱也有污秽》在叙述中归于沉寂。假如有人去恢复语言,那也不是亚里士多德式的开头、中间和结局那般完整的东西,而是一首诗——间于呻吟和故事——反映的是生命被炸成碎片的形状。"(玛格丽特·塞林格,2005:58—59)玛格丽特这段诗意的阐述反映了一个事实,即战争在人的心中留下破碎而凌乱的印记,人对于战争的支离破碎的感受很难用语言清楚表达,因此这种感受反映在语言上便形成它独特的风格。

三、移动的窗口:同盟见证

莱恩(Mary-Laure Ryan)借助计算机术语中的"窗口"概念定义了一种非线性的复杂叙事结构。她以计算机界面为例,操作时,"实际运行的东西在任何时候都比屏幕上所能显示的要多。用户在同一时间里只能忙于处理一个处理程序——也许能看到更多的程序运行;但是决定系统的总体状态并且使计算机运行的因素恰恰是若干不同处理程序的同时操作——无论看到与否"(莱恩,2002:73)。观察者无需变换位置就能跟着人物的移动穿越整个故事空间,而故事情节的并列使"窗口的移动成为必然之事"(莱恩,2002:74)。也就是说,计算机"窗口"概念类比了复杂叙事的进程,叙述可以在不同的情节(不同的时间与空间)之间移动,类似于计算机不同窗口之间的切换。就《为艾斯美而写——有爱也有污秽》和《康涅狄格州的威格利大叔》而言,碎片化的创伤体验通过"移动窗口"的叙事策略进一步表现出来,儿童与成年人则借由"移动窗口"结为见证的同盟。

《为艾斯美而写——有爱也有污秽》中存在前后两部分窗口的变换,变换的标志是叙述者的直接提示:"场景变了,人物也变了。我仍然在故事里,但是从现在起,因为某些我不能随意公开的原因,我已经把自己巧妙地伪装起来,即便是最聪明的读者也认不出来。"(塞林格,2018b:128)叙事者说了一句与读者之间心照不宣的假话,因为读者分明能够在这个转换了人称的故事中轻易看出X中士就是叙述者自己,叙述者的"伪装"并不"巧妙",就连最"不聪明"的读者也能读懂。一般而言,证言应当由第一人称叙述者讲述,因为证言默认了一种假设,即见证者必须是用自己的眼睛看到某种事实再做出陈述。米勒甚至断言见证"不能以第三人称的叙述视角完成","这基本上适用于所有的见证"(J. H. Miller, 2011:178)。既然读者知道叙事者就是故事中的X中士,并且叙述者也显然故意让读者明白这一事实,为何他仍然坚持转换这则写给艾丝美的故事的叙事人称,难道他不希望见证发生在他自己身上的故事?叙述者所说的"因为显而易见某些我不能随意公开的原因"又指什么?

弗伦奇认为这是由于叙事者"不愿用第一人称谈论他在第二部分所揭示的关于自己和他人的污秽的事",人称转换可以使他安然隐身于X中士身后(French, 1963:98)。但是,既然叙述者决定写下这个"污秽"的故事,他就不会对其避之不及。当然,弗洛伊德在《防御过程中自我的分裂》("Splitting of the Ego in the Defensive Process", 1940)和《恋物癖》("Fetishism", 1927)两篇文章中曾谈到,主体在面对痛苦的现实时,会同时流露出对创伤事实的否认和肯定的两种情绪,这是源于一种自我保护的机制。作为创伤患者,叙述者或许对自己的战时处境羞于启齿而不愿将自己与这些情况联系起来:他脸部抽搐、嘴唇紧绷、精神失常、恶心呕吐,他的同僚说他看上去"就像一具死尸"(塞林格,2018b:133)。但这些症状不应当属于"污秽"的部分,引起他的这些症状的事件才应是"污秽的"。相较之下,温克的看法更为合理:"X中士的经历把他和他战前的生活分离开了。他不再是他自己。他不是'我'了。他是'X',是一个被取消的(crossed-off)、无名的整数。"(Wenke, 1981:51)也就是说,人称的转换象征着战争对生命的撕扯及其所造成的人的精神的分裂,战争使他不再具有独特的个性,而成为一个符号或数字。或许正因如此,当艾斯美姐弟的邮包到来的时候,X中士会如此感动,因为那个包裹是寄给姐弟俩战前所认识的那个叙述者的,它是X中士与战前的自己发生联系的纽带。与此同时,当他的叙述从第一人称变换为第三人称,他就从经验自我(Experiencing I)转变为叙述自我(Narrating I)。叙述自我与经验自我分离时,便为后者增加了一位见证者。也就是说,《为艾斯美而写——有爱也有污秽》的叙述者分饰两角,有意识地成为他自己的同盟见证者,隐身于移动窗口的叙述策略之中刻意操纵着见证的进程。多个窗口之间的移动使小说产生时间及空间的往复与断离效果,而这种断裂、重复式的叙述中又包含着见证者同盟之间关于同一真实的不同描述与反应。

在这篇小说的第二个窗口中,X中士在被捕的德国女军官家中发现了纳粹分子戈培尔的一本书,书的扉页是这位女士用德语写下的颇为诚恳的文字:"亲爱的上帝,生活是地狱。"(塞林格,2018b:130)这句话流露出的痛苦显然与X的感受相差无几,立即引起他的兴趣,使他"带着几个星期以来做任何事都未曾有过的热情"在下面用英文回复:"各位神父、各位老师,我思考'地狱是什么?'我认为地狱就是因为不能去爱而受苦"(塞林格,2018b:130),这段出自陀思妥耶夫斯基的话可谓这篇小说之眼,也是叙述者痛苦的根源——如格温与布洛特纳所言:"无爱就会带来分裂和战争"(Gwynn and Blotner, 1960:6)。叙述者刻意强调他与女军官分别写下的"英语"和"德语"文字,又提及俄国文学巨擘陀思妥耶夫斯基,无疑是暗示不论他们的国籍、语言、立场如何,他们都面对同一种生命困境,陷入同一种思考困顿,情感相通。格温与布洛特纳也强调X中士把这位德国女军官视为盟友,认为二者共同"反抗折磨着他们的战争"(Gwynn and Blotner, 1960:7)。

叙述者的这种痛苦得到了艾斯美姐弟的抚慰,这一点早在查尔斯给叙述者出的谜语中得到暗示。在咖啡馆时,当查尔斯问叙述者:"一堵墙对另一堵墙说什么?"叙述者无法回答,这时查尔斯异常兴奋地喊出谜底:"咱们墙角见!"(塞林格,2018b:122)针对这个谜语,提尔斯(Mike Tierce)认为,艾斯美"代表科学、理性和物质主义世界",而查尔斯"代表率性情感世界",他们共同组成了"X必须与之妥协共存的生活的两极",X中士"必须接受这两点才能在战后世界生存下去"(Tierce, 1984:57)。提尔斯的说法不足采信,因为战争创伤并不能由"科学、理性和物质主义"与"率性情感"所治愈。真正治愈战争创伤的只能是人与人之间的沟通和爱。在这个谜语中,"墙"是坚硬封闭的建筑,一堵墙与另一堵墙的朝向可能完全不同,或者同一朝向但彼此有距离,而查尔斯能充满信心地喊出"咱们墙角见",则表达了毫无防备的友善和纯真,显示出坚硬而独立存在的事物仍有交汇的可能,这或许暗合了可能使战争中不同立场的人之间彼此和解的"爱"。爱不仅是有效的沟通,它是见证本身,因为"阅读和观看证言是一种爱的实践"(Kilby, 2014:6)。

小说中,艾斯美还将自己父亲的手表转赠给了叙述者。艾斯美的父亲是一名在二战中牺牲的英国军人,因而也可以视作X中士未曾谋面的盟军战友。如果说前述的各位同盟见证者已经逐渐接近叙述者的痛苦,那枚手表才真正地接近并见证了 X 中士所经历过的那种生命恐怖,因为手表的主人与 X 中士一样共同见证了战争的严酷。当 X 中士从盒子里取出那块腕表时:"他发现表的水晶面已经在邮寄过程中震碎了,他不知道表的其他部分是不是还完好,但他竟没有勇气拧拧发条做个检查。他只是握着表又坐了很久很久。然后,突然间,他几乎是狂喜般地发现,他感到了睡意。"(塞林格,2018b:141)这是因为,这枚来自死者的物品最接近那个他们共同了解的关于生命之恐怖的秘密,它本身就是无声的证言。不论是叙述者的第三人称分身 X 中士、德国女军官,或是天真烂漫的查尔斯,他们通过移动的窗口结成了见证的联盟。正是人与人之间最质朴的爱让叙事者的创伤得到暂时的安抚。

相较之下,《康涅狄格州的威格利大叔》中的窗口变化没有明显的标志,只是在埃洛伊斯与玛丽珍的对话之间穿插了一些窗口移动,其中包括埃洛伊斯向玛丽珍披露沃特死因的情节。在这样的叙事安排中,埃洛伊斯仍然没能在玛丽珍身上找到有效的慰藉,反而是无意间从年幼的女儿拉蒙娜那里获得了自己需要的见证。在故事的结尾,叙事窗口移动到拉蒙娜的房间,埃洛伊斯强行将拉蒙娜拉回床的中央,拉蒙娜没有挣扎却"事实上完全没有妥协"(塞林格,2018b:46)。最后,埃洛伊斯冲回拉蒙娜的房间,跪倒在黑暗中哭泣并喃喃自语"可怜的威格利大叔",这时拉蒙娜还没有睡着。母亲强行将她拉回床的中间,使她占据原本故意留给小伙伴米奇的位置,也就是说,就像埃洛伊斯在沃特死后与卢建立新的家庭一样,拉蒙娜想象中的那个小伙伴的存在可能也被粗暴地否决了,她必须面对孤独的现实。拉蒙娜全程没有说话,而是"一直都在哭"(塞林格,2018b:46)。在沉默的眼泪中,母女二人的痛苦同时发生,互为见证。

在不同的叙事窗口里,所有的证言指向一个真相,即战争对于人类个体的伤害。莱恩指出:"窗口概念有助于我们描述叙事策略中最少关注的一面:话语如何把握同时进行的几个过程,如何解开错综复杂的命运之结,如何解决人物在空间的移动问题,如何在决定故事世界的命运的各种场面之间往来穿梭。"(莱恩,2002:74)读者跟随着移动窗口,通过不同窗口来定位其中的人物和事件,小说中的儿童及其语言和相关事件,与受到创伤的成年人组成见证者同盟。卡内提(Elias Canetti)曾在《卡夫卡的另一次审判》(*Kafka's Other Trial*, 1974)中说道:"面对生命的恐怖……只有一种安慰:与先前同样见证过这种恐怖的其他人联合起来。"(Canetti, 1974:4)这种安慰源于创伤受害者(即第一见证者)得到见证的渴望,即同病相怜带来的相互认同感。诚如斯卡利(Elaine Scarry)所说,疼痛在痛者与他人之间"不可分享",因为他人既无法否认其疼痛,也不能确认其切肤之痛(Scarry, 1985:4)。但是,有过类似痛感的人却可以互相理解。抽象的疼痛与之同理,对于不熟悉生命恐怖的人而言,创伤受害者的痛苦难以想象。因此,熟悉创伤的见证者彼此联合,使自身的痛苦得以确认。不论是艾斯美姐弟或是小女孩拉蒙娜,都与小说中的成年人拥有相似的创伤感受。他们代替对方作证,成为彼此所需的权威的证人,共同渡过战争的创伤。

见证的迫切性在于,通过为死者和创伤者作证,防止未来重蹈过去的伤害。费尔曼便坚信:"历史学家或见证者的任务……是要'拯救死者'。不是让人死而复生,而是防止夺去他们生命的意识形态再将他们的死合理化。证言必须'拯救死者',保护他们的人性,复原他们的记忆(尤其是关于他们曾经的抗争和希望的记忆),从而不让他们湮没无闻、不让他们的人性遭到剥夺……这便是证言的使命:为了未来,历史要求见证。"(Felman,2014:66)在《为艾斯美而写——有爱也有污秽》和《康涅狄格州的威格利大叔》中都有不在场的死者,他们是战争最大的受害者。叙事通过窗口的移动来制造见证的契机,包括死者在内的不同见证者组成共同的见证同盟,从而使生者渡过战争带来的创伤。艾斯美姐弟和小女孩拉蒙娜的无意识证言表明她们既是成年人的创伤的见证者,是战争的间接受害者,又是战后未来的希望。

第三节 记住战争:《抓香蕉鱼最好的日子》中的无意义词与外聚焦叙事

《抓香蕉鱼最好的日子》是塞林格最经典的作品之一,"永远地改变[了]他在文学圈中的地位"(亚历山大,2001:88—89)。这篇小说促使《纽约客》与塞林格订立"第一拒稿权"合约,约定他为《纽约客》优先供稿。塞林格的写作艺术也自此出现质的飞跃,开启其创作生涯的巅峰时期。斯洛文斯基称赞它"风格严谨"而"不乏幽默感"(Slawenski,2010:141),史密斯认为其绝妙之处在于文中充斥着"神秘感"和"不可知的韵味",读者"仿佛透过一片老旧斑驳的玻璃来观察事件",顿悟(epiphany)"缓慢呈现",直至突兀的结尾使人"震惊和晕眩"(Smith,2003:644—645)。《抓香蕉鱼最好的日子》当中的场景转换近似于电影场景转换,画面感极强,弗伦奇推断塞林格写作这篇小说时曾"将它当作一部电影来思考如何能更好地达到理想的效果"(French，1963：79)。与"香蕉鱼"这一意象类似,小说结尾处的西摩之死成为塞林格研究无法回避又难以解开的谜团,布鲁姆也曾表示,他多年来始终无法与这一结局"达成和解"(Bloom，2011：3)。塞林格此后的数篇"格拉斯家世小说"都围绕西摩之死展开。塞林格之子马特(Matt Salinger)来华参与"塞林格诞辰百年纪念"活动时也透露,他的父亲一直后悔在《抓香蕉鱼最好的日子》中让西摩了结自己的生命。

在这篇小说中,小女孩西比尔的话语意义含糊,而她说自己看到了"香蕉鱼",这句话成为西摩自杀的导火索。因此,理解"香蕉鱼"隐喻及西比尔的其他语言,对于理解西摩之死至关重要。《抓香蕉鱼最好的日子》发表前,《纽约客》的编辑们特地讨论了"香蕉鱼"一词的"banana"和"fish"是否应当分开书写。1948年1月30日,塞林格写信告诉他的编辑,该词应该合写为一个词"bananafish","因为那样看起来更无意义一些"(亚历山大,2001：89)。此后半个世纪,该"无意义"词语的含义成为学界讨论西摩·格拉斯这一人物时的重要话题。维甘德称,西摩因为拥有过于丰富的情感和细腻的感受而无法适应社会,他就是香蕉鱼,而所谓的"香蕉热"隐喻着人物丰富的情感。布莱恩称香蕉鱼代表了一种"以牺牲灵魂为代价"的成年经验(Bryan，1962：229)。根特(Charles V. Genthe)认为香蕉鱼象征着"粗俗的、物质的、肉欲的存在"(Genthe，1965：171)。科特(James F. Cotter)则指出,困于穴中的香蕉鱼是现代版"柏拉图的囚徒"(Cotter，1989：88)。纵然学界对"香蕉鱼"的含义猜测纷纭,但这些猜想均无法解释西摩突如其来的自我了结。如温克所言:"《抓香蕉鱼最好的日子》的叙述者是独立的、前后一致的、隐秘的,只是传递表面动作而很少解释或判断事件。"(Wenke，1991：37)小说中存在太多谜团,塞林格似乎特地以这种方式消解任何人阐释的权威。

塞林格在这篇小说中的叙述视角很有特点。《抓香蕉鱼最好的日子》完全采用外聚焦①的叙述方式,读者需要通过人物之间简略而神秘的对话揣摩小说的意义。也正因如此,小说中的许多对白像谜语一般,成为难解的谜团。② 为揭开谜底,需要重溯小说发表的历史背景,探究小说中的儿童对白。如本雅明所说,"任何发生过的事情都不应视为历史的弃物"(见阿伦特,2008:266),这是因为"过去的意象"只有在其历史的确定时刻才能得到辨认(Agamben,2011:19)。在对历史片段的摸索拼接以及对小说中意象丰富的晦涩词汇的求证中,读者发现塞林格将自己的战争经历深深植入《抓香蕉鱼最好的日子》,传达出因创伤记忆所引发的伤痛。"西摩之死"便是贯穿塞林格作品的"记住战争"的标志。

---

① 巴尔(Mieke Bal)在热奈特对零聚焦叙事的定义基础上整合了零聚焦和外聚焦类型,认为它们都属于"外聚焦"叙事——这里的"外聚焦"统一指代故事之外的某个叙述者的视线(Bal,2017:141—143)。
② 学界通常将西摩之死归因于主人公婚姻的破碎、欲爱的朽坏、过度敏感的神经、冷漠人世的疏离或对纯真的渴望。格温与布洛特纳指出,西摩只能从孩童处获得关注,这反而使他意识到自己处境的不堪,最终因极度敏感和缺爱而选择自我毁灭(Gwynn and Blotner,1960:19)。马扎罗则认为,对纯真状态的渴望以及无法回到这种状态的无力感使西摩选择了自杀(Mazzaro,1964:84)。也有论者强调,西摩在天真烂漫的西比尔身上看到被物质和消费主义所"玷污"的痕迹,意识到她将成为新的穆里尔,使西摩充满挫败感,因而绝望地结束自己的生命(Lane,2011:25)。有的学者则将西摩的自杀归结为一个受到启示的人从混沌世界的逃离。也有学者结合塞林格后来的格拉斯家世小说进行互文阅读,指出西摩的死不仅是对肤浅世界的拒斥,也是对一种神秘主义生活的否决。埃尔森联系格拉斯家世小说,认为西摩"对自身的缺陷感到彻底绝望",因而选择了自杀(Alsen,1983:202)。这些阐释虽各有见地,但过度拘囿于文本自身。实际上,塞林格在小说中多次影射二战及其对自我的压制,所以应该将之置于更加宏大的历史语境中进行考察。

一、聚焦他者：战争符号

创伤是不可控制又易受外界事物触发的干扰性体验。卡鲁思在弗洛伊德"创伤固着"说的基础上将创伤解释为"被某个画面或事件所攫持"(Caruth，1995：5)。《抓香蕉鱼最好的日子》中掩隐着丰富的二战指喻，这些指喻象征着西摩脑海中不断萦绕的战争场景，牢牢把控着他。尽管格温与布洛特纳将西摩对树的执迷视为其性无能的表征(Gwynn and Blotner，1960：20)①，布莱恩也断定西摩的毁灭源自其受到侵蚀的欲望(Bryan，1962：229)②，但相比之下，战争创伤才是导致西摩精神崩溃的根本原因，战争符号隐藏在西摩家人及小女孩西比尔与西摩的对话中。外聚焦的策略使对话内容简短而隐晦，需要结合战争历史进行揣摩。

西摩古怪的举止与战争创伤有密切联系，这一点从穆里尔母女的对话中得到体现。穆里尔的母亲担忧地对女儿说起西摩的精神状态："路边的树。窗户的事。他跟奶奶讲什么她的去世计划。百慕大的那些照片，多好的照片啊——一五一十全说了。"(塞林格，2018b：5)当穆里尔说是西摩负责开车时，穆里尔的母亲忧心忡忡："他有没有又跟路边的树过不去？"(塞林格，2018b：3)假使西摩像塞林格那样经历了诺曼底等战场，树的意象便具有了显而易见的意义。战场上，树可以提供暂时的安全屏障。一名美国士兵回忆，在许特根森林战役中，他与战友将被炸倒的树搭成"临时棚顶"，当"炸弹皮飞过来打中树的时候"，"这些木头"保护了他们

---

① 他们认为，树具有性象征意味，暗喻西摩有性功能障碍；而西摩与小女孩西比尔发展出融洽关系，则因他只有同尚未性成熟的女孩相处才会感到放松和满足。
② 布莱恩指出，西摩告诉西比尔自己是山羊座(Capricornus)，而山羊在传统意义上是"淫荡与邪欲"的象征。

(莫里森等,2015:137)。另一方面,树也可以遮蔽敌方,象征遮蔽恐惧和死亡。诺曼底地区建有坚固的树篱,树篱的底座是水泥浇筑的石墙,上面覆盖高大密集的树木或藤蔓。这些树篱围起一块块耕地或牧场,德军隐蔽其后,形成易守难攻的天然屏障。诺曼底战役期间,盟军与隆美尔指挥的德军在这种树篱和沼泽中展开激战(奥弗里,2015:564)。诺曼底登陆当晚,塞林格所在的兵团在这些树篱墙下隐蔽了整整一夜,直到清晨六点才开始进攻。而在许特根森林战役中,德军以树梢为攻击点,滚烫的弹片四下横飞(Shields and Salerno, 2013:16, 125),3 080 名盟军官兵中仅 563 人幸存,塞林格便是幸存者之一(Slawenski, 2010:92, 116),"塞林格躲避炮弹而幸存下来的唯一办法应该是抱住一棵树"(Shields and Salerno, 2013:134)。突出部战役的主战场则是森林覆盖的阿登山区,雾霭层层的冬季,更加适合德军隐蔽和发动袭击。战场的树上经常悬挂着盟军伞兵的尸体,他们尚未及解开伞带便遭割喉或击毙,形状可怖(Shields and Salerno, 2013:17)。因此,小说中所提到的"树"以及西摩对"树"做出的怪异举止均表明,树是战争的象征。

窗户也是危险所在。它们往往是子弹射击的目标,或是狙击手设伏的位置。德军的碉堡甚至会被漆上假墙和房梁,伪装成普通民居(阿姆布鲁斯,2015:75)。因此,西摩对窗户疑神疑鬼,不过是战争留下的后遗症。而百慕大的岛屿图片,也极易让人联想到二战中的诺曼底海滩。与窗户相似的战争意象还有不少。小女孩西比尔在海边数次问西摩:"你要去水里吗?"(塞林格,2018b: 12, 13)西摩迟疑不语,最后说:"我还真有这个想法呢。我正翻来覆去地琢磨呢,西比尔,你听了准高兴。"(塞林格,2018b: 14)但他们迟迟没有去水里玩,直到小西比尔再次说:"我们去水里吧。"(塞林格，2018b：15)当小西比尔趴在西摩的气垫船上戏水，一个浪头扑打过来，她紧张地说："浪头来了。"西摩却说："我们别管它。我们不理它。"(塞林格，2018b：19)这些场景一再隐喻了诺曼底登陆：成千上万的盟军战士需要克服胆怯到水里去。他们面对的不仅是风浪，还有德军密集的地面炮火、空中的轰炸，以及密密麻麻的水雷、地雷和诡雷——撞上的船几分钟之内便被炸毁沉没，士兵则会被强大的气流抛入水中非死即伤，轮机舱中的人会被剧烈的蒸汽烧伤致死(阿姆布鲁斯，2015：287)。一个在犹他滩登陆的无线电报员回忆道："检查完装备后，我洗了个澡，我至今还记得，我看着自己的身体：每一条腿、每一条胳膊，我问自己，如果情非得已，我愿意牺牲哪一部位，活着打完这场战争。"(利德尔，2013：128，141)。

因此，《抓香蕉鱼最好的日子》是一篇创伤小说，小说中的成年人以及小女孩西比尔所提到的多种符号实际上是战争的象征，一再触发西摩的精神创伤反应。与之形成反差的是小说开头描写的生机勃勃的美国商业图景："宾馆里住了九十七个来自纽约的广告商，长途电话线总被他们霸占着，使得五〇七房间的那个姑娘从中午一直等到下午两点半，她要的电话才算接通。"(塞林格，2018b：1)广告业务员的繁忙工作暗示了战后的繁荣，从一个侧面反映出整个美国商业浴火重生，因匮乏、忧虑和痛苦而导致的长久压抑得到充分的释放。尽管人们渴望忘记战争，投入新的生活，对战争带来的问题避而不谈，许多可以象征战争的符号都引发西摩的创伤记忆，使他生活在强迫性的创伤重复中。

二、聚焦主体：创伤隐喻

西摩战后身处的环境影响着他的创伤感受。对于创伤患者而言,他者的倾听为他的创伤经历作出证明,使他感到自己的痛苦有了旁证,说明创伤事件曾经发生并已经成为过去,他可以确保自己此时处于安全的位置。正如费尔曼和劳勃所言,如果缺乏"同情的听者"或"可对其诉说的他者",主体痛苦回忆的真实性便不能得到确认,这将使创伤事件自我湮灭,主体则"因其创伤无人见证而遭受致命打击"(Felman and Laub, 1992: 68)。正因如此,创伤者必须与他人建立联系并从中恢复,毕竟孤立无援的状态无法帮助其获得精神疗愈(见 Herman, 1992: 133)。但是,通常情况下战后军人的精神创痛"无人问津"(Herman, 1992: 27),这一点同样表现在《抓香蕉鱼最好的日子》中。西摩对成人世界的沉默表明他与外界仍然彼此阻隔,他的创伤感受无法得到印证和宣泄。在度假胜地,他只能与儿童玩耍谈天,从年幼无知的孩童身上找到慰藉。

小说中,穆里尔与母亲在谈论西摩的病况时,多次转而讨论日光浴灼伤的皮肤和时下的流行兴趣,表现出对西摩精神苦疾的漠视。度假酒店里兴致饱满的女人和不值得信赖的精神病医生也都无法与西摩进行沟通。西摩处于孤立无援的境地,不信任成年人,却与幼童西比尔顺利聊天。当小西比尔说自己的父亲将次日抵达时,西摩回应:"他是该来了,你爸爸。我时时刻刻地等着他呢。时时刻刻。"(塞林格,2018b: 13)西摩期待西比尔父亲(即另一名男性)的到来,是期待一名可能同样是二战军人的见证者,其目的是为了印证自己的存在,因为在精神创伤的作用下,他已经丧失了自我,正如赫尔曼所言:"当一个人的历史被抹去的时候,他的身份也不再存在了。"(Herman, 1992: 133)如果西摩与西比尔的父亲相见,这是彼此见证的机会,挽救两人自身岌岌可危的创伤历史。

此外，在心理创伤的影响下，西摩已经无法用语言准确表达自己内心的伤痛，这也是他与周遭世界产生割裂的重要原因。正因如此，尽管他的语言毫无逻辑，却能与因为年幼无知而同样毫无逻辑的西比尔对话。斯卡利在《伤痛的身体》(The Body in Pain, 1985)中便谈道："伤痛以一种不可分担的方式来到我们中间，因为当它被痛者深切体悟时，旁人却无法对之进行确认。"（Scarry, 1985: 4)范德克尔克和范德哈克也指出，反复重现的精神创伤是一项"孤独的活动"，患者不能对人言说，也无法回应他人(Van der Kolk and Van der Hart, 1995: 163)，因为记忆往往不准确，而创伤事件还具有其特殊的"难以理解性"。如果患者感觉到自己的讲述招致他者的"怀疑和羞辱"(Van der Kolk and Van der Hart, 1995: 178)，便更加不愿表露自己的真实感受。语言的失效使西摩的自我表达尤为晦涩，《抓香蕉鱼最好的日子》中多处词不达意的交流，体现出西摩与外界沟通的失败。小女孩西比尔穿着一件黄色泳衣，西摩说："你的游泳衣很好看。要说有什么东西是我喜欢的，那就是一件蓝色的游泳衣。"(塞林格，2018b: 13)颜色的错认或隐含言外之意——作者借助西摩的"色盲症"来暗示他眼中的世界异于常人——但不谙世事的西比尔毫不知情，她一再纠正："这件是黄色的。这件是黄色的。"(塞林格，2018b: 13)西摩对西比尔的不解乐在其中，因为西比尔不像成年人，她不会因为西摩的"错误"或"思维混乱"而将他视作"怪胎"。然而同样的事情却不会得到成年人的理解，譬如西摩享受海滩日光浴却不肯脱掉浴袍，尽管他并未文身，却声言"不想让一群傻瓜盯着他的文身看"，这使穆里尔母女感到费解(塞林格，2018b: 10)。又譬如，他双足并无残缺，却愤然指责电梯里的陌生女人："如果你想看我的脚，你就直说。别他妈偷偷摸摸的……我有两只正常的脚，真搞不明白他妈的为什么有人要盯着它们看。"(塞林格，2018b：20—21)莫须有的"文身"与突如其来的暴怒均折射出西摩与他人接触时感受到的紧张。这种源自战争创伤的紧张感把西摩隔绝于世界之外，使其内心焦躁，无法用语言表达，从而面对外部世界时感到手足无措，这种紧张感只有当他与孩童相处时才得以缓解。

小说中，西摩夫妻二人之间的性隔阂也象征着西摩与外界的阻隔。西摩夫妇入住双人房，穆里尔阅读着袖珍杂志上题为《性是乐趣——还是地狱》的文章，这两处描写均暗指二人性生活的不顺利。这对年轻夫妻虽然在战后首次休假，但前两晚西摩都在大洋厅里弹钢琴，穆里尔则在别处与人玩赌博游戏及闲谈。第三天，即叙事中的这天，穆里尔在房间等待与母亲通话，西摩则去了海滩，躺在那里什么也不做。这些描写表明，两人的休假与假期的无聊之间形成一种张力，其根源如伍尔夫在《达洛维夫人》(Mrs. Dalloway, 1925)中对罹患战争创伤的塞普蒂摩斯所作的评论："对于他，两性交媾早就是肮脏的事……[因为]一个人不能让孩子出生到这样一个世界上来。一个人不能让苦难永远延续下去，或去繁衍这种充满淫欲的动物，他们没有持久的感情，只有幻想和虚荣，将他们时而推转到这边，时而推转到那边。"(伍尔夫，2001：80)的确，"在大萧条中长大并在二战中奋战的一代，战后重返家园并组建家庭后，对孩子的渴望相对较低"(休斯和凯恩，2011：571)。性是成年人的事，西摩对性的排斥表现出他对成年人的厌恶。如果把西摩对性的排斥与战争对其生存意志的破坏联系起来，则可以更好地理解西摩的心理活动，他似乎也只有彻底脱离包括家人在内的周遭世界而转向孩童寻求帮助，才能减轻痛苦。

三、聚焦人际联系：恢复与记忆

尽管创伤摧毁了西摩与世界的正常联系，他却保持着与孩童的交流。他不仅与西比尔玩耍，还与三岁半的莎朗·利普舒兹一起弹钢琴。正如赫尔曼所指出的，创伤患者在恢复的过程中，需要创造出新的自我、人际关系和未来（Herman，1992：196）。他们往往渴望与孩童建立联系，与之分享自己的故事，因为创伤故事是患者的"遗产"（Herman，1992：206）。向孩童传递情感，分享故事，可以使其从中得到教训，避免重复悲剧。从这个意义上说，西比尔的出现为西摩与现实世界达成和解提供了一个契机。西摩对西比尔讲述香蕉鱼的童话故事，事实上是与她分享一则关于战争的深刻寓言：

> 他们的习惯很特别。非常特别。……他们的生活很悲惨。……他们游进一个全是香蕉的洞。他们游进去的时候看起来是很普通的鱼，但是一进洞，他们就变得像猪一样。你还别说，我就知道一条香蕉鱼游进一个香蕉洞里，吃了足足有七八十根香蕉。很自然，等他们变得那么胖，他们就再也出不了洞了。洞口太小了。（塞林格，2018b：18）

香蕉洞同样是一个战争隐喻。诺曼底争夺战后，塞林格曾根据其中一场甚为艰苦卓绝的战役创作了题为《神奇的散兵坑》（"The Magic Foxhole"）的小说，但不曾发表。散兵坑（"foxhole"）是战场上士兵射击和隐蔽所用的掩体，这个题目使人联想到同样具有某种魔力（"magic"）的"香蕉洞"（"banana hole"），能让之前"样子还很普通的鱼"游进去之后命运大变。也就是说，散兵坑和香蕉洞是促使这种命运发生大变的孵化器。战争作家摩尔（Deborah D. Moore)提道:"根本没时间来回想战前你是什么样的人。[战争使]你以一种连自己都难以理解的方式发生了改变。"(Shields and Salerno，2013：98)如果说命运多舛的香蕉鱼象征着上阵厮杀的士兵，香蕉则象征着人的生命,西摩的故事或许可以理解为:军人一旦上了战场,立刻不由自主地吞噬其他人的生命,同时也把自己的生命交由命运去主宰。战争彻底改变了他们,使其再无法重返正常生活（游回大海）,因因于洞中（或终身受心理折磨）而悲哀地死去。但是,尽管西比尔并不理解这则寓言,她却相信西摩的故事。促使西摩扣动扳机的顿悟时刻恰恰来自他与西比尔的最后对话。

"我刚看到了一条。"
"看到了什么,亲爱的?"
"一条香蕉鱼。"
"我的天,不会吧!"年轻人说,"他嘴里有没有衔着香蕉?"
"有的,"西比尔说,"有六根。"（塞林格,2018b:19）

西摩亲吻了她的脚心,结束了这场嬉戏。正是此刻,他决定赴死。

希腊神话里,西比尔(Sybil)是一位女预言家,阿波罗通过她来传递神谕。这篇小说中的儿童主人公西比尔所说的嘴里塞满香蕉的香蕉鱼就是被战争改变的西摩,她因此预言了西摩永远滞留洞穴的困境,给他以致命一击。此外,西摩曾对年幼的西比尔说:"我是摩羯座的,你呢?"（塞林格,2018b:14）"摩羯座"的别名是"山羊座",它来自希腊神话中半人半神的牧羊者潘恩。潘恩的头上有两只羊角。山羊在古希腊是被宰杀的祭品,古犹太教的年度赎罪祭也以山羊作牺牲。旧约中,亚伦将两只公山羊牵至会幕门口,用抽签的方式把其中一只祭献与耶和华,将羊血洒在圣坛上为以色列人的"罪愆"赎罪;而另一只则作为替罪羊担当全民的污秽与罪过,被弃诸旷野,喻示罪孽的驱除。西摩或许暗示自己是时代的牺牲品,或是人类不安境况和深重罪孽的替罪羊。他所说的香蕉鱼的"悲惨(tragic)的生活",字面意义同样与"山羊"有关,"悲剧"(tragedy)的希腊文"τραγωδια"就有"山羊之歌"的意思。从这个层面上说,西摩称自己是摩羯座/山羊座,也暗中预示了故事的悲剧性结局。

西摩最终选择在酒店熟睡的穆里尔身旁举枪自尽,是因为武器这一媒介"会把原本是身体内部不可分担的疼痛经验外化",使疼痛变得可以分担(Scarry, 1985: 15—16);而濒死时刻的巨大疼痛则能够"抹除所有的精神内容",彻底消解人"对于世界的主张"(Scarry, 1985: 33—34)。当子弹从西摩的太阳穴穿过,他无法言说的内心痛苦外化为肉体的疼痛感,传递给原本已经麻木的世界。与此同时,他的精神煎熬也终于结束。希腊神话中,牧神潘的儿子、酒神狄奥尼索斯的老师西勒尼告诉国王弥达斯,世间至善是不要出生,次之则是及早死去。如果西摩即香蕉鱼,小说题目《抓香蕉鱼最好的日子》便暗指这一天是西摩的"最好的日子",因为他决定在这一天提前赴死。他将免于人类彼此的仇恨、攻讦与暴力,也免于战争创伤的折磨。

西摩的名字"Seymour Glass"与"See more glass"是谐音,而"glass"(玻璃)则象征着容易破碎、带来伤害的世界。小女孩西比尔出场时喃喃自语:"See more glass, did you see more glass?"(J. D. Salinger, 1953: 8)同样在无意识间说出西摩的创伤秘密,她的出场词似乎是在询问西摩:"你看到一个怎样的世界?"西摩之死归根结底在于，战争的痛苦无法通过语言纾解，善忘的世界使他成为一座孤岛，加深了他与世界的隔阂。《抓香蕉鱼最好的日子》中，西比尔向西摩提出更多类似词不达意的问题，譬如询问西摩是否喜欢蜡和橄榄（塞林格，2018b：17）。她天真童稚的语言超出常人的理解范围，成为小说中待解的秘密，而战争创伤和战争受害者面临的困境就隐匿其中。

《抓香蕉鱼最好的日子》中的西摩之死像一个宏大的背景，贯穿塞林格后来的全部格拉斯家世小说。塞林格通过儿童的语言与战争的无意识见证关系，隐秘而静默地呈现对战后一代的关怀，始终提醒读者记住战争创伤。除了儿童语言，人物自白也是塞林格作品中的一大重要叙事表现形式，由于见证者的证词首先表达的是"我"的所见所闻，这种第一人称叙事可以说是证言最主要的表现形式。

第二章
人物自白①中的初始证言：延宕、压制的话语与叙述语态

"初始证言"指主体在彻底理解事件之前对事件所作出的表述。依据费尔曼的说法，这种初始证言"先于知识和意识说话，并且突破了自身意识理解的限制"（Felman，1992：21）。例如，二战时的战地记者比盟军大部队提前抵达集中营，即便他们并不完全掌握自己正在见证的事件现场的情况，却仍然需要向后方传递当下的见闻，他们所做的记录和陈述便是"初始证言"。所谓"初始"，指的是尚未被理解消化的原始表述/证词，有别于让事实经过一段时间的沉淀和梳理之后的证言。诺贝尔文学奖得主凯尔泰斯（Imre Kertész）的小说《无命运的人生》（*Fatelessness*，1975）便是初始证言的一个例证：15岁的小说主人公莫名其妙被投入集

---

① 英文中，表示"自白"或"独白"的单词有"soliloquy"和"monologue"。网络《韦氏大辞典》对这两个释义相近的单词之间的区别有所说明："soliloquy"一词来自拉丁语中表示"独自"的词根"solus"及表示"言说"的词根"loqui"，该词常用于表示戏剧中演员个人在舞台上的独白，主要含有"自言自语"的意思，表达私密的内心感受。而"monologue"虽同样来自希腊语中指代"独自"的词根"monos"及表"言说"的词根"legein"，也用于表示戏剧中的个人舞台独白，但它有意识地面向听众，而不是完全私密的内心独白。本书中所提到的人物自白均是有意识面向读者（听众）的自白形式，因此书中的"人物自白"对应于英文中的"monologue"。

中营,尽管他意识到自己正遭受某种不幸,直至最终获救他都始终处于懵懂茫然的状态。米奇克(Samantha Mitschke)总结了"初始证言"的以下几个特征:"(1) 对已经发生过的事件的讲述;(2) 这些事件不能被理解;(3) 由事件见证者进行阐释;(4) 先于听者的'知识和意识'进行言说,突破听者'意识理解的局限'。"(Mitschke, 2015: 232)应该说,初始证言的见证者讲述的是刚刚发生不久的事件。也就是说,不同于无意识见证者,初始证言的见证者知道自己正在表述某些具体事实,但他不清楚事件的整体情况及其性质,这也决定他可以不受先入之见的影响而作出第一手的陈述。另一方面,由于创伤具有一种内在的延迟效果——"只有在事后与另一个地点、另一个时间的联系中才完全自明"(Caruth, 1995: 8, 11),所以初始见证者的讲述可能先于创伤的触发,其证言的客观真实性通常也不受主观因素的干扰。

在本章选取的《笑面人》《我认识的一个女孩》《好心的中士》《德·杜米埃-史密斯的忧伤年华》以及《麦田里的守望者》等小说中,人物以第一人称进行自白叙述,并且有意识地面向读者(听众)说话。在这些倒叙形式的人物自白中,他们回到事情发生的当下,以当时当地的口吻进行讲述,特意忽略时过境迁这一现实,因此本书认为他们的叙述可算作"初始证言"。但是,这种回忆性的独白涉及的"初始证言"比费尔曼和劳勃定义的"初始证言"更复杂一些。因为,事件发生了一段时间之后,叙事者应当比之前更了解整体事实情况,此时若再以初始证言的形式进行见证,实质是刻意回到创伤事件的当下而对之重新作出见证。因此,叙述者在自白中有意识地压制自己事后对于事件的理解性陈述,使文本中既有初始证言,又不可避免地隐藏着创伤印记。在主题层面,这些延迟而相互冲突的话语使叙事产生杂语(polyglossia),交响般地彼此应和。在文本层面,叙事层的繁杂与时间的倒错和推延均印证了创伤记忆的延宕性与不可靠性。本章的三个小节依次展示了见证者暨创伤者获得疗愈的最优途径。

塞林格素来习惯于在人物的语态上做文章,这种情况在本章所选取的研究对象中较为突出。所谓叙述语态,即"narrative voice"。① 热奈特在旺德利埃斯(Joseph Vendryès)的论述基础上详述了叙述语态的概念,后者将叙述语态定义为"言语行为与主语的关系",热奈特则强调:"这里的主语不仅指完成或承受行为的人,也指(同一个或另一个)转述该行为的人,有可能还指所有参与(即便是被动地)这个叙述活动的人。"(热奈特,1990:147)换句话说,叙述语态研究的是叙述主体与叙述话语的关系及其对整个叙述活动产生的影响,具体而言,叙述语态关注的是类似如下问题:叙事能否划分层次?如何划分叙述层?各叙述层对读者理解叙事有何作用?叙述者有何职能?叙述主体是否值得信任?这些问题是本章探究的重点。本章将以《笑面人》《我认识的一个女孩》《好心的中士》《德·杜米埃-史密斯的忧伤年华》以及《麦田里的守望者》中的人物自白为阐释对象,从叙事语态入手,考察叙述主体与言语行为的变动关系产生的延宕和压制效果。

---

① 本书中,"narrative voice"的汉语采用了热奈特《叙事话语》(*Narrative Discourse*)一书 1990 年王文融译本中的译法,现如今这个词语也常常被译为"叙述声音"。

第一节 抗拒见证:《笑面人》中的
信息迟滞与递归[①]

  自第二次世界大战结束以来,塞林格更加全身心地投入写作。至少从 1946 年年末起,他开始接触到佛教中的禅,此后其作品也逐渐产生一种"明晰的"、试图"通过其小说进行精神上的启蒙"的倾向(Slawenski,2010:153)。1949 年,他发表短篇小说《笑面人》。这篇小说在当年被评为"美国杂志刊登的最优秀的作品之一"(Foley,1950:449),20 世纪 60 年代又被誉为塞林格"全部作品中最为成熟而复杂精密的作品"(Gwynn and Blotner,1960:24)。塞林格以递归(嵌套叙事)的手法将故事结构分为三层,最外层为叙述者对幼年"柯曼切人俱乐部"的第一人称自白回忆,中间层为自白叙述的幼年往事,核心层则是叙述者听闻的"笑面人"故事。小说中,叙述者与另外二十四名九岁左右的男孩一起,由各自

---

① 莱恩借用计算机语言中的"递归"运算方式隐喻了叙事中的错综结构。她指出嵌套叙事是递归现象的典型:"文本每进入一个新的层次,就将一个故事'推进'到一个等待完成的叙事堆栈上;每完成一个故事,就将它'弹出',注意力返回到前面的层次。堆栈的所有层次必须能够为读者所认知,否则她对叙事就不会形成一个完整的表象,或者说不能充分地评估当前层次的功能……嵌入是一个空间隐喻,它将叙事呈现为一种可以即时从整体上把握的画面,毫不涉及各要素在时间上的递接。"(莱恩,2002:69)递归叙事的边界类型有两种:"一种是言内边界的交叉,涉及叙事者的改变,标志着一个新的言语行为;本体边界的交叉,涉及向一种不同真实性的转换,譬如梦境、幻觉、想象或虚构世界。因此,如果'故事里的故事'与前面堆栈层上的话语所叙述的是同一世界(例如人物讲述自己的过去),那么它只涉及一种边界类型;如果它把读者带入一个新的虚构世界,那么它就涉及两种边界类型。"(莱恩,2002:69)但最基本的递归形式并不涉及边界的问题,例如对过去事件的回顾,也属于递归叙述。《笑面人》中的递归结构分三层,核心层的"笑面人"故事是本书的关注重点。

的父母托管给一名二十岁出头的法学院大学生约翰·盖德苏德斯基。他们共同组成了一个名为"柯曼切人俱乐部"的小组织,约翰是"酋长"(the Chief)。这个俱乐部的活动内容是,"酋长"在上课日的每天下午三点钟,开车带孩子们开展各种球类运动,天气不好时则去博物馆。他时常在车上给"柯曼切人"讲"笑面人"的英雄系列故事。笑面人身世坎坷,但每次总能凭借智慧和勇气逢凶化吉,因此很快成为"柯曼切人"共同魂牵梦萦的英雄。然而,随着"酋长"与女友玛丽·哈德森恋情的结束,他在当日的讲述中"杀死"了笑面人,深深震撼了包括叙述者在内的男孩们。现实中的偶像的挫败和故事中的偶像的骤亡给予他们双重打击,弗伦奇认为这个故事与《康涅狄格州的威格利大叔》及《就在与爱斯基摩人开战前》等塞林格其他小说一样,旨在描写"儿童无法理解的成年人的狭隘使孩童幻想破灭"的故事(French,1963:93),但塞林格的创作绝不仅仅是为表达天真的幻灭。由于是回忆性自白叙事,小说中间层较为详尽,核心层的"笑面人"故事则相当简略,叙述时断时续,节奏较快。其中关于中国的部分轻描淡写、内容零散,因而在作品中分量略显轻微。迄今为止,学界基本上注意到《笑面人》所揭示的儿童世界,却几乎无人留心小说中疏落的中国元素。戴维森更明确指出,塞林格创作《笑面人》时还未曾受到东方的影响,意指作品缺少相应的东方旨趣(见 Davison,2011:53)。但事实上,《笑面人》中的东方元素可谓塞林格创作生涯与东方贴合的起点。

  小说叙述核心层的"笑面人"故事是对雨果同名长篇小说《笑面人》(*L'Homme Qui Rit*,1869)的戏拟。雨果作品的主人公格温普兰是爵士后代,由于受宫廷斗争牵连,自幼被卖给儿童贩子。他被迫毁容,从此面孔始终形似怪笑。格温普兰虽面目丑陋,但心地善良。他被艺人收养,四处漂泊、历经磨难。后来,格温普兰放弃了重获爵士头衔的机会。他回到同伴身边,但他爱慕的盲女孩蒂却最终病逝,他也在极度痛苦中投海自尽。塞林格笔下的笑面人维持着格温普兰的智慧和道德操守,但原作品情节被解构和修改：笑面人不再拥有自己的名字；故事发生在中国和法国；原小说中的"爵士"被置换成"传教士夫妇","儿童贩子"则被替换为"中国土匪",格温普兰的贵族死敌在此处更改为法国侦探杜法日及其女儿。这样的改写或戏拟有其深刻的含义,对后现代主义批评而言,重复和戏拟行为中充满了质疑。按照哈钦的说法,"对于过去艺术的戏拟重复总是批判性的"(Hucheon, 1989: 93)。这表示,后现代的"戏拟"已经超出了艺术实践范畴,演变为某种政治性表征。塞林格在这篇小说中首次涉及对中国的刻板印象(stereotype),此后他的小说更是经常出现东方元素或意象,因而"笑面人"故事包含某种具有政治性的先导意蕴。为了理解作家此后具有"东方倾向性"的书写风格,需要探索小说中用于戏拟的中国元素如何为塞林格的创作开辟权宜之路。实际上,叙述者自白叙述中插入的叙事核心层隐藏了他渴望见证言说而无法言说的内容,小说中因此潜藏着互为冲突的两种看待中国的方式。一方面,叙述背后隐现着美利坚帝国的崛起,表明塞林格无法摆脱东方主义的帝国情结；另一方面,塞林格自身又因犹太文化创伤,意欲弥合由帝国情怀二分法所造成的裂隙。叙事中的矛盾中国观传递出作家本人的文化创伤,小说的嵌套叙事结构则实际充当了创伤见证的虚拟替身。在此过程中,禅思想对于消解文化创伤具有重要意义。

一、隐蔽的"中国"及其"双重面孔"

尽管塞林格只在小说核心层提及中国元素,其中隐蔽的中国形象仍然值得深入挖掘。叙述者时常将叙事核心层的"笑面人"故事穿插进自白叙述中,对"酋长"的语言进行转述:笑面人是一对富裕传教士夫妇的独子,在襁褓中被中国土匪绑架。但传教士夫妇出于信仰的缘故拒绝赎回孩子,土匪盛怒之下用木匠工具毁坏了这个孩子的脸,这便是"笑面人"名字的来历。由于笑面人面目丑陋,人们对他避之不及。长大后,他游荡于中国乡间,行匪盗之事,却收获国人的爱戴。收养笑面人的土匪们为此妒忌不已,但他们屡次三番想要杀死笑面人的计谋却一直无法得逞。这样的安排丑化了中国人的形象,并通过中国人的表现烘托出笑面人的优越性。援引赛义德的说法,东方主义的本质是"将西方人置于与东方所可能发生的关系的整体系列之中","使其永远不会失去相对优势的地位"(赛义德,1999:10)。这意味着东方形象相对于西方始终难登大雅之堂。在二元对立的框架下,"中国"的形象完全是笑面人的反面。小柯曼切人对笑面人的狂热崇拜也很大程度建立于贬损中国形象的基础之上。因此,小说叙述具备明显的东方主义色彩,表明作者创作仍旧落于帝国话语的窠臼。

　　文本内部的听众(包括叙述者在内的"柯曼切人俱乐部"成员)与读者均无从知晓笑面人的国籍,但笑面人无疑拥有西方血统。即便遭受厄运、终身毁容,并且由于在中国长大而显然缺乏西方教育,笑面人也能轻易打败中国土匪。这些中国土匪残暴、嫉妒、头脑简单而缺乏敬畏心,与东方人在西方观念中的刻板印象一致。蹊跷的是,练就成土匪的笑面人却具有大为不同的形象,他抢掠盗杀,竟能得到国人(此处必定指"全中国人")的拥戴。笑面人白人血统的优越性始终得以体现;中国/东方则因为道德或智力问题成为西方优越性的陪衬,以显示后者"天然"具有的更高价值。并且,叙述者还不时以自己幼年时期的口吻对故事进行评论,强化这种优越感。例如,当谈到笑面人的能力时,他对故事中"嫉妒得简直

要发疯"的中国土匪嘲讽道:"正是他们最初把他[笑面人]的脑袋强拧上了这条不归路。"(塞林格,2018b:74—75)

摆脱中国土匪后,笑面人的常驻地是"西藏边远地区的一间小茅屋","那地方常年刮着暴风雪"(塞林格,2018b:76)。他经常自如地穿过中国边境去巴黎,余下的故事也在他来回穿越中法边界的过程中展开。"酋长"宣称西藏靠海,并且指出中国与法国相毗邻,这种有悖于常识的情节设置显然是塞林格刻意所为。赛义德指出:"在最基本的层次上,帝国主义意味着对不属于你的、遥远的、被别人居住了和占有了的土地的谋划、占领和控制。"(赛义德,2004:6)对于主权和操控的欲望既表现在政治实践上,也反映在叙事活动和修辞中。塞林格笔下的"酋长"重新绘制的欧陆版图、笑面人穿越他国国境线的自由权利,应和了战后美国的帝国思维与扩张的野心。①

武断地使用符号,罔顾再现的正确性,是东方主义叙事的惯例。按照赛义德的说法,对东方的标签不仅是"以那些人们耳熟能详的方式下意识地认定的",同时也是被"制作"和"驯化"而成的(赛义德,1999:8)。以笑面人佩戴的罂粟花瓣面罩为例:"土匪们让他在匪巢周围游荡——只是要他用一块罂粟花瓣做成的轻纱般的粉红面罩把脸蒙上。这面罩不单让土匪避免看到他们养子的那

---

① 美国在二战后摈弃了一直奉行的"孤立主义"外交政策,代之以扩张的"全球主义"。大量军事订单的消失以及大批军人的复员,使美国十分警惕大规模的社会失业的可能,以防重蹈大萧条的覆辙。1944年11月,美国助理国务卿艾奇逊指出,美国的问题是市场:"没有国外市场,美国就不可能有充分就业和繁荣"(转引自资中筠,1987:3)。与此同时,美国的盟国成为美国的债务国,西方的中心转移到了美国,这个位于北美的新帝国取代了欧洲帝国。布雷顿森林体系确立了以美元为中心的国际货币体制。美国拥有并率先使用了原子弹。一言以蔽之,战后美国在世界上确立了毋庸置疑的强大实力。塞林格所创作的"酋长"随意"修改"世界版图,使笑面人自由穿行于不同国境之中,这些表述与美利坚帝国的扩张思维不谋而合。

张脸,还可以随时掌握其行迹;这种情况下,他散发着强烈的鸦片味儿。"(Salinger,1953:56)罂粟和鸦片是西方商业扩张的工具和中国苦难历史的见证,一直以来被"中国化",却并不产自中国。① 但在"酋长"的故事里,粉红色的罂粟花瓣面罩成为颇具神秘色彩的典型中国符号,而塞林格对这种标签的沿用实际上成为强化此刻板印象的同谋。

诚然,在"酋长"即兴发挥的故事里,他告诉听众什么是他所认为的典型的中国/东方,他作为故事叙述者的权威不容置喙。"酋长"与完全信服的"柯曼切人"之间的"领袖"—"族人"/成人—儿童关系,应和了东西方之间的力量关系,即中国/东方在被论述的过程中,完全处于失语的地位。然而,如果说故事中的中国土匪、边境线、罂粟花瓣面罩权且可算作明白无误的东方主义表述,东方被置于西方的对立面,那么,酋长将东方与西方共同安置于同一故事之内,则表明两个世界之间依然存有某种联结的可能。

笑面人"脑袋的形状像只山核桃","鼻子底下本来该长嘴的地方却成了一个椭圆形的大洞","所谓鼻子也就是两个塞满肉的鼻孔",他呼吸时,"鼻子底下那个丑陋、悲哀的裂口便会一张一缩,就像一个怪异的液泡"(塞林格,2018b:73)。列维纳斯指出,"面孔

---

① 1840年以前,世界上的鸦片主要产自印度和小亚细亚。长期以来,印度输往中国的商品主要是棉花。18世纪70年代起,东印度公司垄断了印度的鸦片种植与加工,开始通过分包代理商将鸦片输入中国,美国商人则在19世纪初起向中国贩卖大量鸦片。事实上,鸦片战争前,中国的鸦片吸食者人数约250万人,仅占当时全国人口总数的0.6%—0.7%;即便在鸦片贸易合法化的19世纪末,中国的鸦片吸食者达到1500万,也只占总人数的10%,未及"全民吸食"的地步(龚缨晏,1999:293—294)。为维护鸦片贸易正当性,消解道德不安感,外国商人鼓吹"鸦片无毒""中国人需要鸦片"(韩德,1993:42),甚至有学术刊物登载《为中国市场生产鸦片》("On the Preparation of Opium for the China Market")等文章,介绍如何制作专门销往中国的鸦片。塞林格在此用罂粟花瓣面罩表示中国特征,反映了他对中国的"刻板印象"。

的呈现本身便意味着拒绝被占有",也不能被真正理解或吸纳(Levinas,1979:194)。因此,面孔无限地存在于主体的意识之外,具有绝对的他性(alterity)和不可知性;丑陋的面孔则加剧其不可知性。但叙述者此时却评论说:"说来也奇怪,那些土匪倒不忌讳他,任凭他随意进出他们的匪巢——只要他用一块罂粟花瓣做的淡红色纱罩蒙住自己的脸。"(塞林格,2018b:73—74)也就是说,中国土匪(或许)出于对笑面人他性的恐惧,产生一种统摄倾向。他们用代表中国的罂粟花瓣面罩遮住笑面人的脸,以遮蔽其"绝对的他性",将其纳为同类。值得注意的是,笑面人长大后,虽然摆脱土匪,离开中国,却始终佩戴着这个面罩,表示他接受中国人对他的收编和占有,认同自己的"中国面孔"。不止于此,他对土匪一再表现出宽宏仁慈:土匪对笑面人穷追不舍,而后者只是用计将前者"都锁在一个地下陵墓里,深是深了一点儿,但装修很考究";尽管他们屡次逃脱给笑面人带来麻烦,"但他始终不愿意要他们的命"(塞林格,2018b:75)。在赛义德的概念里,对非西方人进行统治和惩罚的愿望几乎是默认的东方主义情结——譬如叙事者便在此急切地用括号进行旁注:"笑面人身上那点儿侠骨柔肠的劲儿真能把我急死。"(塞林格,2018b:75)但是,迫害笑面人的土匪从未得到惩罚。笑面人对中国土匪毫无操纵的企图,接纳土匪的生存方式和自身矛盾的文化身份,在叙事者自白叙述的衬托下,使叙事呈现出与东方主义不同的价值观。那么,从未踏足中国的塞林格,其小说中的"中国"及其对中国的矛盾的处理方式从何而来?

二、文化居间者的创伤见证

文学创作无法脱离历史语境,解读文本也同样应当兼顾对社会历史背景的考量。詹明信主张"把被压抑和埋没的基本历史现实复归到文本的表面"(Jameson，1981：4)，因为"政治视角是一切阅读和阐释的绝对视域"(Jameson，1981：1)。换言之，作家的创作选择中隐含着某种历史图景，需要通过阐释来加以揭示，显示出其背后遭到遮蔽的意识形态。小说中的文化他者往往是创作主体自我意识对自己文化的某种反映，正如巴柔（Daniel-Henri Pageaux）所言："异国形象事实上同样能够说出对本国文化有时候难以感受、描述、想象到的某些东西。"(巴柔，2001：56)就塞林格的《笑面人》而言，叙述者在两重自白叙述下对"中国"的隐蔽呈现不止缘于当时的国际政治环境，从某种意义上还依托于塞林格对这个他者文化的政治需求。

　　塞林格对异域文化的兴趣与他的犹太身份有一定的关联。20世纪上半叶，美国社会反犹倾向十分严重。① 欧洲移民将传统的反犹主义思想带到了美国，使得美国对犹太人的偏见"和在欧洲一样盛行"(艾特伍德，2013：139)。塞林格的女儿玛格丽特在传记中回忆称："凡是关于犹太人的话题在我父亲那里都很敏感。"(玛格丽特·塞林格，2005：21)塞林格的父亲是犹太人，母亲则来自爱尔兰天主教家庭。而依据正统的犹太教法律，血统的继承以母亲为准，如果母亲不是犹太人，子女也不能算作犹太人。塞林格直

---

① 1890年以前，约1 600万移民美国的人中，仅2%是犹太人，从1890到1914年，移民人数剧增，其中包括150多万犹太人，约占新移民的10%。两次世界大战期间，凡犹太人或与犹太人沾边的人，在经济和社会地位上都处于劣势。纳粹对犹太人的迫害其时正盛，美国的移民法案却限制犹太人入境，致使著名的"圣路易斯号"客轮事件的发生：1939年，载有1 200名犹太难民(包括300名儿童)的"圣路易斯号"客轮抵达美国海岸，但罗斯福总统却下令禁止该船入境，导致客轮遭遣返德国。之后的调查显示，船上大多数人最终被拘禁在死亡集中营里。20世纪上半叶，纽约的橱窗里还时常有告示牌称："天主教徒、犹太人与狗不得入内。"(参见艾特伍德，2013：139—140；玛格丽特·塞林格，2005：25—27)塞林格作为一名"半犹太人"，不可能体会不到社会对犹太人的恶意。

至举行完犹太成年礼后才发现母亲不是犹太人,这件事对他打击颇深。他高中就读的福吉谷军校位于宾夕法尼亚中部,那里曾是全美反犹的大本营。塞林格的姐姐说:"在那些日子里,半犹太人不好过。是犹太人也成不了资本,但至少你属于某地。半犹太人等于你既非鱼类,也非禽类。……我想他去军校很受过反犹的罪。"(玛格丽特·塞林格,2005:24)而群体成员遭受的文化创伤会投射进其个人的自我认同之中,亚历山大(Jeffery C. Alexander)便指出:"可怕的事件在群体意识上留下难以磨灭的印记,成为其永久的记忆,从根本上改变他们的身份认同。"(Alexander,2003:85)因此,塞林格对笑面人形象的塑造很可能是这一文化创伤自我投射的结果。

作为一名遭受过欺辱的半犹太人,塞林格可被视为受到创伤的文化中间人。他的情人梅纳德(Joyce Maynard)在传记中称,塞林格曾因为她的半犹太人身份而感到亲切,他也较为介意自己的这重身份(见 Maynard,1998:107)。诡异的是,除了在短篇小说《在小船里》("Down at the Dinghy," 1949)中有过隐微的暗示,塞林格的作品几乎不涉及反犹主义的问题。但是,有理由相信,塞林格将这一文化创伤包裹在《笑面人》的深层内容中,笑面人的角色很可能包含他自身身份的投射:小说中的笑面人对任何国别的人而言原本就是"外来的"(foreign)。他拥有白人血统,却国籍模糊;由于生长在中国并习就中国土匪的生活方式,身染鸦片味道,很难说他属于西方;而作为异邦人的后裔,他也不属于中国;丑陋的面孔加剧了他"陌生到底"(infinitely foreign)的状况,使他更加难以寻觅同类。笑面人文化身份的混杂性(hybridity)却同时消融了政治的两级,瓦解了帝国的优越性。这应和了巴巴(Homi Bhabha)在《文化的定位》(*The Location of Culture*,1994)一书中的观点:

"文化本身从来不是单一的,也不能被简单置于自我与他者的二元关系之中。"(Bhabha,2004:36)易言之,不同的文化在相互碰撞和交流过程中,在中间环节彼此杂糅;文化的复杂性必定催生出文化的居间者。

其实,笑面人故事正折射了塞林格作为"非鱼非禽"的半犹太人所遭遇的文化创伤,而这种文化创伤在递归结构的自白叙述中被叙述者的大量其他语言所遮蔽。正是在这个嵌套叙事之中,叙述者的自我表达居多而从未引述过笑面人的具体说话内容。譬如,叙述者说道:"这个笑面人对我来说就是我自己的某个超级杰出的祖先……这个幻想跟我一九二八年时的信念比起来算是很有节制的,当时我不仅认为自己是笑面人的直系后裔,而且还是他唯一一个幸存的合法子嗣。"(塞林格,2018b:76)在这段话中同时存在着叙事外层和叙事中间层的自白叙述,叙述者的意思是:"笑面人对如今的我来说是我的某个超级杰出的祖先,对当时的我来说,我则是他的唯一合法子嗣。"通过这两个叙事层次的自白叙述,叙述者与笑面人有很强的身份认同,距离拉得很近。但在故事核心层,笑面人极少说话,他有着轻柔的、音乐般的嗓音,但他只用动物的语言跟动物讲话。这表明,笑面人自己虽处于不可化约的中间地带并因自身的"他性"而备受排斥,但他尊重其他物种的他者性,这与他自身遭际恰恰不同。除此之外,他并不说话,这是因为小说的递归结构要求叙述者只能转述酋长的故事,转述加强了叙事核心层故事的缄默效果。可是,笑面人作为文化居间者承受的创伤仍然通过层层叙事得以被见证。见证过程依赖于讲述者和听众双方的在场,正如费尔曼所指出的,见证的本质是"对另一个人言说"或"向(某个)共同体申诉","使听者印象深刻"(Felman,2007:295)。"酋长"对柯曼切人讲故事的动作模拟了见证者对听众(即次见证者)作出见证的过程,叙事者在叙事中间层的回忆叙述又重复了前述见证过程,成为二次见证的隐喻。

一般来说,主体的经验被听众感知,后者由此成为前者经验的见证者,个人的感情在此过程中得到传递。本雅明指出,叙述行为是指叙述者将自己的经验"整合为"听众的经验(Benjamin, 1969: 91)。费尔曼和劳勃同样认为:"听者最终也会变成创伤事件的参与者和拥有者(co-owner):通过倾听,他自己也部分地经历了创伤。"(Felman and Laub, 1992: 57)基尔比和罗兰德更进一步指出,见证过程往往创造出"更多的暴力"(Kilby and Rowland, 2014: 1)。这或许是说,人们在见证之时也同样遭受创伤的冲击;创伤叙述在听众身上再次产生影响。在小说结尾,当现实中刚刚经历失恋的"酋长"宣告完毕笑面人的死讯后,他开动了汽车。这时,叙述者在叙事中间层插入痛苦的自白:"坐在我过道对面的比利·沃什是柯曼切人中年龄最小的一个,他号啕大哭,我们谁也没让他闭嘴。至于我,我记得我的膝盖抖个不停。几分钟后,我从酋长的车里走下来,我看到的第一样东西恰好是一张红色的纸巾,它被风吹得贴在路灯的柱子上。它看上去就像某个人的罂粟花瓣面罩。"(Salinger, 1953: 70)那张看起来像罂粟花瓣面罩的红色纸巾呈现了挟持创伤者的画面,成为叙述者"我"的创伤触发点,使我在多年后仍能通过自白叙述重返这一事件。

在叙述中间层,年幼的叙述者无法理解"酋长"与玛丽的恋情进展,只能从外聚焦视角对他们二人的行为举止进行客观记录(读者因而也就无法明白"酋长"与玛丽为何分手),继而承受二人分手带来的后果——"酋长"在讲故事的过程中选择让笑面人死去,摧毁叙述者及其伙伴心中的英雄。酋长"为了自己的伤痛而伤害孩子们的感情"(French, 1963: 93),这是一种创伤传递,因为酋长一直做的事情是"把他的内心世界表达成一个寓言故事"(Wenke, 1991: 46)。这么一个转译/转移的过程也是创伤传递的过程。由于小说中不同的叙事层(Narrative Level)中存在着三种创伤,在这种递归框架中,核心层是笑面人作为文化居中者的创伤,中间层是"酋长"与女友分手的创伤,而最外层则是叙述者"我"这一柯曼切人俱乐部成员的创伤,因此,"笑面人"元叙事和叙述者回忆穿插的叙事策略甚至隐喻了由创伤造成的精神错乱。在嵌套叙事的框架下,塞林格暗中将自己半犹太人的创伤经验融入小说叙述者的两层自白叙事(叙事外层和叙事中间层),使其通过"酋长—小柯曼切人/叙述者—读者团体"的传递过程得到宣泄。

如前文所述,"笑面人"与中国相联系的身份关系实际上隐喻了作者自身的文化身份与创伤,其创伤感受最终通过文本最外层的"柯曼切人"/叙述者"我"传递给读者。但"中国"的角色不止于此。收录《笑面人》的短篇集《九故事》扉页印有日本临济宗白隐慧鹤禅师(Hakuin Ekaku, 1685—1768)所创"只手之声"公案①:"吾人知悉二掌相击之声,然则独手击拍之音又何若?"("We know the sound of two hands clapping. But what is the sound of one hand clapping?")这表明选集中的小说多少与禅宗有关。对比1949年《纽约客》上最初刊登的版本,《九故事》中的《笑面人》仅两处微小改动,并且均存在于小说叙事的

---

① 公案是禅师用于引导参禅者所用的语言故事,通常是中国的佛经、佛偈及中国古典诗词(参见钟玲,2009: 28)。铃木大拙(D. T. Suzuki)当初前往圆觉寺习禅,所参即此"只手之声"公案,一般将其理解为:"两手相拍有凡音,但扬只手,唯有心耳才得以闻。"

第二层①,叙事核心"笑面人"的故事情节则没有变化。易言之,既然《笑面人》几乎原封不动地被收入《九故事》,那么该小说的创作动机也必定牵连禅宗。

三、破除二分法的创伤治愈

1893年,芝加哥召开世界宗教大会(World's Parliament of Religions),日本临济宗的洪岳宗演(Kogaku Soyen Shaku)带着随行译员铃木大拙前往美国,开始向西方传播禅宗。20世纪上半叶,铃木大拙用英文著书立说介绍禅宗。他书中的绝大部分禅思想和禅偈均来自中国禅师及其思想,因此美国禅宗所用文本大多顺延中国禅的传统,注重参公案(见钟玲,2009:4—5,25—29)。铃木曾盛赞中国:"禅是中国土地上最自然的产物","中国是一个最讲求实用的民族","我们不能说中国人没有想象力和缺乏戏剧感,但和佛祖出生地的印度人比起来,便显得相当深沉,相当忧伤。……中国人重视世俗生活,他们辛勤工作,从不想入非非。……他们也都是精于文学并彻底厌恶战争的;他们喜欢过一种和平的文明生活"(铃木大拙,2013:34)。铃木在美国推广禅宗时将中国民族性格充分纳入孕育禅的土壤中,而禅宗学习者诸如塞林格对中国产生某种亲近感则显得顺理成章。

根据《时代》杂志,自1946年年末,塞林格将自己读过的与禅有关的书籍赠送给身边的女性(见 Slawenski,2010:153)。由此

---

① 一处是:"我不知道酋长和玛丽·哈德森之间发生了什么(并且现在也不知道)。"而在1953年的版本里,此处改为:"我不知道酋长和玛丽·哈德森之间发生了什么(并且现在也不知道,仅仅凭直觉稍微有点儿感觉)。"另一处是文章的末尾:"我牙齿控制不止地打着颤回到家,就被安顿上床睡觉了(had to be put to bed)。"而1953年,小说的末尾改动为:"我牙齿控制不止地打着颤回到家,立刻就被赶上床去睡觉了(was told to go right straight to bed)。"

可知，塞林格至少从 1946 年起开始接触佛教。1948 年，他参加了铃木大拙在哥伦比亚大学开设的一系列禅宗讲座（O'Connor，1980：185）。从 20 世纪 40 年代后期开始，他在创作中表现出一种向东方寻求真理的愿景。事实上，由于塞林格中后期作品中的东方宗教意象过于引人注意，纽约著名的评论人卡津认为，塞林格的作品"根本失去了文学艺术的可能性"（转引自 O'Connor，1980：188）。卡津的说法或有失偏颇，但也证明东方宗教与塞林格的创作意图密不可分。虽然塞林格在 20 世纪五六十年代逐渐痴迷于多种宗教，但禅宗始终是其作品的主要思想来源之一。1966 年，塞林格曾告诉黑曼（C. David Heyman），他对于禅宗的兴趣使他注重"实验性和缄默"，"禅宗欣赏生命的荒谬及其根本上的悖论，任何希望将它们表达出来的尝试都受到蔑视"（转引自 Salzman，1991：17）。也可以认为，禅思想对塞林格的创伤治愈分外重要。

《笑面人》结尾处"酋长"与孩子们的沟通类同于禅师与弟子对话，儿童的惧怖伴随着"开悟"状态，包括叙述者在内的小柯曼切人突如其来的创伤时刻亦即他们共同的开悟（satori/epiphany）时刻。"开悟"是禅宗的重要内容，六祖慧能当初开创禅宗心要，便主张"直截了当地明心见性"，"由本心大体去参悟本来面目"，称"顿悟禅"（姚仪敏，2004：22）。铃木大拙也指出，"'开悟'（satori/enlightenment）是禅宗的全部"，"它是一种意识的觉醒，从我们日常生活中的普通经验形式中逃离出来"（Suzuki，1994：32），体验"开悟"意味着突破"积久养成的二元对立思维习惯带来的迷惘"而发掘一个"迄今未能在二元思维中察觉到的世界"（Suzuki，1956：84）。换言之，"开悟"代表二元对立思维方式在"悟"的瞬间得以破除。禅宗认为，理智产生分别心，有分别心，就有二分法，也就无从认清生命的本质(见性/开悟)。正如铃木大拙所言:"'我们生而自由和平等',不管这句话在社会和政治上有什么意义,禅认为在精神领域是绝对真实的,并认为我们四周的一切桎梏和束缚,都是由于我们不认识存在的真实情形而后来加上去的。"(铃木大拙,2013:10)也就是说,生命应当排斥所谓的理智的干扰,从而获得纯粹的直观见性,杜绝简单的二元区分。

从叙述者对"酋长"故事的转述可知,笑面人的同伴是森林狼、侏儒、舌头被白人烧掉了的蒙古大汉以及一位欧亚混血姑娘。也就是说,笑面人与动物、残疾者、种族歧视的受害者、身份不明者为伴。一方面,这说明该团体成员各自具备边缘身份,但另一方面更流露出东方与西方、白人与非白人、人类与其他物种之间不应当存在差别的愿景。笑面人到密林深处与狗、白鼠、鹰、狮子、大蟒、狼等动物为友,并且用动物的语言与之亲切交谈。这表明,笑面人并不认为其他动物相较于人更为等而下之;同时,笑面人非但不与人类说话,反而亲近其他生命物种的"语言王国",使用物种"他者"的语言,这隐喻了这样一个事实,即普遍意义下的"语言的王国"(亦即"人的王国")在整个世界中仅占据狭小的地界。这个童话般的故事情节表明笑面人对物种"他者"的尊重和全然接受。而从叙述者夹杂着自白的回忆描述中可以发现,他认同这种接受与包容——他称侏儒是"可爱的",欧亚混血女孩是"迷人的",并且说"动物们可没觉得他[笑面人]丑"(塞林格,2018b:76,74)。

禅宗中与"开悟"相对应的另一修行目标是破除"我执",即破除执念,追求整体的"一"(oneness)和置身世外的超然(detachment)。笑面人做了土匪,积累了世界上最多的财富,却把大部分财产捐给修道院,其余则换成钻石沉入黑海,可见将财富置之度外,这与其土匪身份完全不相符合。也正因如此,他可以享受自在自为的生活。但他并非完全无拘无束,他终生佩戴那枚罂粟花瓣面罩,仅在需要攻击他人时才将面罩取下(他的面孔此时成为一种武器),或许是由于面罩为他遮蔽了丑陋可怖、连他自己也难以接受的"他性"面孔。笑面人对于面罩的执念传递出一种"我执"意味。由于遭受法国人杜法日的设计陷害,笑面人被绑架。当他发现森林狼为他而死,他也选择死去。他临死前的最后一个动作是摘下自己的面罩,将脸贴在地上。这一动作震撼人心,意味着他最终放弃别人赋予他的各种身份——被绑架的传教士后代、孤儿、中国的江洋大盗。这些附加的身份随着面罩的撕开而消弭散尽,与此同时,笑面人终于接纳了唯一的自我。

不论是小说中的"笑面人"或是塞林格本人所遭受的文化创伤,抑或是战争带给人们的分裂感,均来源于绝对二分法的思维方式。无论《笑面人》中的禅宗痕迹是否治愈或在何种程度上能够治愈复杂的文化身份为塞林格本人所带来的创伤,笑面人自身的创伤的确随故事结尾面罩的揭去而消失殆尽,尽管这种创伤通过递归的叙事结构传递给了叙事者的童年自我,又通过童年自我的自白传递给读者。小说叙事中隐现的禅思则表明,借助于禅的理念,破除执念,获得开悟,复杂文化身份者的创伤可以拥有治愈的可能。

在《笑面人》叙事故事层的成长主题表象之下隐藏着"酋长"的爱情悲剧,其恋情进展与叙事核心层①中"笑面人"的命运发展保持一致,使"笑面人"故事看似是对酋长爱情故事的点缀。但事实

---

① 热奈特对叙述层次的定义是:被讲述的故事内容"处于一个故事层",而在其之外的一层故事层则是包含了"叙述行为"的故事层(热奈特,1990:158)。也就是说,叙述层用以分隔"被讲述的行动"和"叙述行为"(热奈特,1990:158),因为两者所处的时空位置是不同的。

上,酋长讲述的"笑面人"故事才是小说的重心:在对雨果《笑面人》的戏拟中,与"中国"有关的元素隐射了某种关于"种族中间地带"的文化创伤,这一创伤与塞林格的个人经历及二战的历史背景联系紧密。文本生发于历史中的文化、社会、政治、经济,也存在于与其他文本的关联之中,这是文本的物质性,正如赛义德所言:"文本作为文本的存在,是于现世之中的存在。"(Said,1983:33)。而就像贝尔冈齐(Bernard Bergonzi)所发现的,战后文学往往传达出"重新繁荣的表象下战时引起的个人和集体的崩溃感"(Bergonzi,1993:139—140)。从这个意义而言,《笑面人》是典型的战后小说,它通过叙述者的回忆性自白叙述,描绘出在美好平静的童年生活表象下遭到掩埋的复杂文化身份及其受到的创伤与不安。非传统的嵌套叙事结构突破了小说的线性传统界限,拉长了叙述者与创伤事件之间的距离,以"无序"的叙事表现人物的心理世界,为叙述者以及作者自身的文化创伤进行见证。"中国"在其中成为把握现实和历史的参照,禅宗思想则具备重要的治愈功能。叙述者用重叠的自白叙述层将创伤的核心包裹起来,嵌套叙事的手法及贯穿其中的自白叙述逐层遮蔽了写作的真正主旨,表现出对其见证的讲述需求的刻意隐瞒和抗拒,但在塞林格的其他作品中,主动见证的讲述需求则得到了彰显。

第二节 主动见证:《好心的中士》《我认识的一个女孩》《德·杜米埃-史密斯的忧伤年华》中的间接记忆与叙事议论

1944年,塞林格在《星期六晚邮报》上发表小说《好心的中士》①,叙述者用回忆性自白叙述讲述了一个善良的中士在珍珠港战役中为拯救三名年轻士兵而牺牲的故事。弗伦奇称这篇小说"或许是塞林格所有作品中最为伤感的一篇"(French,1963:59)。四年后,塞林格又在《好管家》杂志(Good Housekeeping)上发表《我认识的一个女孩》。主人公回忆了年轻时在维也纳暗恋的一个女孩,叙述者通过他们之间的故事间接指认了大屠杀事件。1952年,塞林格发表《德·杜米埃-史密斯的忧伤年华》,这是塞林格第一篇明确以宗教为主题的小说,叙事充满神秘主义色彩,发表于1952年5月的伦敦《世界评论》(World Review),是《九故事》中唯一一篇未曾在美国发表的小说(French,1963:135),被视作《九故事》中"最奇怪和最分裂的一篇"(Wenke,1991:59)。这篇小说中的叙述者一生遭遇多重困境,这些与命运抗争的过程也是他认识自我的过程。我们从叙述者的自白中得知,母亲去世后,他跟随继父从巴黎回到纽约。为了避免与继父生活在同一屋檐下,他伪造身份前往加拿大,在一间由日本人开设的函授美术学校任职,故事主要涉及他的这段经历以及他在此过程中获得的顿悟。斯通(Edward Stone)直接将杜米埃-史密斯的精神状况归因为"创伤",他注意到杜米埃-史密斯讨厌纽约,怀念法国,后来去的蒙特利尔也是加拿大唯一的法语区(Stone,1969:121);他认为这暗示了叙述者某种纠缠不清的情

---

① 这部小说原名为《狗脸哥之死》("Death of Dogface")(Wenke,1991:16),其中"dogface"是"美国步兵"之意,但可以看出塞林格的良苦用心,刻意选择了该词的双重含义。由于故事主人公伯克相貌丑陋,他的牺牲就更加具有悲剧色彩。小说标题后来改为《好心的中士》("Soft-Boiled Sergeant"),"Soft-Boiled"也具备双重含义,它既有"心肠软的"之意,通常还表示鸡蛋的烹煮时间较短使其内部呈柔软或液态的溏心状。伯克为救几名藏在冰箱里的士兵而牺牲,这表明他的心地纯良,没有被战争或社会等外部力量完全改变,因此是"soft-boiled"而不是"hard-boiled",这个词在字面意义上也为伯克的死赋予了一种悲壮感。

结。塞林格在这三篇小说中均设置了双重叙事层(与上一节涉及的嵌套叙述类似,属于较为简洁的递归结构),以插入叙事议论的方式,使现实和记忆互相交叠转换。小说中唯一的叙述主体在回忆性自白叙事中时而插入对事件的直白议论,由此影响读者对于事件的看法;主人公的自白虽然滞后,却实现了不同叙事层之间的自由切换。三篇小说中的叙述者记忆都与创伤事件间接相关,塞林格借助于叙事层之间的自由转换,表明过去的创伤始终伴随着见证过程。

扬曾将"见证"(witness)概括为"知晓"或"目睹"(Young, 1988:19)。他强调,见证必须由主体"亲眼看见"事件的过程。但是,还存在一种不能与创伤事件发生直接联系的间接见证,主体亲眼所见的或许不是事件本身,却仍然与之相关。《好心的中士》和《我认识的一个女孩》虽是叙述者的回忆性自白,讲述的却都是"别人"的创伤故事,而《德·杜米埃-史密斯的忧伤年华》中的叙述者则以自白叙述的方式讲述了自己曾经使用另一个名字时,发生在另一个"我"("别人")身上的故事和创伤。这三篇小说中叙述者所讲述的故事都发生在创伤事件之前及之后,换句话说,这些叙述者都可算作间接见证者,他们见证的事件是与创伤事件非直接相关的事件,但其叙述仍然产生了见证的效果。

"叙事议论"(narrative commentary)是本节的论述重点,它通常指面向读者的直接叙述,常见于小说之中。一般而言,在叙事话语层面,有三种人可以对事件或人物进行直接议论:(1) 作为故事情节参与者的叙述者,(2) 假托作者的叙述者,(3) 全知叙述者。布斯(Wayne C. Booth)在《小说修辞学》(*The Rhetoric of Fiction*, 1961)一书中,专辟章节介绍"议论"的功能。他指出,叙事议论可以给读者提供一些他们难以从其他途径获知的信息或概述、塑造信念、联系个别事物与一般规范、升华事件的意义、概括整部作品的意义、控制情绪,以及直接评论作品本身(见布斯,1987:188—235)。他倾向于认为叙事议论是作者的声音,因而是可靠的。本节所选取的三篇小说的叙述者既是故事情节的参与者又是假托作者的叙事者,他们作出的叙事议论为读者提供关键可靠的信息,使叙述者的声音值得信赖,叙述者的主动讲述则强化了小说的创伤主旨。

一、摆脱预设:转述真相

主体为了与历史和解,对创伤历史的记忆书写可能是不真实或不准确的。劳勃指出:"我们都拥有荧幕记忆。通过这些记忆,我们创造可以与之共生的叙事和画面。我曾经引用过的几位作者曾说,精神分析学家的首要任务是拆解荧幕记忆,拿掉我们原先创造的防御性的、安抚人心的叙事,让出空间来,使真相可以进来。"(Laub, 2014:56)也就是说,与历史有关的电影和书籍可能弱化或美化创伤事件对于创伤者的伤害,而真正的证言需要听者首先摆脱一切预设,这样在倾听时才有可能为真相腾出空间。本节所选小说的叙事者都刻意在自白叙述中为听众(读者)提前消解预设的认识,从而使后来的叙述更加有效。

在《好心的中士》中,叙述者向读者介绍了善良质朴的士兵伯克。在小说的起始部分,叙述者首先谈论了宣扬英雄主题的战争电影,从他的妻子经常要求看电影这个话题说起:"胡安妮塔,她老是拖我去看电影,看了得有一百万部了吧,都是讲战争的。"(Salinger, 1944a:18)接着他提到电影中常见的战争情节:

你看到许多长得英俊的男子汉,他们总是被一枪毙命,死得清清爽爽,他们帅气的脸从来不会被子弹打伤,而且,在他们死掉之前,他们总是有足够的时间给远在家乡的某个甜心示爱,就是在这故事开头,他俩刚为了她应该穿什么裙子去跳舞而发生了点正儿八经的误会。要不就是那个人死得优雅而缓慢,临死前还有时间把他从敌方上将那里抢来的资料交给同伴……同时呢,其他那些帅小伙,他的战友们,又有很多时间看着他咽气。……然后你还会看到,在这个死掉的人的家乡,大概有一百万个人吧,包括市长、这个人的亲友、还有那个小甜心,或许还有总统呢,都围着他的棺材,又是发言,又是发奖章的,他们穿着吊唁的素装,比其他大多数人看起来更漂亮时髦。(Salinger, 1944a: 18)

在这段话中,叙述者明显使用了夸张和反讽的语气:"总是被一枪毙命""他们帅气的脸从来不会被子弹打伤""临死前还有时间把他从敌方上将那里抢来的材料交给同伴""在这个死掉的人的家乡,大概有一百万个人吧……围着他的棺材",这些句子反而表明,在真正的战争中,军人其实非常普通,他们的牺牲更具悲剧色彩,他们的死可能毫无意义,而且他们死后也少有人纪念。叙述者以反讽的方式提醒读者:那些通常看到的电影情节与实际情况相去甚远。接下来他准备讲述伯克的故事,此时读者已经清空了他们既有的判断,为获得真相而有所准备了。

小说《我认识的一个女孩》中也存在与之相类似的情况,但仅在接近小说尾声时,读者才猛然意识到叙述者的自白是关于"大屠杀"的证言叙事。叙述者从 1936 年开始讲起(他的经历与塞林格本人的经历极为相似）：叙述者因为挂科从大学退学，被父亲派往欧洲学习语言以便将来拓展生意。在维也纳时，他租住的那栋房子中居住着一家当地的犹太人。他对这一家庭中的女孩莉娅心生爱慕。他们经常于晚饭后交谈，并试图使用对方的语言。有一天，他发现这个女孩已有未婚夫。后来他回到美国，辗转得知这个女孩全家在集中营遇难。二战时，他作为盟军士兵被遣往欧洲作战。当他再次回到维也纳时，发现曾经的寓所已经被盟军占领，用作办公通讯。他去拜访了知道莉娅情况的韦恩斯坦医生，事后回到那所老房子默默缅怀逝者。读者之前一直对事实真相毫无准备，没有任何预设，而当叙事快结束时，他们却已跟随叙述者的讲述见证了一段大屠杀往事。

不同于前面的两篇小说，《德·杜米埃-史密斯的忧伤年华》中的叙述者更为委婉，并未在其自白中提及战争。叙述者母亲去世后，他为了避开继父，到加拿大蒙特利尔的一所由日本人开设的函授美术学校任职。这个函授学校不论是校长、老师（即叙述者自己）还是学生，彼此都以伪善和谎言相待，仅有一位名叫艾尔玛的修女学生的信和绘画传递出对艺术的虔诚，带给他安慰。他坚信她是绘画天才，但他贸然写信惊动了艾尔玛所在的修道院，神父来信要求替她退学。叙述者十分沮丧，却因为某个具有神秘主义色彩的契机终于顿悟："我还艾尔玛嬷嬷以自由，她要按她自己的命运向前。世人皆修女。"（塞林格，2018b：203）表面上，这个故事与二战毫无关联——叙述者称，他写下这些往事是为了"纪念我那位已故的继父，粗鄙的罗伯特·阿加德加聂尔"（塞林格，2018b：163），但阅毕全文，读者却发现叙述者的记述与继父关系不大。叙述者经历了母亲的死亡、从美国到欧洲又从欧洲返回美国的迁徙、面临失业等一系列事件，这些事件与二战(欧洲战场①)造成的结果惊人地吻合:二战同样会带来亲人的死亡,欧洲战场上参与战争的人也必须经历从欧洲回到美国的辗转,也要在战后重新谋生。为了求职,叙述者在寄给尤申拓先生的材料中"尽量用漫不经心的口吻",讲述他自己是"如何独自一人","历经各种磨难","最终到达白雪皑皑、高处不胜寒的事业顶峰"(塞林格,2018b:170)。格温与布洛特纳强调,叙述者幻想的事物揭示了他实际是一个"饱受折磨""被精神阉割的人"(Gwynn and Blotner,1960:36)。这是因为,他在现实中遭遇丧亲之痛又与世界产生隔膜,实际上非常自卑而难以融入,他甚至必须依赖于谎言才得以独立谋生。这个故事中的自白叙述同样隐藏了见证意图,读者虽然毫无思想准备,仍然可以察觉小说叙事与二战之间的关联。

不论是拆解记忆还是摆脱预设,见证叙事的核心前提在于为真相腾出位置。劳勃便曾指出,也许存在着不同的见证文体,但它们的内核是一致的,即"真相""对真相的渴望",以及"对真相的更加接近"(Laub,2014:75)。真相是见证的首要目的。尽管存在着不同的叙事层次和屏障,在三篇小说中,叙述者的讲述都是为了解除读者的预设和先入之见,为做出见证作准备,除此之外,他们还要进行额外的铺垫以便见证能够更加顺利地展开。

二、铺垫回忆:制造空白

倾听者需要跟随叙述者的叙述进行想象。一方面,这是因为历史影像和文字记录都不能清楚地再现人的情感,也就不能

---

① 二战期间,美军的主战场是欧洲。美军在欧洲战场投入的兵力和伤亡人数都超越了在太平洋战场所投入的兵力和伤亡人数。

完整地再现创伤。另一方面，见证者在开始他的自白之前，证言还只是未经规整的、碎片化的记忆。倾听者就像"产婆"一样，他要在证言出现之前，想象那个将要被传达的、尚未形成叙事的故事，准备好接受这个讯息（见 Laub，2014：57—58）的到来，这是倾听者的伦理。《好心的中士》里的胡安妮塔就是这样的倾听者，所以叙述者说："胡安妮塔，她可不是普通的女人。如果她在马路上看到一只死耗子，她就挥着两只拳头打你，就好像是你把它压死了似的。……你可以请那些普通的女人喝酒，也许可以跟她们一块儿旅行，都行，但别跟她们结婚。你得等到遇见那种看见马路上的死耗子就挥拳打你的人之后再结婚。"（Salinger,1944a：18）叙述者之所以这么说，无疑是为了凸显胡安妮塔的善良，同时也传达了这样一种讯息：对于经历过战争的创伤者而言，像胡安妮塔这样单纯善良、关心战争的女人是最合适的听众与陪伴者。叙述者以这种方式提醒他的读者/听众："请像胡安妮塔那样敞开你的心，清空你们已经了解到的关于战争的知识，我的故事要开始了。"

在介绍完常见的电影情节之后，叙述者开始了他的记忆追溯：

> 我得从更早之前说起，比如我得解释一些东西。……
> 我在军队里，你看——
> 这么说不对。重来。（Salinger，1944a：18）

这三句话犹豫不决，表现出叙述者对于言说的不确定，即对自己的讲述不够自信，这说明叙述者还没有整理好自己的语言。塞林格刻意写下这段叙述者屡次自我修正的自白，表明这是叙述者关于伯克的第一次言说（即初始证言），因为初始证言原本就是尚未整理好的语言。叙述者无意识地透露他要讲的故事其实与自己的感受相关。叙述者接下来先介绍起部队里的其他人,再讲到伯克。伯克是一个"长得很丑的人",他有着"像钢丝一样竖在他的头上的浓密黑发","搞笑的、小矮人一样的削肩","相较之下他的头就显得太大了","眼球突出",他的声音更是"有两种音调"(Salinger, 1944a:82)。这样一个外形丑陋的人,与叙述者之前所提到的战争电影中的英雄主人公形象大相径庭。伯克非常善良,对叙事者关照有加(叙事者应征入伍时只有十六岁,因年龄不够,部队改大他的年龄将他招入队伍,因此他刚入伍时非常不适应)。叙事者随后又提到与伯克相处的细节,使胡安妮塔和读者都了解到伯克是一个品行端正、天性纯良的人。在这些充满纯善人性和真实情感的铺垫之后,叙述者才开始转述战友来信中传达的伯克的死讯。

正如叙事者在其自白中描述的那样,战时及战后,与战争有关的电影作品倾向于对军人的个性和战场进行扁平化、同质化的处理。但在叙述者所讲述的真实世界中,伯克因为相貌丑陋而恋爱失败,他同时却是一个有着丰富的情感、富于同情心和同理心的人。这样的人因为营救别人而死去,却没有被承认,叙事者为此感到痛心和悲哀。劳勃接受卡鲁思采访时曾讲过一个故事:20 世纪80 年代,他与哈特曼一行人去加拿大蒙特利尔的麦克吉尔大学做研究,参观一个集中营博物馆的时候,他从数张照片中认出了一张由犹太人拍摄的照片,那是两个女人隔着铁丝网栅栏亲吻彼此。劳勃告诉卡鲁思:"他们[德国人]不会拍摄犹太人关于恐惧和痛苦之外的情感的照片。"卡鲁思表示赞同:"因为那是爱,是生命,是生存。并且是联结。……拍照的动作也是一个发生联结的动作。"(Caruth, 2014:56)也就是说,不论在战争还是在大屠杀事件中,人性、人与人之间的情感都被刻意忽略了,缺乏爱就会造成割裂与冷漠。塞林格非常细腻地刻画出叙述者的情感,因为情感缺乏恰恰是造成战争、导致创伤的原因之一。

《我认识的一个女孩》中的叙述者更加隐晦,通过青年人之间浪漫暧昧的情愫在小说前半部分作铺垫。叙述者在自白中,用细致的笔墨描摹他所认识的犹太女孩莉娅:"她当时十六岁,有那种一眼看上去就很漂亮,同时又很耐看的美。她的头发很黑,垂在那一对我所见过的最精致的耳朵后面。她的大眼睛似乎永远有一种在天真中自我倾覆的危险。她的双手是浅棕色的,手指细长,像静止一般。当她坐下来的时候,她会用那双美丽的手作出唯一明智的动作:她把它们放在她的膝盖上。"①叙述者忠实而富有感情地怀念另一个人类个体,也仔细勾勒出他们之间的沟通以及在沟通中表露的羞涩的情感。他用较多篇幅来记述他们两人试图用对方的文化和语言笨拙地进行交流。他们初次交谈时,这个女孩唱着他家里的唱机经常播放的美国音乐,即歌手康妮·鲍斯威尔(Connie Boswell)的《你在何方》,还把"without"念成了"wissout"。她的歌声吸引了叙事者,后者说:"我用令人难受的德语问她,我能否也到阳台上去。"②女生则用不太标准的英文婉拒了他,但表示可以去他的房间。他们的相处始终礼貌而有距离,通常是尴尬地聊天和享用咖啡。叙述者说:"她的英文,就像我的德文一样,基本上是破烂得体无完肤。"③接下来,叙述者非常详细地列述他们简单而充满语音或语法错误的对话。不论是叙述者对女孩的描述还是对他们之间对话的罗列,都表明叙述者对女孩充满感情。他们试图用对方的语言交流,则表现出不同种族和文化背

---

①②③ Salinger, J. D. "Jerome David Salinger Early Stories (1940—1948).", http://ae-lib.org.ua/texts/salinger__early_stories__en.htm#20.

景的人的彼此尊重以及试图理解他者的可能。

弗伦奇反对将这篇小说视为"大屠杀"题材的作品,认为它反映的是"纯真的毁灭",因为"无论纳粹是否摧毁她,她脆弱而畏怯的性格都注定受到压抑",而"这个女孩必定会被外力所挫败"(French,1963:85)。弗伦奇的判断未免有些本末倒置,因为在这个故事中,小说的结尾才是故事的重点,否则这个结尾便纯属多余。小说结尾处提到,战后,叙述者回到这所已经被征为美军军方驻地的房子,他的缅怀却遭到美军军官的冷眼。这个异族女孩与叙述者之间的情感联结,与叙述者和自己同胞之间的情感隔膜,形成强烈对比。叙述者富有感情的表述本身就是对大屠杀事件的无声控诉。既然见证讲述的核心是无法重现(represent)之物,那么叙述者也描绘了历史的一处空白。他的见证超越了对大屠杀的批判,而是对世间发生的一切缺乏人类情感的事情的抗议。

创伤感本质上是一种孤独感,创伤者对之感受最深,却无法准确传达。正如范德哈特所言,"创伤的实质"是"缺乏支持、缺乏帮助、缺乏安慰;全然孤独地与创伤经验为伴,没有听众"(Van der Hart,2014:202)。在《德·杜米埃-史密斯的忧伤年华》中,叙述者自傲不羁的表象之下是完全属于幸存者的孤独,正因如此,他才会急迫地给艾尔玛嬷嬷写信,渴望这个诚实的人倾听他的倾诉——尽管他第二封声情并茂的长信并没有发出,他写下的分明是有意倾诉却无人倾听的自白。叙述者还坦率地提道:"我祈祷这个城市变得空无一人,只剩下我一个人——一——个——人:全纽约就属这个祈祷几乎从来不会被弄丢或是耽搁,顷刻间只要我碰到的东西一律变成结结实实的孤独。"(塞林格,2018b:165)温克指出,这反映了叙述者"紧张的精神状态",因为"他无法适应狂热的都市人潮"(Wenke,1991:57)。实际上,叙述者之所以祈祷

"这个城市变得空无一人",不仅因为他感到这里的每个人都"粗俗、愚蠢、专横"(Wenke,1991:57),还因为他在这个城市感受不到人与人之间爱的可能;而他"碰到的东西一律变成结结实实的孤独"无疑暗示了这种孤独感以一种执拗的方式存在着,他的生活向他证实了世界的确缺乏爱。

这三篇小说中的叙述者实际上都在努力言说他物,为创伤感受作铺垫,并由此制造出某种空白,他们真正想要讲述的事实就掩埋在丰富的自白的层层表象之下。依据理查森的说法:"基于文学审美与创伤的密切关系,创伤不必被直接谈及也可以得到表达。"(Richardson,2014:92)这是因为创伤的内核不可言说,而通过象征和想象,文学却能够表达不可以言说之物。在这种由此及彼的言说中,小说中的证言内核得到了清楚的展示。

三、想象事件:间接见证

作为事件亲历者的见证者未必方便言说或有机会言说,但见证却可以用多种形式和不同主体加以表述。《好心的中士》和《我认识的一个女孩》中,叙述者都与创伤事件当事者相识并发生情感交流,但他们仅仅间接地接触到创伤真相,不曾参与其中。而在《德·杜米埃-史密斯的忧伤年华》里,叙述者虽然是创伤的直接经历者(即便在其回忆性自白叙述中未曾直接提及创伤事件),但他伪造身份成为美术函授学校的一名老师,无异于同时扮演了另外一个人的角色。他修改自己的名字以及伪造身份,客观上也使自己转换为某种间接见证者。间接的见证者非常重要。用劳勒的话说:"见证是通过对破碎的经历进行修补和形塑从而治愈伤痕的过程,这一过程将伤痕的碎片拼接在一起。"(Laub,2014:48)这或许是因为:(1)见证者不一定幸存;(2)即便他幸存,讲述的不可能性容易招致创伤幸存者的"沉默"(Felman and Laub，1992：79);(3) 讲述者可能由于缺少内部或外部的听众而犹豫退缩(Laub，2014：49);(4) 当面对绝对意志时,幸存者可能对自己的经历产生怀疑(Laub，2014：53)。在这些情形下,间接见证者所看到的"伤痕的碎片"也可以成为见证的重要材料。他们没有亲自看见创伤事实,受到的伤害也不如创伤事件的亲历者,但是他们仍然受创伤事件的影响,或由于拥有与创伤事件相关的记忆而有着迫切的见证需求。同时,间接见证者的见证过程不可避免地包含了对事件更多的主观想象,这些主观想象尽管不能反映客观真实,却可以反映真实存在的情感真相。

在《好心的中士》中的主人公的自白叙述中,他最终通过转述战友来信,告知胡安妮塔(以及读者),伯克在一次战役中为了营救三名年轻的士兵,被密集的炮火击中,最终牺牲。叙述者指出,这个故事的悲剧之处在于伯克的死与一般战争电影或小说里所渲染的英雄主义浪漫色彩大相径庭。临死前,原本就长相丑陋的伯克被炸掉了下巴,身上被炮弹打穿四处。他死的时候无人问津,没有机会对任何人说一句临终遗言,还要怀着爱情的遗憾而死去,因为他最爱的女孩已经嫁与他人。叙述者极为简短地交代了伯克的死讯,但由于他之前在自白中的长篇铺垫,这个证言得到了流畅的表达,加强了之前铺垫的反讽效果。叙事者说,伯克得到的唯一悼念就是胡安妮塔的眼泪,他还表示应该"找一个能够为伯克哭泣的女人"结婚。这句话隐含的意思是,一位能够真正理解这个证言的听众罕见而珍贵,值得与之共同生活。幸存者则需要与这样的听众为伴,他主动的讲述需要才能得到满足,并从中获得慰藉。

在《我认识的一个女孩》中,叙述者最接近证言的一段自白是:

"这两个人告诉我莉娅已经死了。药剂师建议我去见见韦恩斯坦医生,韦恩斯坦刚从布痕瓦尔德集中营回到维也纳,现在回来了。……送完官方报纸后,我独自回到吉普车里,去见韦恩斯坦医生。我再开车回靴子街时,已是黄昏了。"[①]在这里,叙述者彻底省略了从"去见韦恩斯坦医生"到"再开车回靴子街"之间的情形,这个被省略的部分就是叙述者从韦恩斯坦医生处得知莉娅死讯的场景。也就是说,叙述者省略了有关韦恩斯坦医生的证言以及自己从后者那里获得这个消息的场景描写。事实上,在叙述者去送官方报纸之前,他已经知道莉娅遭遇了不测。他没有提到自己的心情,只是用白描手法简要叙述自己在完成军队任务后去见韦恩斯坦医生这一事实,并且轻描淡写地提到,当他开车返回时"已是黄昏了"。这说明他在韦恩斯坦医生那里停留了相当长的时间。这期间发生了什么,读者不得而知。如理查森所言,叙述语言和事件本身共同成为"创伤的核心",因为它"无法完全阐明发生了什么"(Richardson, 2014: 92),语言对创伤事件及其结果的无力表达和无法表达,导致创伤事件本身成为黑洞,所以叙述者干脆对此保持缄默,使之留白。其余则需要听众/读者依靠文学想象对之进行填补。

《德·杜米埃-史密斯的忧伤年华》中,叙述者给自己拟设了一个假名:德·杜米埃-史密斯。这位杜米埃-史密斯的言行由叙述者自己讲述,因此他无形之中间接成为自己的见证者。他离开继父,来到位于蒙特利尔的这所奇怪的美术学校,被虚假的一切所包围。这所广告上号称"加拿大最新、最前卫的美术函授学院"实际

[①] Salinger, J. D. "Jerome David Salinger Early Stories (1940—1948)." http://ae-lib.org.ua/texts/salinger_early_stories_en.htm#20.

上位于一座公寓楼的第二层。叙述者到来之前,这所名为"古典大师之友"的学校只有两个经营者,即号称"前东京皇家美术学院院长"的校长、日本人尤申拓与他的马来亚裔妻子。叙述者很快发现这位校长"压根儿就不会教人画画"(塞林格,2018b:178),而他自己则主要被安排做翻译工作而不是美术教学。当然,叙述者自己同样以欺骗手段获得"古典大师之友"的录取通知——他篡改成绩,谎称是毕加索的好友、杜米埃的亲戚——"我说实话不如我撒谎的时候来得自信"(塞林格,2018b:197)。这一切虚伪事件可以视作他遭遇精神创伤的结果——母亲离婚后改嫁,一年后继父和母亲因华尔街金融危机而倾家荡产,他们随后举家迁往巴黎,九年后他的母亲去世——尽管如上一节中提到的那样,叙述者的自白隐藏了真正的战争创伤。叙述者说:"我当时十岁,即便算不上心冷如铁,至少也够酷,我自己觉得,那么大的一个转变并没有给我留下什么心理创伤。倒是九年后重回纽约那一次,那是在我母亲去世三个月之后,我被击倒了,是重重的一击。"(塞林格,2018b:164)所谓"重重的一击"是叙述者回到纽约乘车的经历,拥挤的车上所有人包括司机都自私、"粗俗"、"愚蠢"、"专横"(塞林格,2018b:165),这戏仿了在二战中经历创伤的军人回到城市中的感受。可以说叙述者(甚至是作家塞林格本人)正藏身于杜撰的德·杜米埃-史密斯身后观察和想象着这个虚构人物的忧伤,其实是间接为自己作出见证。

杜米埃-史密斯对修女艾尔玛的迷恋同样能够说明问题。在杜米埃-史密斯写给艾尔玛嬷嬷两封自白式的冗长信函中,读者发现他满腔热忱,渴望沟通,倾吐肺腑之言。寄出时"怀着难以抑制的喜悦",随后又焦急地等待回音:"我怎么才能熬过这十三天而不至于发疯呢,我是真的慌神了。"(塞林格,2018b:192—193)杜米埃-史密斯的痴迷毫无来由,尽管他坚称艾尔玛嬷嬷是"艺术家",她的作品"包含极高的、井井有条的天赋","以及天知道多少小时的艰苦创作"(塞林格,2018b:186)。温克指出,"《德·杜米埃-史密斯的忧伤年华》实际上描述了叙述者失控的想象力","他对她的回应如此夸张而她所寄来的材料如此有限","使人怀疑他的判断",同时,"(橱窗里)那个女孩出的洋相与(叙述者所描述的)浮夸的'升华经验'之间明显不相称",仿佛是"一个神经质的人一心想从最为乏味的素材重获取不切实际的意义"(Wenke,1991:58—59)。温克言之有理,因为纵使叙述者对艾尔玛嬷嬷的作品大加赞赏,他对艾尔玛嬷嬷作品的描写寥寥数笔,很难让人看出那些作品有如此大的魅力。或许,正是叙述者这种令人困惑的矛盾表现,透露出他太过渴望同类及一段惺惺相惜的关系,侧面反映出他渴望自白,渴望全盘托出,渴望与诚实质朴的灵魂(听众/见证者)对话。

如前文所述,在《好心的中士》《我认识的一个女孩》《德·杜米埃-史密斯的忧伤年华》中,塞林格设置了多重叙事层,时而插入叙事议论,使叙述者的自白叙述在现实层(即可以自由发挥议论的叙述层)与回忆层之间转换自如。而当叙事每次从故事外层转向故事内事件时,似乎是进入一个悬置的时空。主动讲述的"间接见证者"(即进行自白叙述的主人公)通过议论,让读者摆脱预设,为后续讲述腾出空间;铺垫回忆,展示创伤的空白内核;迟滞的见证空白想象式地梳理了创伤记忆,实现了间接见证。叙述者的自白叙述具有滞后性,但与故事外层的时空完成了无缝衔接。而延宕与压制的叙述话语以及频繁的叙事议论又表明过去的创伤事件突破了时空限制,萦绕不去。在这种创伤的影响下,另一种叙述语态——不可靠叙事——也表达着讲述渴望。

第三节 渴望见证:《麦田里的守望者》中的谎言与不可靠叙事

《麦田里的守望者》是塞林格最著名的小说。福克纳认为它代表了"当时的最佳作品",霍尔顿的形象揭示了年轻人的悲剧——"当他试图成为人类的一员,却发现那里并没有人类。"(转引自 French,1963:31)这部小说问世后备受瞩目,《纽约客》、《纽约时报》、"每月读书俱乐部"、《芝加哥论坛报》等报刊予以其高度赞誉。有论者认为,《麦田里的守望者》表现了"美国生活的一个极为重要的方面——一个不墨守成规的人有权捍卫他的与众不同"(Kaplan,1956:80)。格林则表示塞林格的这种创作风格其实反映了新教思想,即"不愿将道德感置于宗教精神之下","尤其当这些宗教精神还臣服于镶有宝石的神龛面前"(Green,1958:25)。该书在美国出版的次月便在英国出版,其受欢迎程度与在美国相当,到次年则已发行意大利文、日文、挪威文三种外语版本(见French,1963:124—125)。尽管声名大噪,这部小说仍颇受争议,其语言在保守的20世纪50年代美国显得格格不入,使之成为"美国二战后得到最广泛阅读和被禁次数最多的小说"(Salzman,1991:15)。出版前,哈考特教育出版公司(Harcourt)颇为忧心小说的语言:"如果出版这本书,我们在学校的业务就毁了。"(Shields and Salerno,2013:251)出版后,《泰晤士报文学副刊》(*Times Literary Supplement*)评论道,霍尔顿"无休止的渎神及猥亵的语言"从小说的第二章开始就"大煞风景"(Laser and Fruman,1963:

17)。1961年,科贝特(Edward P. J. Corbett)撰文讽刺《麦田里的守望者》的小说语言"野蛮、渎圣、下流"并称霍尔顿虽反感社会的"伪善",他自己却实在是"伪善之人"(Corbett, 1961:441—443)。还有评论家称霍尔顿"荒谬、不敬,可悲得无可救药",容易激发人做错事(Graham, 2007:18)。加利福尼亚、纽约、堪萨斯、马萨诸塞等地的高中曾将该书从图书馆和必读书目中除名,路易斯安那、俄克拉荷马等地的教师则因为向学生推荐这部小说而被学生家长要求开除(见Salzman, 1991:14—15)。更有人迁怒于作者,斥责塞林格"变态淫荡"(Laser and Fruman, 1963:127)。布鲁姆则称重读《麦田里的守望者》是一种复杂的审美体验,有时令人心酸,有时却显矫情甚至倒胃口(Bloom, 2009:1)。

  半个多世纪过去了,《麦田里的守望者》已成为一部公认的文学经典,对它的争议却没有停止。历史学家施泰因勒在其著作《冷战恐怖下:〈麦田里的守望者〉的审查及美国战后性格》中解释道,《麦田里的守望者》涉及战后(冷战时期)社会对年轻一代的期待、对美国形象的关注,对美国理想的判断,以及对道德和文学的认知,这些认知都与众不同,超越了时代的认知水准,是小说备受争议的重要原因。事实上,塞林格在二战期间一直致力于创作这部小说,使其得以在战后迅速出版。20世纪50年代,刚结束二战获得和平的世界重新蒙上冷战的阴影,冷战和原子弹威胁的双重影响也投射在这部小说中。这部长篇小说的主人公以自白叙述的方式讲述自己在纽约逃学三天的经历,其玩世不恭的心态及自白叙述方式均反映了战争留下的时代印记。尤内斯直言,"这部小说不仅可以被看作经历创伤后重新捕捉'逝去的时光'的努力","更是作家后来的成熟自我对其早期生活的彻底改写",因为"他现在不赞成这场战争"(Jonnes, 2015:95)。尤内斯的推断有待商榷,但该小说的确可算作创伤小说，至少它确实通过霍尔顿"对战争、美国军队及社会上那些对更大的问题没有意识的人的谴责来表达观点"(Jonnes, 2015: 95—96)。战争是《麦田里的守望者》的隐含文本，这体现在霍尔顿的自白之中，譬如他表示："我哥 D. B. 在部队里待了他妈四年，也打过仗——参加了诺曼底登陆等等——可我真的认为他宁愿打仗，也不愿意在部队里待。……他说过部队里的混蛋简直跟纳粹部队里的混蛋一样多……我发誓，再来场战争的话，最好他们挑我出来让行刑队把我毙掉算了，那我也不会反对。"(塞林格，2018a: 188)小说中，霍尔顿的哥哥 D. B. 的经历与塞林格的经历完全相同，这无疑是作家塞林格通过他表露心声。

布斯曾声援受到审查的《麦田里的守望者》。他认为审查者应把文学作品视为不可分割的整体，不能孤立地看待其中所谓的"糟粕"，因为"即使是道德感最强的小说，也可能对某个特定的人产生坏的影响"(Booth, 1964: 156)。他后来也在《我们所交的朋友：小说伦理学》(*The Company We Keep: An Ethics of Fiction*, 1988)中强调读者的作用，认为阅读的任务就是透过作者精心布置的叙述策略，去寻找隐藏在"叙述者""观察者"或"多重视点"之后的"作家的声音"(Booth, 1988: 62)，而后者才是小说价值的真正表达。① 虽然对《麦田里的守望者》最普遍的一种解读是将其视为一部关于中产家庭少年的成长小说，但结合塞林格个人的战争经

---

① 作为新批评阅读策略的继承者，布斯一直强调修辞的作用，并将其纳入伦理批评中；对布斯来说，小说的审美价值体现在文字和修辞上，因此审美过程具有"浓厚的伦理意味"(布斯，2009: 214)。本书采用的"不可靠叙述"和"内心透视"最早出现在 1961 年的《小说修辞学》里，那时布斯重点关注作家通过修辞所展现的意图以及对读者所产生的单向影响，认为修辞的终极意义是作家所负有的公共责任。在 20 世纪后半叶后结构思潮的影响下，布斯的伦理修辞观随之发展。在 1988 年的《我们所交的朋友：小说伦理学》中，布斯将 60 年代读者批评的要素纳入伦（转下页）

历及隐藏于叙述策略背后的"作家的声音",可以发现这部小说展示了关于战争创伤的初始证言。叙事者霍尔顿在精神疗养院向他想象中的听众(读者)叙述自己在前一年的圣诞节前夕逃学三天的经历及心路历程。全书开场白及最后一章中明显标示"回顾"的自白非常关键,除此之外,叙述者其他部分的叙述均不像回顾,而是回到事件发生的当下直接进行自白叙述。本书将借用布斯的叙事伦理学,通过小说中的戏剧性反讽、内心透视与不可靠叙述者的叙事策略,揭示小说主人公的不可靠性。这种不可靠性反而标示了创伤见证:隐含作者通过叙述者的自相矛盾和自我否定来反衬叙述者的孤独,又通过内心透视凸显对死亡的恐惧;其目的其实是表

(接上页)理批评,指出作为文学叙事最终目的的伦理价值源自作者,却由读者来实现。他重新阐释了作者、文本与读者三者间的关系,突出读者对实现小说伦理价值的责任。布斯看重个体对文学独特的阅读经验,甚至指出,重要的不是艺术家"提供"(give)了什么,而是读者自己选择"获取"(take)的是什么(Booth, 1988: 83)——"批评的关键不在于能够准确解释(correct interpretation),而在于能够进行明达的判断(good judgment)"(Conley, 1990: 68),判断的主体正是读者。值得注意的是,布斯对读者的重视并不意味着他摒弃了对作者意图的关心。相反,读者的阅读过程是对作者应尽之义务的延续,也就是说,作者的意图是阅读的出发点,读者对作者意图的判断必须小心谨慎。为了这个目的,布斯设置的"隐含作者"与"隐含读者"就显得非常关键,希望为真实读者理解作者的意图提供一种保证。而这个保证的基础,就是将作者与读者的关系引喻为亚里士多德式的"完善的友爱",即"好人和在德性上相似的人之间的友爱";且由于"每一方从这种友爱中得到的东西都是相同或相似的",因排除了"偶性"而历久弥新(亚里士多德, 2003: 235)。布斯把读者通过文本形式发现小说伦理价值并以此完善自身的过程视为读者与作者友爱的建立,而读者得以从阅读行为中获得道德教益则是布斯叙事伦理对当代阅读理论的贡献。在后结构主义盛行的年代,布斯一直在与形形色色的"作者之死"的论调做抗争,"作者"始终在他的叙事理论中占有中心地位。他要从叙事这一文学形式入手,围绕隐含作者的叙事手法,引导隐含读者进入文本,去探索文本乃至文学创作中蕴含的价值判断和伦理诉求。他要作者自律,认识到对读者负有的道德责任。他要读者自律,关注作者的伦理意图,忘掉自我,深入文本,与叙事者产生共鸣,从文本中得到教化。读者积极主动地投入情感,去理解遗憾,体验幸福,认识智慧、勇气、节制与正义,思辨性地领悟小说人物的内心世界,使自己的精神和气质从中获益(Booth, 2001: 18);同时,读者心甘情愿地跟随叙述者的视角,理解他,宽容他,成为他的伙伴(company),这就是布斯叙事伦理所揭示的文学的魅力所在。

达见证的渴望。

一、戏剧性反讽：反衬叙述者的孤独

戏剧性反讽产生于隐含作者与叙述者意见不一致时。布斯把作者区分为"真实作者""隐含作者""故事的叙述者""专业作家"，以及"超作家"；把读者区分为"真实读者""假设的读者/第一种隐含读者""轻信的读者/第二种隐含读者""接受歪曲价值的读者/第三种隐含读者""专业读者"及"读者大众"。类似于巴赫金的"众声喧哗"，诸重身份的作者和读者使阅读过程存在多个声音的"对话"（dialogue），产生"杂语"（polyglossia）（布斯，2009：210）。① 布斯的隐含作者（implied author）是真实作者的第二自我，缔造所有故事情节，是处于"某种创作状态"的"作品的生产者"，又是"文本'隐含'的供读者推导的这一写作者形象"（布斯，1987：444；申丹，2009：37）。而叙述者（teller of this tale）则"不受审美距离的限制"，相信"故事确实发生"（布斯，1987：444）。布斯认为，以隐含作者为尺度，当叙述者与其意见不一时就会产生"戏剧性反讽"（布

---

① 在布斯看来，以隐含作者为尺度，当叙述者与其意见不一时，叙述者被称为"不可靠叙述者"（Unreliable Narrator）（布斯，1987：444—445）。往往是隐含作者与不可靠叙述者对事件的不同描述，产生不可靠叙述，将故事中人物未觉察到或有意掩盖的事实透露给读者（即与"隐含作者"相对的"隐含读者"），产生"戏剧性反讽"（布斯，2009：26）。詹姆斯·费伦（James Phelan）把"不可靠叙述"的功能之一归结为反映"隐喻的真实"（metaphorical truths），体现"隐含作者所认同的伦理判断"（accurate ethical evaluation）（Phelan，2007：227）。另一方面，布斯假设了三种"隐含读者"：假设的读者（postulated reader）知道叙述者所讲述的故事是虚构的；轻信的读者（credulous listener）相信叙述者所讲述的事情真实发生，但他对叙述者的价值有所取舍；第三种隐含读者（the more credulous listener）则完全相信叙述者的真实性，接受叙述者的全部价值。布斯赞赏第一种隐含读者，他们通过"解读叙述者的话语"，或"超越叙述者的话语来推断事情的本来面目"，对文本进行"双重解码"（申丹，2009：60）。

斯,2009:26)。一旦读者意识到反讽的存在,就会在理解过程中重构文本,与作者达成"反讽共谋"(布斯,1987:404)。成功的反讽让作者与读者产生认同,扩展为作者—读者间的友爱,布斯认为这是叙事实现伦理价值的基础。在《麦田里的守望者》中,戏剧性反讽暴露了叙述者的不可靠性,反衬了叙述者极度孤独的处境。

霍尔顿的自白暴露了与之矛盾的真实情况,隐含作者正是通过这样的反讽,让隐含读者觉察出叙述者的话语张力,藉此折射出对其可靠性的判断。霍尔顿开篇即称:"我只跟你说说去年圣诞节前后我经历的几件荒唐事吧,在那之后,我整个人就垮掉了,不得不到这儿放松一下。"(塞林格,2018a:1—2)一个精神崩溃的年轻人在疗养院中的叙述,通常不会完全可靠。隐含作者借此首先交代了霍尔顿作为不可靠叙述者的可能,同时也透露:这位叙述者即便"不可靠",与道德的欠缺恐怕无关,只能归结为不甚乐观的精神状况。霍尔顿离校那天,刚好是潘西中学与外校进行重要的橄榄球比赛的日子。全校喧声震天,霍尔顿却独自站在小山顶上远眺这场"盛事"。他应该是很想观看比赛,才会为此站得"屁股都快给冻掉了",尽管他声言只是"想感受一下离别滋味"。他说:"今天学校除了我,几乎全体都在那儿。"(塞林格,2018a:3)因为,作为击剑队的领队,他在去纽约比赛的路上弄丢了所有人的装备,回来的路上为此遭到队友的孤立。因自己的失误而被排除在集体之外,使叙述者感到难为情。为掩饰沮丧,他若无其事地抱怨学校"怎么看怎么糟糕透顶"(塞林格,2018a:3),似乎他目前的境况是出于主动选择。他还补充:"我没在下边看比赛另外还有个原因,是我要去跟斯潘塞老先生告别。"(塞林格,2018a:4)而前面刚说过,他原本要参加纽约的击剑队比赛,如果没有弄丢装备,此时他应该还在纽约。选择现在与斯潘塞老先生告别分明是临时的决定。同样,霍尔顿还吹嘘自己"酒量特大","情绪对头时,能喝上一整夜,还一点都显不出",他举例说自己和同学有一次喝掉了一品脱苏格兰威士忌,同学浑身酒臭,他却头脑清醒,可是他又说"睡觉前我吐了,不是非吐不可——是我强迫自己吐的"(塞林格,2018a:121)。叙述者尚未成年却号称有如此大的酒量,明明喝吐却说自己是故意为之,实在有些自相矛盾,令人难以信服。叙事者还说:"我那时十六岁,现在十七岁了……可我有时候的举止还像十二岁左右,谁都这么说,特别是我爸。……有时候我表现得比我的年龄大很多,真的,可别人从来对此视而不见,他们总是视而不见。"(塞林格,2018a:15)这段自白中,霍尔顿对岁数从十六岁到十七岁的微小增长十分在意,抱怨人们对此视而不见,说明他显得老成的愿望总是受到外力压制,并且长期得不到旁人的理解,因此他通过夸大酒量来获得成长感也不足为奇。如此,当叙述者故意显得叛逆不羁,弱化自己孤单迷惘的挫败感时,隐含作者和隐含读者在他矛盾的言说中彼此心领神会。仿佛是隐含作者从文本背后显身,对隐含读者做出指引性暗示。

  叙述者的孤独有时也出现在他的言说之外,通过其他人物或事件得以显现。霍尔顿的室友斯特拉雷德出去约会前,要求霍尔顿替他写一篇关于某个房间或房屋的作文。霍尔顿满口应承,但他描写的却是亡弟艾里的棒球手套,因为他觉得"我想不起来有什么房间或房屋",而且"反正我对描述房间或者房屋也不是很感兴趣"(塞林格,2018a:50)。这段内心独白首先表明,对霍尔顿而言,没有任何一个处所值得留念,他找不到容留自己的空间;其次,这也说明霍尔顿的行为举止向来不受约束。斯特拉雷德回来发现后非常气恼:"他妈的,你老是什么都反着来,怪不得你他妈都给开除了,你他妈干任何一件事,都不按照别人交代的干,我就是这个意思,他妈的任何一件事。"(塞林格,2018a:55)通过斯特拉雷德,隐含作者暗示霍尔顿举止古怪,不与人配合,长期格格不入,而正是这份孤独感促使霍尔顿离开学校去纽约"流浪"。决定逃学的当晚,霍尔顿的心理活动相当矛盾:

> 人们全睡了或者出去了,要么回家度周末,走廊上很静很静,令人沮丧。……一下子,我又想好了真的该干嘛,我他妈要离开潘西——就在当天夜里,我是说我不等到星期三还是怎么样,我只是不想再逗留了,这儿让我感觉难过万分,寂寞万分……收拾完东西准备走时,我在楼梯口站了一会儿,最后看了一眼这条破走廊。我有点儿在哭,也不知道为什么。我戴上我的红色猎帽,就像我喜欢的那样,把帽檐拉到后面,然后用他妈最大的嗓门喊了一声:"好好睡吧,你们这帮蠢蛋!"(塞林格,2018a:68—70)

叙述者反复提到的走廊是一条通向各个房间的狭窄通道。它之所以"令人沮丧",不仅因为它在安静的夜晚象征了叙事者的绝境,也因为叙述者无法通过这条走廊走入任何一个使他有归属感的房间。他在楼梯口"最后看一眼"安静的走廊并决定离开,表明彻底与此地决裂的决心。"我有点儿在哭"——不明原因的哭泣表明他看似主动的选择实属被迫。在大量类似语境中,隐含作者启发隐含读者理解这位主人公。

"逃"到纽约之后,霍尔顿的孤独感却加深了。他试图在旅馆楼下的夜总会找人玩耍,但很快只剩他一人,他懊恼道:"大堂里几乎没人,连那几个婊子样的金发女郎也看不到了。我突然想他妈离开这个破地方,这儿太让人沮丧了。"(塞林格,2018a:108)可当他走出旅馆却发现"更糟糕的是外面很静、很荒凉,就连星期六夜里也这是这样","半夜还有人在大街上大笑,这纽约也太恐怖了。几英里外都能听见,让人觉得很孤单,很沮丧"(塞林格,2018a:109—110)。叙述者在本该喧闹的周末城市中再次领会到寂寞之感,且万籁俱寂之中有人"大笑"——不是哭泣或争吵,而是夜半无人的街上的大笑,这种笑没有给人以温暖的感觉,这样的反差令霍尔顿毛骨悚然。后来,霍尔顿明明主动去了"人挤人"的厄尼夜总会,却又自称"被一群蠢材所包围"(塞林格,2018a:114)。隐含作者在这里再次提示隐含读者,在这种自相矛盾之中,霍尔顿的孤独感更为剧烈。也许正因如此,从夜总会出来后,他暂时放弃了追求人群带来的温度,而是独自一人在"冷得要命"的天气里"一路走回旅馆,整整四十一个街区"(塞林格,2018a:118)。

霍尔顿在安托利尼先生家睡觉的情节大概是整篇小说中最隐晦的一幕,将他的孤独感推至高潮。回到纽约的霍尔顿很快身无分文,不得不投靠唯一信赖的成年人安托利尼。他半夜醒来,发现安托利尼"坐在沙发旁边的地板上","要么在抚弄",要么在拍他的头(塞林格,2018a:259)。霍尔顿一跃而起,断定安托利尼是一个"混账变态佬",他嚷道:"你他妈在干嘛?""你他妈到底在干嘛?"(塞林格,2018a:259)安托利尼让霍尔顿镇静,后者却夺门而出并告诉他的听众(读者):"[安托利尼]尽量表现得很他妈若无其事,很冷静,可是他他妈的也不是太冷静,你得相信我的话。"(塞林格,2018a:259)事实上,叙述者没有交代安托利尼老师的抚摸究竟是否暧昧,因为当霍尔顿醒的时候,这个动作就停止了。叙述者的视角存在盲点,隐含作者以此阻断了叙述者与书中事实的联系,隐含读者的视线也就被阻隔了,随着叙述者离开了真相。霍尔顿在候车室里,开始担心自己"搞错了",念及安托利尼的为人,他愈发感到沮丧。隐含作者刻意将真相隐匿在叙述者的自白背后,既不告诉读者,也不给叙述者任何发现真相的机会,任由叙述者怀疑、反省和懊恼。安托利尼到底是不是同性恋,在小说里成为一个悬念,但这个问题的答案并不重要。这一情节的重点在于揭示霍尔顿的神经质、病态及莫名其妙的愤怒。这些表现都可以视作精神创伤的反映,更多的创伤则通过叙述者的内心透视(inside views)体现在一种更深层的创伤反映中:对死亡的恐惧。为何一个乳臭未干的少年会对死亡产生深深的恐惧?这必然与小说的战争创作背景紧密关联。

二、内心透视:凸显死亡的恐惧

布斯所说的"内心透视"是以主人公视角去观察和描绘小说世界的叙述方式,它可以控制读者的情感距离。"通过孤立的受难者的视线看到整个事件,我们就被迫通过他的心灵去感受它。正是因为我们在一个无人能够改造他的世界上,他的孤立,他的易犯错误,才使我们产生了这种同情。"(布斯,1987:292)在隐含作者的安排下,叙述者的目光与隐含读者的目光时常重合,隐含读者通过透视叙述者的内心,理解他的悲喜和他行为言语的动机,藉此产生布斯所强调的"同情"或"交友"。内心透视使读者在"客观观察"叙述者缺点的同时将更加清晰地看到"人物的内心价值"(布斯,1987:390)。譬如,霍尔顿游离在多种社会关系中,设法感知自己的存在却数次受阻,他与斯特拉雷德和阿克利相互依赖却又彼此嫌恶,无法和平共处。离校前他向历史老师斯潘塞老先生道别,后者希望帮助他,实际上却不停向他发难,使他百口莫辩、无地自容。他顾及前室友迪克·斯莱格尔的感受,把自己的高档皮箱塞在床下以免后者感到难堪，可斯莱格尔却反而产生误解。他在埃德蒙特旅馆被皮条客和妓女敲诈殴打，魂惊魄悸之际无人可诉。他对安托里尼先生心存疑虑，方寸大失。尽管发生了上述种种不愉快事件，读者仍从霍尔顿的心理活动发现他的善良本质——他不喜欢阿克利，却体谅其孤独，在朋友邀他看电影时，霍尔顿还会邀请阿克利一同前往。他也会为自己的早餐比火车站偶遇的修女们的更为丰盛而不愉快。通过这些内心自白，读者得以接近霍尔顿的心灵，感受到他"惊人的爱的能力"（Booth，1964：162），得到一个在他人眼中全然不同的霍尔顿。除此之外，叙述者的内心透视反复呈现最为频繁的是他对于死亡的恐惧情绪，这种死亡恐惧可能是他痛苦愤怒的根源。

当霍尔顿向安托利尼这位唯一值得信任的成年人求助的道路也关闭之后，他逗留于车站候车室内。为了不再想安托利尼的事，他开始阅读别人留在车站的长椅上的一本杂志。他自白道：

> ［我］接着又读到另外一篇文章，关于怎样判断自己有没有得上癌症的。里面说如果你嘴里的溃疡不能很快痊愈，那就是你很可能得了癌症的信号。我最里面有个地方溃疡，已经有两星期左右，所以我估计自己得了癌症。那本杂志可真能给人打气啊。我最后不读了，出去走一走。我琢磨既然我患了癌症，应该只有几个月活头，我真的那样想，我甚至肯定自己快死了。那样想，肯定让自己感觉不太舒服。（塞林格，2018a：264）

与其说是杂志文章的内容和一个微不足道的口腔溃疡让霍尔顿感到死期将至，不如说是现实的境遇让他绝望透顶；杂志文章对此起到添油加醋的作用。值得注意的是,这段话是霍尔顿事后的叙述。叙述时,他已经知道自己健康状况良好,没有患癌,但他仍然如实透露当时"认为自己快死了"并且"不太舒服"的心情(即如实讲述"初始证言")。通过这种心理透视,隐含作者不仅拉近叙事者和隐含读者的情感距离,引导读者深入认识叙事者的内心,也十分鲜明地突破了时空的限制,毫无保留地向读者传达出他当时对死亡的恐惧及创伤心理,并且该创伤心理在叙述者讲述的当下仍然发挥着效力。

这并非叙述者第一次提到"死"。霍尔顿还曾因醉酒担心受冻患肺炎而死。小说开始后不久,霍尔顿去斯潘塞先生家之前也曾说:"穿过马路后,我感觉自己有点儿像是要消失了。那天下午很不对劲儿,冷得要命,又没有太阳。每次过马路,我都感觉自己像要消失。"(塞林格,2018a:6)小说中经常出现类似言论。如费尔曼所言,创伤就是"失去行动的能力"(impotent to act)(Felman,1995:35),霍尔顿所提到的这种"消失"就是失去行动的能力。温克也曾表示:"对消失的渴望与拒绝社会中的位置不谋而合"(Wenke,1991:73),说明霍尔顿与周围环境极不融洽,"试图尽可能地与现代美国社会保持距离"(Jonnes,2015:97),这与他渴望搬到佛蒙特州或科罗拉多州装聋作哑孤独终老的愿望一致。另外,叙述者感到自己"得了癌症"后不久便又提到"在大街上消失的恐惧":

> 总之,我就顺着第五大道走啊走,也没打领带。突然,有件很怪异的事情发生了。每次我走到了街区尽头走下坡路沿时,我就有种感觉,就是我再也到不了街对面。我想我只是继续走,走,走,没人会再次见到我。乖乖,我真是吓坏

了,你想象不出。我开始出汗出得一塌糊涂——整件衬衫内衣什么的全是汗。接着,我做起另外一件事:走到街区尽头时,我就装作和弟弟艾里说话。我会跟他说:"艾里,别让我消失。艾里,别让我消失。艾里,别让我消失。求你了,艾里。"我到了街对面没消失时,就会谢谢他。然后一到下个街角,就全部重演一遍。但我一直在走着,我想我是有点儿害怕停下来——说实话,我记不得了。(塞林格,2018a:266—267)

白日里的纽约大街上不可能一个人都没有,霍尔顿认为"没人会再次见到他"的这种感觉其实是一种极端的孤独——身处人的世界却不能被人所看见,这源于创伤的孤独感带给他的一种"正在被逐出人的世界"的感受。"消失"也是一种被剥夺体验的感觉,古希腊哲学家伊壁鸠鲁曾说:"死亡是一切感觉的丧失。"面对这种恐惧,霍尔顿所做的就是祈求亡弟艾里的保护,与这个死去的人"说话",他每到街对面又发现自己没有消失的时候,甚至会跟艾里说"谢谢",仿佛表示只有死者艾里才能成为他存在或毁灭的见证者,而艾里的死也隐喻了他的创伤根源。

霍尔顿对亡弟艾里的疼惜贯穿小说始终,这或许表现出他自己的"病态"和"精神上的软弱"(Jonnes, 2015:94)。提到艾里的墓地时,霍尔顿说:"出太阳时还不算太糟糕,可是有两次——两次——我们在那儿时下起雨来,真是糟透了。雨水淋到他的破墓碑上,淋到他肚子之上的草上,淋得到处都是。来上坟的人都拼命跑向他们的汽车,差点儿把我气疯。来上坟的人全都钻进他们的小汽车并打开收音机,然后去找个不错的地方吃饭——除艾里之外的每个人,我受不了这样。"(塞林格,

2018a：209）躺在坟墓里的死者无力抵抗风雨霜雪，而前来哀悼的生者可以，他们享受汽车、收音机和美食，死者的离去不会影响他们继续展开美好生活，即便有像霍尔顿这样的生者为其感到不公，他们的气愤和忧伤也于事无补。这种痛苦是战争的隐喻：如果艾里象征着战争中死去的人，霍尔顿则是战争和死亡的见证者，而那些快把霍尔顿"气疯"的人则代表着战后企图迅速遗忘并尽快展开新生活的人。甚至可以把霍尔顿和艾里的兄弟情视作战友情，如《最后一次休假的最后一天》及《陌生人》中的贝比与文森特的关系。尤内斯认为："艾里作为兄弟的形象，是霍尔顿的替身，霍尔顿通过他的死亡真实体验到自己的死。"（Jonnes，2015：94）霍尔顿对死者的爱亦即自爱，因为他们的创伤都被世界无视和遗忘。

通过叙述者的自白，读者对叙述者进行内心透视，体验其情感，看到一个与外部表现不一致的叙述者，即更加完整真实的主人公。内心透视不仅拉近隐含读者和叙事者的距离，还使二者产生共鸣，便于前者感同身受地重新认识和理解后者。隐含作者带读者进入霍尔顿的内心，体验他的愤怒、惶惑、羞耻、无奈，理解他孤苦无依的处境。读者在拉大认知距离的同时也缩小了情感距离，使自己与叙述者联系在一起，因而得以包容他的暴躁易怒，和他共同面对荒谬冷漠的世界。在多次内心透视下，隐含读者和霍尔顿一起，被厌弃、被纠正，感受他的痛苦，从而能够更稳妥地甄别他行为背后的原因。他的离经叛道并非教养的缺乏，而源自对死亡的恐惧，是战争及冷战阴影下的一种反应，是对更大的社会和个人背景的回应。霍尔顿的愤怒指向了战争及其所带来的创伤，他的不可靠叙述更是其见证渴望的一种证明。

三、不可靠叙述：表达见证的渴望

《麦田里的守望者》全书是霍尔顿关于自己在纽约流浪的三天经历的自白叙述。他的回顾极尽详细，反映出强烈的讲述欲望。劳勃在《证言：文学、精神分析和历史中的见证危机》一书中强调了"讲述的迫切性"（the imperative to tell），他指出："幸存者既为了讲述而活下去，也为了能够活下去而进行讲述。每一个幸存者都具备讲述的迫切性，从而才可以不使他的故事被过去的鬼魂所妨碍，他需要与之对抗来保护自己。"（Felman and Laub, 1992: 78）所谓"过去的鬼魂"，也就是萦绕不去的创伤所可能造成的伤害，只有讲述才能帮助梳理创伤和发泄。在这里，"幸存者"是作为事件亲历者的见证者，他的讲述需求等同于见证需求，他需要通过讲述来重新形塑他的经历，对抗创伤的负面影响。在《麦田里的守望者》中，霍尔顿的自白叙述过分细致，表现出惊人的记忆力，这本身便证明了他对讲述的迫切要求。尤内斯还发现"霍尔顿反复联系过去的同学和女友"表明"他在逃离潘西中学后渴望重建更正常的社交生活"——他急切地四处找人聊天，也表现出强烈的倾诉欲，但是他的交流的企图总是遭遇失败（Jonnes, 2015: 93）。

但是另一方面，叙述者的叙述过程中充斥着前后矛盾，这种不可靠恰恰来自他刻意压制事后的理性认识和创伤痕迹以便讲述"初始证言"。霍尔顿虽然以回顾的方式讲述过去发生的事件，但他仍是用事件发生当时当刻的理解去陈述事实，让他的叙述就像初始证言一般。小说中，霍尔顿无法意识到痛苦的根源在何处，正如初始见证者不能厘清自己的判断。但他在事情发生之后仍采用初始证言进行讲述，表明时间的流逝无法缓冲创伤的影响，创伤不因证言的迟滞而减轻，这体现了创伤跨越时空的影响力以及叙述者迫切的见证欲望。

《麦田里的守望者》中最易为人所忽略的是最后一章。这一章尤其简洁,仅含三个段落,而且与全书的叙述情节略微脱节,但对于理解霍尔顿的"初始证言"却极为关键。全章是这样安排的:

> 我想说的就这么多。我大概也能跟你说说回家后我都做了什么事,还有我怎么生病的等等,还有我离开这儿后,下学期准备上哪所学校的事,可我不想说了,真的。对那些事,我现在不是很有兴趣。
>
> 好多人,特别是这儿一个搞精神分析的家伙,老是问我九月份上学后会不会用功。我看这话问得真蠢,我是说在还没做一件事情之前,又怎么会知道将来怎么做呢?我的回答是:不知道。我觉得我会,可是我又怎么能知道?我敢说,这话问得蠢。
>
> D. B. 不像别人那样差劲,可他也老是问我很多问题。上星期六他开车来,带了一个英国妞儿,她要在他正在编剧的那部电影里演出。她很做作,不漂亮。有一次,趁她去了那边侧楼很他妈远的厕所时,D. B. 问我经历过我刚刚跟你说的那些事情后,心里怎么想。我后悔跟这么多人说过,我所知道的,差不多就是我有点儿想念我所提到过的每一个人,例如甚至斯特拉雷德和阿克利这两个家伙。我觉得我甚至想念那个混蛋莫里斯呢,有意思。千万别跟人说事儿,说了你就会想念起每一个人。(塞林格,2018a:286—287)

这些自白叙述已不算"初始证言",甚至可以说是小说中唯一不算初始证言的一章。在第一段中,叙述者明确表示他"想说的就这么多",尽管还可以说说"回家之后"发生的事,但他"不感兴趣"。这段话提到了回家、生病、进精神病院等事宜,这些事都发生在叙述者的"流浪生涯"之后,无形中隔开了精神病疗养院中的他与全书所叙述事件的时空距离。叙述者所谓的"不感兴趣"也并非真的不感兴趣,而是出于仅对创伤"感兴趣"的自然反应。卡鲁思早在《创伤:记忆中的探索》(*Trauma: Explorations in Memory*)一书中谈道:"对于那些遭受创伤的人来说,不仅是事件发生的当下,就连事件的消逝也令人痛苦;换句话说,生存本身就是一场危机。"(Caruth, 1995:9)换言之,叙述者为了对抗痛苦,必须记住创伤,而他记忆的方式就是讲述。他要在事件记忆随着时间的流逝而逐渐消失之前讲述,记住在纽约流浪的三天中发生的故事。同时,叙述者在事后被送往精神病院暗中折射出创伤对他的精神伤害。在第二段中,霍尔顿提到,包括精神分析专家在内的许多人问他九月上学后是否用功,对这个关于"未来怎么做"的问题,他只能回答不知道。这段显得"吹毛求疵"的实话表明了叙述者主观上的诚实品质,也暗示性地强调了叙述者此时的可靠性。第三段中,霍尔顿通过哥哥 D. B.问他的问题,对之前的叙述做出总结:他"后悔"说过这些事,并且想念他的故事里的"每一个人"。这些想法仍然属于"事后方知"的理性判断,同样不是初始证言。隐含作者在全书主体部分布局如此多的不可靠叙述,从而完成"初始证言"的讲述,却把这样略显"可靠"却"多余"的一章放在小说的结尾,十分诡谲。哈桑在《激进的纯真》(*Radical Innocence*, 1961)中指出,霍尔顿自称"经历过刚刚说的那些事情后"想的"差不多就是我有点儿想念我所提到过的每一个人",是要拒绝从他的经历中"得出结论",因此这是小说的败笔(Hassan, 1961:275)。哈桑的说法略显轻率,因为这简短的一章恰是《麦田里的守望者》的亮点。

一些学者对此给出了令人信服的阐释。马克林（Hugh MacLean）认为《麦田里的守望者》想表达"没有出路"的意思（MacLean，1954：321），即一种无处可逃之感。温克认为塞林格习惯于在包括其短篇小说在内的作品（"尤其是《九故事》"）中安置"松散的结尾"，"提供一些可能性，但挫败了完整透露这些可能性的希望"，从而提供"阐释上的开放性"（Wenke，1991：33—34）。塞尔斯曼则表示，塞林格的目的在于"见证这个污浊的世界并认识到个体身在其中"，可是除此之外"并无他法"（Salzman，1991：17）。诚然，看似正如阿尔德里奇（John W. Aldridge）在《寻找异端》（*In Search of Heresy: American Literature in an Age of Conformity*，1956）一书中所言，"结尾处的霍尔顿与一开始的霍尔顿并无区别——同样地愤世嫉俗、反叛和盲目"（Aldridge，1956：131），但事实上，结尾表达了这样一种观点：无论叙述者（主体）的看法是什么，创伤已经发生了，对叙述者（主体）造成了永久的伤害并且这种伤害无法恢复。唯一的能做的便是讲述。在完成这些自白叙述之后，叙述者感到"有点儿想念"他所提到的人。也就是说，叙述者从讲述中体会到爱以及与他者进行联结的渴望，这便是讲述的后效。

事后的理性判断也暗示读者，如今在精神病院中的叙述者霍尔顿已经知晓事件的全貌。但事件全貌分明是见证者在见证过程中最难获得的。卡鲁思认为，所有的创伤经验中隐含的一种本质真相便是主体"无法在事件发生的当下完整地见证事件全貌"，或者说主体"只有在不为自己做见证的时候才能完整地见证事件全貌"（Caruth，1995：7）。换句话说，只有滞后并经过反复理解的证言才有可能实现完全的见证。叙述者在最后加上"完全见证"的滞后证言，刻意表明与叙述事件的时空距离，其实是提醒读者，他的叙述始终真实，值得信赖，而之所以在前面的叙述中穿插无法"完全见证"乃至明显"不可靠"的初始证言，是他需要有意识地压制事后对创伤的理解，回到当时的语境之中重建代表创伤的事件并重获对事件的理解。叙述者以这种叙述方式提醒读者，不要忘记叙述者身处的世界以及他在这个世界中的本来面目。《麦田里的守望者》的故事发生于20世纪50年代初，此时的美国刚脱离战争进入财富积累的黄金期，在一派欣欣向荣的帝国图景下，又面临着冷战的威胁。战后的世界充满着虚幻的快乐，战争的创伤并未消失，幽暗的城市丛林对每一个个体的存在都构成危险。创伤者渴望人与人之间的坦诚、渴望拥有关于其痛苦的证明。小说的最后一章说明叙述者先前的"不可靠叙述"实际表达着对战争创伤的讲述渴望。

在《麦田里的守望者》中，隐含作者借助于延宕与压制的叙事话语，通过戏剧性反讽、内心透视等叙事策略重新阐释事件，揭示了叙述者的不可靠性。而这种不可靠叙事的策略展现了叙事者的孤独与对死亡的恐惧，隐秘地指涉战争，表达了渴望讲述的见证需求。除了儿童语言与人物自白，塞林格小说中还存在着另一种复杂话语，它展现了创伤持续影响下的又一种证言形式。

第三章
杂糅文本中的隐匿证言：重复、交替的话语与叙事频率

本章以塞林格作品中的书信、日记、笔记等杂糅文本为阐释对象，从叙事频率入手，探究小说中主题及文本层面重复交替的话语风格。本章由保持递进关系的三部分组成，每节主题分别为"重返创伤""跨越创伤""重新见证"。本章认为，小说中的文字具有明显的隐匿证言功能，虽然均未直接提及所要见证的事件本身，但小说人物对故事的回溯从一个侧面指控了战争，展演出创伤受害者在二战结束之后对战争的持续抗拒、渴望见证以及对战争的反思。塞林格通过书信、日记、笔记等叙事表现形式记录创伤记忆，使其衍化为战争创伤的档案证明，在小说中起到了隐匿证言的作用。温克注意到，"塞林格持续在格拉斯家世小说中加入'文本中的文本'以突出主题背景"（Wenke，1991：69）。在主题层面，某个人物书写了这些书信、笔记、日记，经过一段时间（一些事件）之后，另一些人物反复阅读它们；小说人物的反复讨论往事而获得补充信息。在文本层面，作者采用互文手法，使不同作品彼此呼应，或对叙事时间进行游戏，使之产生重复交替的效果。正如布洛特纳所说，诸如"霍尔顿反复向读者建议不要告诉任何人任何事"或"弗兰妮反复练习的祷祝"等情节所显示的那样，塞林格小说中的"某些段落

几乎像熟悉的旅途中的旧地标一样单调地一再出现"(Blotner, 1963: 102)。

20 世纪 60 年代是结构主义向后结构主义转向的时期,这时互文性理论真正走上历史舞台。① 克里斯蒂娃(Julia Kristeva)在

---

① "互文性"最早可以追溯至索绪尔的《普通语言学教程》。索绪尔把语言符号拆分为"能指"(signifier)和"所指"(ignified),剥离了传统语言观中的语言符号与语义的关系。也就是说,语言符号并不天然地指向这个世界中的任何物品,而首先指向"能指"与"所指"相结合的特定语言体系。例如中文里的"杯子"一词并不直接指涉真实世界中的"杯子"这类物品,而是首先与"杯子"这一概念相联系的。类似地,在不同的语言体系中都有与"杯子"这个概念相对应的词语,但这些词语是依照语言系统的规定,首先与这个概念产生联系,而并非与"杯子"这种实际物品必然相关。这一发现凸显了语言系统的重要性,也就是说,任何话语(parole)都包含在语言(langue)之中,语言先于话语存在,是不能被单独的个体创建或篡改的。语言符号本身毫无意义,它只是被赋予了意义。同样地,巴特等人将"互文性"理论在文学领域主张为文学文本从既有的文学体系和传统中汲取养分。而 1968 年,巴特(Roland Barthes)发表《作者之死》("The Death of the Author")一文,他指出,文本是一个"多维度的空间",各种各样"非原创"的写作在其中"混杂和碰撞"(Barthes, 1977: 146)。M. M. 巴赫金则反对索绪尔强调语言研究对象的抽象的"共时性"(synchronic)的观点,认为语言系统应当是"历时性"(diachronic)的,"存在于具体语言交流之中",永远受到社会现实的影响并因此不断变化(Bakhtin and Volosinov, 1986: 66, 95)。巴赫金将语言与社会实在紧密联系在一起,这种"历时性"表明,话语是对既已存在的语言系统的继承,同时又在自身之中延展和丰富这一系统,它承上启下,因而不是独立存在的。巴赫金对于语言的看法,使他的"复调理论"顺理成章。他以陀思妥耶夫斯基的小说为例指出,作家所缔造的并非"客观化的形象",而是人物"关于他自己及其所处的世界的话语"(Bakhtin, 1984: 53)。例如,他认为:"陀思妥耶夫斯基的人物不是客观化的形象而是自主的话语,纯粹的声音;我们不是看见他,而是听见他;我们从他的话语之外所见和所知的内容都是次要的,也是被话语作为原材料所吞没,或作为某种外在刺激。"(Bakhtin, 1984: 53)换句话说,巴赫金认为,在复调小说中,人物不是由唯一权威的叙述者声音,而是由彼此回应、平等交响的话语所共同缔造的。单独的叙述者仍然可以是复调的,因为他可以是对不同的对象讲述,也可以是与既已存在的文本之间互动,最终形成一种复杂的话语网络,这种话语网络与先前所提到的客观的社会实在紧密联系。巴赫金认为,复调小说中的语言始终"同时为两个说话者服务并同时表达两种不同的意图",其一是"说话人物的直接意图",其二是所折射出的"作者的意图"(Bakhtin, 1981: 324)。

索绪尔(Ferdinand de Saussure)和巴赫金的基础之上,整合提出了"互文性"这一概念,使其正式进入西方文论的视野范畴。"互文性"本身是一个相当庞杂、语焉不详的术语。在现代互文理论的观照下,它表示文本的意义存在于"一个文本和所有其他文本之间"(Allen, 2011: 1)。而在最广泛的层面上,"互文性"超越了文学文本本身,存在于一切与人类社会文化相关的艺术形式之中。因此,所有的文本实际都受到其他既已存在的文本的影响,不存在完全独立的文本。发掘文本之间的关系(即互文性)则被认为是阐释的重心,因为必须在互文关系之中才能寻得文本的意义。怀特海德指出,"许多创伤小说的作品都将互文性的文学策略放在突出的位置",这是因为"互文性能够表明被遗忘和被压抑的记忆浮到意识表面",表现了"创伤历史的萦绕不去的力量"(怀特海德,2011: 96—97)。的确,互文性在文本及内容层面都是创伤小说的极佳表现形式。本章的全部研究对象(格拉斯家世小说)之间便存在着紧密的互文关系,它们同时又与创伤历史难以切割。

第一节 重返创伤:《弗兰妮》与《祖伊》中的对话与再现

自1948年《抓香蕉鱼最好的日子》发表后,直至《祖伊》问世前,读者尚不知道"西摩·格拉斯"这一人物名字还会重新出现在塞林格的作品之中。1955年,塞林格发表《弗兰妮》,颇令人意外地重提"格拉斯"姓氏,继而又在《祖伊》中重提西摩·格拉斯;塞林格从此便只发表格拉斯家世小说。在该系列所有故事中,《弗兰妮》与《祖伊》关系最为密切,这两篇小说的故事时间均发生于《抓香蕉鱼最好的日子》的故事时间(即西摩·格拉斯自杀)之后。1961年,二者合集出版,"在《纽约时报》的畅销书榜单上连续六个月蝉联榜首"(Wenke,1991:128)。甚至当塞林格拒绝读书俱乐部传播这本书时,"该书的销量[仍]在两周内达到了125 000本"(French,1963:31)。《弗兰妮》主要记述两位年轻主人公的谈话,情节单一,对白繁多,结尾给读者留下未完结之感;《祖伊》接续《弗兰妮》的情节使之不再突兀,并使塞林格在《弗兰妮》中的意图逐渐明晰。① 这两篇小说如此特别,以至于厄普代克为《纽约时报》撰文称:"自乔伊斯以降,很少有作家甘于冒险将如此多文字用于描写纯粹的内心事件和纯粹的语言对话。"(Updike,1962)尤为特殊的是,塞林格在《祖伊》的主要故事情节之外增加了一层叙事层,借由祖伊阅读的一封长信,引出一名新的叙述者巴蒂·格拉斯。塞林格将情节上联系如此密切的两个故事分开书写,悬置前者的意义,并在后者中增添叙事层继续讲述,究竟用意何在?

---

① 艾伦归纳出四种互文关系:一、同一符号的"多重意义"所引起的互文关系;二、"符号与不同文本以及与文化文本之间"的互文关系;三、"一种文本"与其所在的"文学系统"之间的互文关系;四、一种文本和另一种文本之间的"转换关系"(Allen,2011:6)。相对而言,前三种互文关系都关涉一种符号/文本与更宏观层面的符号/文本之间的相互指涉,而第四种互文关系则具体到并列的各文本之间的相互指涉。解构主义用互文性的概念来分解意义(如罗兰·巴特的"作者之死"),而结构主义者则借助于互文性来确定甚至巩固文本的意义(见Allen,2011:4)。本节主要关注第四种互文关系,即《弗兰妮》与《祖伊》彼此呈镜像的对话关系。这两篇小说之间的密切联系是理解小说本身乃至理解塞林格创作意图的关键。弗兰妮与赖恩的通信、弗兰妮的祷告词、祖伊所阅读的长信和笔记等杂糅文本、叙事视线的拼接及两篇小说的彼此指涉均是重复的表征,其所形成的对话像和声,如同创伤一样摇摆回响。《祖伊》在多个层面对《弗兰妮》进行"再现",并且在其基础上"自然生长",犹如旁逸斜出的树枝产生新的阐释可能。正如怀特海德所言,互文性小说表明"历史并不总是必然地命中注定地重复自身","而是能够设想和实践另一种未来"(怀特海德,2011:102)。如果只是单纯为了重复,则互文性小说毫无意义,它们注定担负着新的阐释使命。《弗兰妮》与《祖伊》以对话形式表达对西摩的哀思,对缺席者及其所代表的创伤进行"再现",使已逝者重新"在场"。

复调理论或许是认识这一问题的契机。复调音乐是指同时进行的两段及两段以上的不同声部彼此独立却协调配合,形成和声。巴赫金在《陀思妥耶夫斯基诗学问题》中借助于音乐术语"复调"(polyphony)提出了文学中的"复调理论"。他认为小说中众多"各自独立而不相融合的声音和意识"彼此交锋对峙,也组成复调(巴赫金,1998:32)。① 在此意义上,《弗兰妮》与《祖伊》是典型的复调小说,因为它们具备复调小说的矛盾性、未完成性、"众声喧哗"等特点,小说人物个性鲜明,思想独立,平等论争。而且,正因为复调小说中存在着不同人物的声音,对话性也是复调小说的基本特征。本节侧重点是《弗兰妮》与《祖伊》中无处不在的对话性:在场者(人物)之间、在场者(人物)与第二作者(叙述者巴蒂)之间,以及在场者与缺席者(即已离世的关键人物西摩)之间均产生"对话"(通过人物对白与书信)——这也佐证了两篇小说在各自内部是复调小说且彼此复合为复调小说的本质。

《弗兰妮》与《祖伊》互相"对话"的最终效果是,后者事实上从多个层面对前者中或显或隐的问题进行"再现"。南希(Jean-Luc Nancy)指出:"再现(representation)不是指相似之物;它不是最初那个事物的替代品——事实上,它与某个事物无关。它所呈现的是不能等同于一个给定或完成(或既定完成)的存在的状况,或者是通过感官现实的正式中介对容易理解的现实(或形式)的呈现。这两种理解它的方式并不完全一致……尽管如此,为了思考关于'再现'的争议或秘密,它们必须被放在一起,并且是对立地放

---

① 巴赫金认为,传统的"独白型"小说中存在着一个主导性的观念(往往代表作者的声音),这个主导性声音的分量超越小说中所有其他的声音,而小说中刻画的人物及声音均为这一主导声音服务,因此"独白型小说归根到底总是只有一个观察的角度",而复调小说的观察角度是多元化的(巴赫金,1998:32)。

在一起。"(Nancy，2005：33)南希原本讨论的主旨是文艺作品对大屠杀的再现，但他对"再现"的认知同样适用于本书。依据他的说法，所"再现"的是某种有所缺失之物，但既然强调与"物"无关，那么其实"再现"的重点是"缺失"，即"不能等同于一个给定或完成（或既定完成）的存在"；另一方面，"再现"也仅呈现"容易理解"的部分，即能通过感官现实得到展演的部分。"再现"的本质就是这两者的结合。在《弗兰妮》与《祖伊》中，对话本质上是对西摩及其所代表的创伤进行"再现"，是"旁敲侧击"式的隐匿见证，即为了见证而重新面对创伤。

一、在场者之间的对话：弗兰妮问题的重申

复调小说中的"对话"包括但不限于人物双方的观点交锋，而是广泛存在于小说的各个方面，诸如成分间的呼应、人物的矛盾心理，不一而足。巴赫金指出："陀思妥耶夫斯基的至关重要的对话性，绝不只是指他的主人公说出的那些表面的、在结构上反映出来的对话。……小说结构的所有成分之间，都存在着对话关系，也就是说如同对位旋律一样相互对立着。"(巴赫金，1998：55)反过来说，在最基本的层面上，复调小说表现了"互相不融合的心灵"如何"进行交往"(巴赫金，1998：35)，其对话性首先体现为意见不一致的小说人物之间的语言交流，其次才体现在其他方面。两篇小说中，弗兰妮分别与赖恩和祖伊发生言语冲突。祖伊与弗兰妮能够共情，他对弗兰妮的批评又与赖恩对弗兰妮说的话相似；祖伊是人物之间"对话"的中介。正因如此，《祖伊》中的某些部分戏剧性地复刻了《弗兰妮》中困扰主人公的问题，却又比《弗兰妮》更为立体地呈现该问题，并为之提供解决办法。

作为第一篇涉及宗教主题的"格拉斯家世小说",《弗兰妮》的故事情节简单,并且留下未完成的结尾①,总体而言使读者较难从中体会审美愉悦。小说讲述弗兰妮·格拉斯到纽约与男友赖恩共度周末。餐桌上,赖恩不停夸耀自己的一篇文学论文,弗兰妮则心神不宁。他们很快就诗人和戏剧的话题产生争论,弗兰妮还表示,她受到"自我"(ego)的困扰,决定放弃心仪的舞台表演。她告诉赖恩,她为自己的虚荣心感到羞耻,却又"为自己没有勇气做一个默默无闻之人而感到恶心"(塞林格,2018c:26)。她随后激动地向赖恩介绍自己随身携带的小书《朝圣者之路》,他们对宗教的意见也产生了分歧。弗兰妮最后因精神不济而晕厥。在故事结尾,她苏醒过来并开始祷告。《祖伊》的主体部分则接续了《弗兰妮》的结尾,展演弗兰妮晕倒后发生在格拉斯家中的激烈论争。② 在这两篇小说中,塞林格都重点通过人物语言及杂糅文本的"对话"来表现人物之间的思想对峙。

《弗兰妮》中,弗兰妮与赖恩的矛盾焦点在于她十分挑剔周围

---

① 在亚里士多德《诗学》的经典论述中,情节(即组成叙事的事件)被认定为悲剧的"根本"。亚里士多德认为,这些情节必须摹仿一个完整的行动,组成构合严密、彼此承接的"起始、中段和结尾",不可有多余或欠缺的部分。其整体应当"有一定长度",各部分保持适当的"体积和顺序"(亚里士多德,1996:65,74,78)。简言之,情节的首要性、结构的完备性与长度的合理性,是关于叙事的古典标准。照此标准,《弗兰妮》的故事结构完备,但是,结尾情节是弗兰妮晕厥后苏醒并开始祷告,这一结尾没有解决小说起始和中段所抛出的问题,会让读者认为故事并没有讲完。
② 厄普代克和埃尔森都怀疑两篇小说中的弗兰妮不是同一个人。厄普代克表示,第一篇小说中的弗兰妮面对的精神折磨的表现不像是长期受过家中兄长的宗教和哲学指引(见 Updike,1962:53—55),埃尔森则指出像弗兰妮这样自幼跟随 S 兄长研习宗教教义的人不太可能在学校选修宗教入门课程(见 Alsen,1983:21)。但是,本书认为这些细节于小说整体所要表达的内容无碍,而且也不能断定一个长期受到精神性的宗教指引的人不会再受到困扰(否则如何解释西摩自杀?),也不能断定这样的人就一定不会在学校选修宗教入门课程,因此本书倾向于认为两篇小说中的弗兰妮是同一个人。

的人和事物,《祖伊》中则重复了这些问题(弗兰妮有此精神困惑,而祖伊坦言自己也曾遭遇同一精神困惑)。弗兰妮在写给赖恩的信中抱怨:"今晚寝室里吵得不行,我几乎没法集中精神",她称自己所在的宿舍是"疯人院",叫自己的导师是"白痴导师"。在这封信中,弗兰妮对赖恩充满狂热的爱恋,希望"每分钟都能见到"他(塞林格,2018c:2—4),可是当他们见面后,弗兰妮又感到自己对赖恩的想念"根本不是真心的"(塞林格,2018c:9)。这表明,弗兰妮在信中对赖恩表达的浓烈爱意其实建立在她写信时对学校环境的厌恶之上,因此当她真正离开校园而见到赖恩的时候,便不再像信里那样热忱。塞林格通过这封信提前暗示了弗兰妮的精神状况。弗兰妮与赖恩见面后,她在餐厅说道:"要不是我傻瓜似的决定拿个优秀学生奖,我想我早就不读英语专业了。……我受够了这些老学究和自以为是的毁人精,我简直要喊救命。"赖恩安慰弗兰妮,她所在的英文系"有两个全美国最棒的家伙","至少他们算是诗人",弗兰妮却反驳道:"他们不是诗人,……我是说他们不是真正的诗人。他们不过是写诗的人,然后可以到处发表出版诗集罢了,但是他们不是诗人。"(塞林格,2018c:17)她还说:"每个人,我是说,每个人做的每件事都是这么——我不知道——不一定就有什么错的,也不一定就是不好的,或者愚蠢的。但就是这么微不足道,这么毫无意义,还有——叫人伤心。最糟糕的是,如果你走波西米亚风,或者做其他什么疯狂的事,你也还是跟所有人都一样,只是方式不同罢了。"(塞林格,2018c:25)弗兰妮对周遭人事的评价犀利而严苛,这不仅给她自己带来精神困扰,也给他人带来不快。在《祖伊》中,弗兰妮承认:"我绝对是把赖恩的一天搞得一塌糊涂。"(塞林格,2018c:133)同样,祖伊则表示自己曾经与弗兰妮一样愤世嫉俗,因此能够感同身受:

>……我总是在评判每一个我认识的长了溃疡的、可怜的混蛋。这事本身倒也没什么好烦恼的。至少我评判的时候都是从冒号开始的,而且我也知道对于我作出的每一个评判我都是要付出代价的,这是迟早的事,什么样的方式都可能。关于这一点我倒不担心。……我就是让每个人都觉得他不是真的想做好任何工作,他就是想把工作干完,然后让所有他认识的人都觉得他干得很好——包括评论家、赞助商、公众,甚至他孩子学校的老师。这就是我干的好事。这是我干的最坏的事(塞林格,2018c:132)。

兄妹俩都轻视敷衍行事的人,并为社会现状气愤不已。《祖伊》中有多处细节一再重申了《弗兰妮》中主人公的问题,并将争论逐渐推至高潮(实际上,两篇小说不仅在主人公的不良精神状况上"对话",其结构也颇为相似。在《弗兰妮》的开头,赖恩阅读弗兰妮写给他的信,《祖伊》的开头部分则是祖伊在浴室读巴蒂写给他的信)。

然而,尽管祖伊与弗兰妮有相同感受,他却并不完全认同后者的想法。弗兰妮的男友赖恩对弗兰妮的忠告意见与祖伊对她的批评一致,彼此呼应。例如赖恩对弗兰妮说:"我想你大概从没意识到你实在太以偏概全了。如果所有英文系的人都是这样的毁人精的话,那么整个就会完全不同……生活中各行各业里都有没用的人。我是说这是基本道理。"(塞林格,2018c:16)当弗兰妮否定系里的两位"诗人"时,赖恩不解:"一个人非得要么是个该死的波西米亚人,要么他妈是个死人,才成得了真正的诗人吗?"(塞林格,2018c:17)他还说:"……就好像你他妈是这世界上唯一一个有理智有批评能力的人。我是说如果一些最优秀的评论家认为这个家伙演得好,也许他的确是演得好,也许是你错了。你这样想过吗?"(塞林格,2018c:27)赖恩的话不无道理,却无法宽慰弗兰妮,反而加剧了她的精神危机。在《祖伊》中,祖伊有两次劝说弗兰妮(第一次是祖伊读完巴蒂的信后对弗兰妮进行劝说却激化矛盾,第二次是祖伊读完西摩的笔记后伪装成巴蒂给弗兰妮打电话,虽被识破却最终成功安抚了弗兰妮),他第一次劝说时表达了与赖恩相同的想法:

> 对你的大部分想法我是赞同的。但是我讨厌你的地毯式轰炸。……我不喜欢的是——事实上我想西摩和巴蒂也都不会喜欢的是——你说到这些人时的腔调。我是说你不仅仅鄙视这些人所代表的东西——你也鄙视这些人本身。这就是人身攻击了,弗兰妮。我是说真的。比如你说起这个图普的时候,你真的会有点目露凶光。比如说他进教室之前先去男厕所把自己的头发弄乱。所有这些。他可能是会那样做——这跟你告诉我的他的其他那些事情很合拍。我没说他不会那样做。但是他拿自己的头发怎么样,这不关你的事,伙计。(塞林格,2018c:154—156)

赖恩与祖伊的意见比弗兰妮所说的更为公允仁厚,引起弗兰妮的不满。但读者很难确定后者一定是错误的,因为她的痛苦有理有据。塞林格充分展示争论双方的声音,并使他们彼此难以说服。如果论争仅如是反复而不再深入,那么《祖伊》只是对《弗兰妮》的机械重复。巴赫金称,复调的实质在于:"不同声音在这里仍保持各自独立,作为独立的声音结合在一个统一体中,这已是比单声结构高出一层的统一体。如果非说个人意志不可,那么复调结构中恰恰是几个人的意志结合起来,从原则上便超出了某一人意志的范围。可以这么说,复调结构的艺术意志在于把众多意志结合起来,在于形成事件。"(巴赫金,1998：27)换言之,复调的目的是在不同声音的交响之下,最终凸显出经过验证的、比单一人物思想更具价值、更为丰满的声音。如果说《弗兰妮》和《祖伊》各自的复调性质在最基本的层面上体现为几名主人公意见的碰撞交叠,《祖伊》补充的一层维度则在于小说中的第二次谈话：作为"对话"中介的祖伊发现劝说无果后去了西摩的房间,他读完西摩的笔记并佯装巴蒂给弗兰妮打电话。他很快被弗兰妮识破,随后耐心引述逝世长兄西摩的教诲来引导弗兰妮。他告诉弗兰妮,幼年时,一次去做"智慧儿童"的电台广播节目之前,大哥西摩让他擦擦皮鞋,他非常不情愿,因为他觉得"录音棚里的观众都是白痴、主持人是白痴、赞助商是白痴",而且"反正他们也看不见"他的皮鞋,西摩却说不管怎么样还是擦擦皮鞋吧,为了那个"胖女士",擦擦皮鞋吧。胖女士是虚构人物,西摩从未对"胖女士"的含义作出任何解释,但祖伊告诉弗兰妮：

> 我不在乎一个演员在哪里表演,可以是夏季轮演,可以是在收音机上,可以是在电视上,可以是在该死的百老汇剧场,下面是你能想象的最时髦、最脑满肠肥、晒得很黑的一群观众。但是我告诉你一个可怕的秘密——你在听我说吗？他们中没有一个不是西摩的"胖女士"。也包括你的图普教授,伙计。还有他成打成打的表兄妹。所有的地方,所有的人,他们都是西摩的"胖女士"。你难道不知道吗？你难道还不知道这个该死的秘密吗？你难道不知道——听我说——你难道不知道那个胖女士是谁吗？……啊,伙计。啊,伙计。那是基督他

本人。基督他本人，伙计。（塞林格，2018c：194—195）

《祖伊》里的最后这番话抚慰了弗兰妮，使《弗兰妮》中未能解决的问题得到妥善处置。在故事层面，祖伊为弗兰妮的人生困境提供了解决办法，即：不应责备他人的言行，应把世人想象成"基督"，便可心无旁骛，只做自己认定的正确的事；而在叙事层面，塞林格此举是要"引出"西摩的价值观，因为这是西摩认识了复杂人性之后所认定的处世之道，而其最终目的是要引出西摩其人（因为读完巴蒂的信后，祖伊尚且没办法帮助弗兰妮，当他去西摩的房间并浏览完逝者留下的文字后，他引述西摩的话对弗兰妮的劝解便产生了效果）以及与这个故事完全不相干的事件——战争创伤。实际上，塞林格此前已有铺垫，他在《祖伊》中创造出叙述者巴蒂及一种"微型对话"，使之在格拉斯家世小说中首先"再现"西摩之死。因此，尽管这个故事中丝毫没有提到战争，但它与《抓香蕉鱼最好的日子》中所呈现的战争创伤有关，类似于隐匿证言。

二、在场者与第二作者的对话：西摩之死的再现

《祖伊》与《弗兰妮》的复杂立体性表现在巴赫金所说的"大型"与"微型"两种"对话"类别上。巴赫金以陀思妥耶夫斯基作品为例，指出复调小说"内部和外部的各部分各成分之间的一切关系"都有对话性质，而音乐或小说中的对话关系只是"广义上的对话关系"的"变体"："对话关系这一现象，比起结构上反映出来的对话中人物对语之间的关系，含义要广得多；这几乎是无所不在的现象，浸透了整个人类的语言，浸透了人类生活的一切关系和一切表现形式，总之是浸透了一切蕴含着意义的事物。"（巴赫金，1998：55—56，58）在宏观层面，小说各部分，或不同小说之间（如格拉斯

家世系列作品)相互对话①,因此小说本身是一种"大型对话"。另一方面,"对话还向内部深入","渗进小说的每种语言"、人物"手势"及"面部表情的变化"之中,这种细节上的对话被巴赫金称为"微型对话"(巴赫金,1998:56)。所有的格拉斯家世小说都指向同一关键人物——西摩·格拉斯,它们在谋篇布局上彼此补充对立,并与《抓香蕉鱼最好的日子》中的西摩之死遥相呼应,构成"大型对话"。② 而在小说内部的深层次结构中,故事人物与第二作者(叙述者巴蒂)之间发生着"微型对话"。这种对话性在很大程度上通过巴蒂独白性质的话语表现出来,其最终目的是要再现西摩之死的创伤,这又与格拉斯家世小说的"大型对话"彼此映照。

不同于独白型小说中的"独白",复调小说中独白性质的语言也隐含着对话性。因为,即便是同一个人的"内心矛盾和内心发展

---

① 这里的"对话"可以视为一种互文关系,即小说结构各成分之间,或不同小说情节或意识之间的互文对话。
② 巴赫金引述了格罗斯曼的分析:"陀思妥耶夫斯基本人就指出过那种布局方法(指音乐型布局……),有一回还比较了自己的结构体系同音乐中'变调'理论或对比理论的相似之处。那时他在写一部由三章组成的中篇小说,三章的内容各不相同,但内在的联系在一起。第一章是一番争辩性的哲理性独白,第二章是一段戏剧性的情节,它为第三章准备了一个灾难性的结局。作者这样发问过:难道几章能分开来发表吗?要知道它们内在是相互呼应的,情节虽然不同却又是不可分割的;这样的情节允许不同情调的自然交替,可是不允许把章节机械地割裂开。我们可以这样来解释陀思妥耶夫斯基一小段富有深意的话。这是陀思妥耶夫斯基就《地下室手记》将在《时代》杂志上发表一事,给哥哥写信时说的:'中篇分为二章……第一章可能有一个半印张……难道可以把它单独发表吗?人们会讥笑它的,再说离开其余两章(那是主要的)它就要变得兴味索然。你知道音乐中的'变调'是怎么回事吗?这里也是如此。第一章看起来是一堆闲话,可到了后两章这堆闲话竟转换为突如其来的灾难。'(书信集,第1卷,第365页)"(巴赫金,1998:57—58)陀思妥耶夫斯基的小说情况同样适用于《弗兰妮》和《祖伊》。独立存在的《弗兰妮》是一部意义悬置的作品,情节的开头(弗兰妮的精神危机)非常突兀,情节过程中她与赖恩的对话也不存在结论,而小说结局是弗兰妮突然晕倒,在情节上很不完整。但它事实上不可或缺,与《抓香蕉鱼最好的日子》和《祖伊》分别各自呼应。

阶段",也被复调小说的作家"加以戏剧化","让作品主人公同自己的替身人、同鬼魂、同自己的 alter ego（另一个我），同自己的漫画相交谈"（巴赫金，1998：38）。一方面是独白语言始终暗含听者，即便听者是隐形的。另一方面则由于复调小说的主人公没有被客体化的缘故，他不是作者言论的客体而是有着独立思想的主体，因此可以同一切进行对话（见巴赫金，1998：3）。《祖伊》这篇嵌套类型的小说中增加了一名具有全知视角的"作家"暨小说的作者巴蒂·格拉斯。巴蒂在小说开篇现身，对自己及故事背景进行简单介绍（即叙事外层），讲解格拉斯家庭情况并叙述主要故事情节（即叙事核心层）。巴蒂表示：

> 我们还是从屡试屡新且激动人心的老一套入手：作者的正式介绍。我正酝酿着的这篇人物介绍既啰嗦又恳切，即便是我最离奇的梦境也不过如此，而且绝对属于以及隐私。如果运气刚刚好，写了出来，则堪比一次轮机舱的强制陪同参观，我便是导游，穿着一件连体式的贾森牌泳衣走在前面带路。（塞林格，2018c：42）

如果巴蒂是"导游"，那么他"强制陪同参观"的"游客"暨听众就是读者，他这段叙述强制指出读者的存在。据他所称，他"接下来要讲的并不是一个短篇小说"，"而是一个散文体家庭电影"（prose home movie）；他所描写的事实"最早都是由那三位演员［这个'家庭电影'中的三位主人公］自己提供"给他的（塞林格，2018c：41，45）。他直截了当地指示自己以及这篇小说作为"文字"的存在。即便叙事核心层展开之后，巴蒂的旁白声音也并未立即消失，而是认真向读者介绍一封信的由来。描写祖伊坐在浴缸里阅读巴蒂四年前的来信时,叙述者表示:"这信的作者,前面已经提到过,就是巴蒂,是祖伊尚在人世的最大的哥哥。这封信长得像没有结尾,且言过其实,说教,重复,自以为是,屈尊俯就,叫人尴尬——而且充满了,是充溢着,深情厚谊……这样的信也是某一类专业作家喜欢一字不漏地抄下来的。"(塞林格,2018c:51)不难看出,"言过其实,说教,重复,自以为是,屈尊俯就,叫人尴尬"是叙述者巴蒂的意见,而说完"这样的信也是某一类专业作家喜欢一字不漏地抄下来的"之后,叙述者的确摘录了信的全文。以上讲述便成为自嘲,并引起读者对这封关乎西摩的信的格外关注。

叙述者的另一个任务是为小说中可能遭遇误读的情节向读者解释。正如布斯所言:"有意混乱的效果要求叙述者和读者之间几乎完全地统一起来进行共同的努力,作家是沉默和隐退的。"(布斯,1987:311)这是因为真正的作者不可能进行自我辩解,他需要一个代言人。巴赫金曾断言,对复调小说的作者而言,"主人公不是'他',也不是'我',而是不折不扣的'你',也就是他人另一个货真价实的'我'('自在之你')",是"对话的对象","他是和主人公谈话","而不是讲述主人公"(巴赫金,1998:83—84)。换言之,复调小说中的任何人物都是作者(或读者)可以与之面对面对话的、拥有其自身主体性的他者。就《祖伊》而言,真正的作者是塞林格,叙述者巴蒂则是虚构人物;巴蒂自称小说作者,那么位于叙事核心层中的人物也是巴蒂所能对话的对象。也就是说,巴蒂是处于真正作者和人物之间的媒介。塞林格通过小说人物祖伊抢先代替读者指出,这个故事的"情节围绕着神秘主义","或者说围绕晦涩的宗教题材",其中"某种姑且算作超验主义的元素"显得过于"扎眼"(塞林格,2018c:43—44),并借巴蒂之口回应:"我手头的故事根本不是一个神秘主义的故事,也不是一个晦涩的宗教题材的故事。

要我说，它是一个复合型的，抑或多面性的爱的故事，纯粹而复杂的爱的故事。"（塞林格，2018c：44）通过这种对话性的自我辩解，塞林格实现了与读者的对话沟通。

如前文所述，巴蒂的重要性不言而喻。不论是叙述者巴蒂在叙事外层的独白还是他在叙事核心层中的旁白和长信，均值得细考。这封长信尤为关键，因为正是在抄录这封信后，巴蒂的叙述声音便从叙事中消失了。埃尔森指出，祖伊重读这封信是为帮助弗兰妮解决其遭遇的精神困境（见 Alsen，1983：49）。这一看法恰好步入塞林格隐匿证言的"陷阱"。尽管巴蒂的确提到母亲贝茜希望他劝说祖伊先拿到博士学位再去做演员，但他提前指出，他写信的原因"不是因为贝茜坚持要我跟你讲博士学位和演戏的事"，真正原因有二：巴蒂这天买羊排时遇见一个可爱的四岁女孩，他逗问她有几个男朋友、他们叫什么名字，女孩尖声答道："鲍比和多萝茜。"巴蒂说："那就是我写这信的原因……因为这个，还因为一首俳句，是我在西摩开枪自杀的那个宾馆房间里找到的。用铅笔写在旅馆记事本上：'飞机上的小女孩／她把洋娃娃的头转过来／让它看着我'……于是我想我终于可以给你写信了……"（塞林格，2018c：60）巴蒂指出的两点原因都令人费解（这就是塞林格小说的晦涩之处），限于篇幅，可以先越过对这几句话的分析而直接跳至结论：这封长信表面上是为解决祖伊的烦恼——祖伊希望做一名演员而他们的母亲则希望他能够读完博士学位（与弗兰妮的烦恼有相似之处）——其重点则始终在于将若隐若现的"西摩之死"带到祖伊（收信者）以及读者面前。

巴蒂作为在西摩生前与之相处时间最长，并且亲自去认领西摩尸体的人，他所遭遇的创伤是最为直接的。费尔曼和劳勃曾经指出："创伤幸存者并不是带着过去的记忆生活，而是带着一个不能也不会完成的、没有结尾也不会结束的事件继续进入目前的生活,从各方面来说都是当下的。幸存者实际上既没有真正地联结创伤现实的核心,也没有联结其重演的命定性/命运,因此他仍然深陷两者之间。"(Felman and Laub,1992:69)无论是亲历苦难的幸存者,还是见证他者之死的"证人",作为联系"生"与"死"、"痛"与"不痛"的纽带,这些中间者都深陷于"过去"与"此刻""未来"的纠葛创伤之中。巴蒂就是如此。巴蒂从那封信的开头便一直在为重返"西摩之死"做铺垫,他告诉祖伊,贝茜要他停掉纽约的那部电话①并在他隐居的地方安装一部新电话,而他没有同意:

> 我爱那部老电话,充满激情的爱着。它是西摩和我在贝茜的农庄中唯一拥有的一件真正的私人财产。而且,能每年都看见西摩的名字还被列在该死的电话本上,对维持我内心的和谐至关重要。我喜欢充满信心地浏览 G 开头的名单。(塞林格,2018c:52)

他希望"每年都看见西摩的名字还被列在该死的电话本上",而"写在电话本上的名字"已暗示西摩早已永远离世的事实,西摩的名字有利于"维持内心的和谐"则表明巴蒂的创伤持续存在以及他对西摩的深切思念。巴蒂很快提及写信这天恰逢西摩自杀三周年:"我神经质般地数着每一天。我跟你说过我去佛罗里达领他尸体时的经历吗?我像个傻子一样在飞机上痛哭了整整五个小时。"(塞林格,2018c:58)巴蒂所说的认领西摩尸体的场景发生于西摩自杀

---

① 本书认为这是塞林格为后来的作品所埋下的伏笔,那部电话在《抬高房梁,木匠们》中扮演了较为重要的作用。

后不久,使人(祖伊以及读者)立即联想到《抓香蕉鱼最好的日子》的结局,即西摩之死。

"再现"不是复原或重复创伤,而是对原初那个事件的强调与无声见证。南希便认为,"再现(representation)"的前缀"re"并不表示重复(repetitive),而表示强度的增加(intensive)(Nancy,2005:35)。巴蒂在信中坦言西摩逝世后他曾害怕回家,因为无法面对弗兰妮和祖伊,直至时过境迁——"尽管我们总在聊天聊天聊天,但是我们默认我们将一个字都不提起。"(塞林格,2018c:63)那么,他在信中重提"西摩之死"对他们家庭所造成的创伤,是表明他不再回避亦即重新强调这一事件。促使他这么做的,正是从那个四岁的女孩身上获得的启迪,这一启迪与西摩的精神主张有关,也与祖伊及弗兰妮共同的精神危机有关。

三、在场者与缺席者的对话:西摩的"复活"

由于复调小说的特点是对话性和多元性,因此每个人物的意识都能得到清晰的表达。一些学者由此认为复调小说追求的是"给每一个个性鲜明、独立平等的思想一个展示的舞台"(吕芳芳,2015:154),而巴赫金的复调诗学体系"在很大程度上就是一种关注各个主体及其主体之间关系的理论体系"(杨春时、简圣宇,2011:178)。他们过于强调了复调理论中每个主体意识的独立和平等性,而主体的异质性和平等性并非复调小说创作的最终目的。相反,正如巴赫金所说:

> 如果认为陀思妥耶夫斯基小说中,作者意识完全没有得到表现,那是荒谬的。复调小说作者的意识,随时随地都存在于这一小说中,并且具有高度的积极性。只是这种意识的功

能,其积极性的表现形式,与独白型小说是不一样的:作者意识不把他人意识(即主人公们的意识)变为客体,并且不在他们背后给他们作出最后的定论。作者的意识,感到在自己的旁边或自己的面前,存在着平等的他人意识,这些他人意识同作者意识一样,是没有终结,也不可能完成的。作者意识所反映和再现的,不是客体的世界,而恰好是这些他人意识以及他们的世界,而且再现它们是要写出它们真正的不可完成的状态(因为它们的本质所在,正是这个不可完成的特点)。(巴赫金,1998:90)

也就是说,作者意识不仅在复调小说中占据重要地位,甚至是复调小说表现的重点。创作一种叙事是"通过交流让主体间的经验能够被感知或辨别"(McQuillan,2000:8)。正因作者不以自己的意识凌驾于小说主旨及其人物意识之上,作者与人物之间也发生着对话,即作者给人物以自由表达的空间、不对其言行进行主观评价,双方都保有独立性。也就是说,作者的取舍并不超脱于任何一个人物的意识之外,它平等地与小说中其他人物的世界观共处,具有相当强的包容性。塞林格同样以这种积极的方式呈现与人物意见相悖的观点,但不将自己作为作者的权威强加于任何人(无论是小说人物或是读者)之上,而是为读者提供一种在创伤影响下的选择。通过这几篇格拉斯家世小说不难看出,塞林格完全理解与他不同的意见,正是在这种理解之上才可能真正达成公允的对话。也正是这些非客体化的不同声音之间的探索争论,使塞林格的某种倾向性在多种意识的辩论中最终自然凸显。而在《弗兰妮》与《祖伊》中,塞林格"具有高度的积极性"的意识就是西摩的意识和声音,这是通过他对格拉斯家的孩子们的精神指导而反映出来的。

前面已经提到,塞林格自《抓香蕉鱼最好的日子》中简笔勾勒西摩以来,直至《祖伊》中才重新提及西摩。除了《抓香蕉鱼最好的日子》中寥寥数笔所描绘的,读者对西摩的形象与个性几乎毫不知情。但通过《弗兰妮》与《祖伊》中的对话可以发现,西摩的精神力量极强,对家人影响极深。与祖伊争论之后,弗兰妮便沮丧地说道:"我想跟西摩说话。"(塞林格,2018c:144)当祖伊与弗兰妮因意见分歧不欢而散,他走进西摩与巴蒂的房间(除了一次找球拍,他七年来未曾真正踏入其中一步,这也说明了西摩之死的创伤对他的深刻影响),阅读西摩生前所写的笔记和卡片。弗兰妮和祖伊想要做的,实际上就是与死去的西摩对话。在这两篇小说中,尽管西摩不再在场,塞林格仍然避免使西摩的意识和声音被客体化,而是使人物与之对话,用他生前的文字笔记等杂糅文本使其"复活"。

祖伊在西摩和巴蒂共同的房间里找到"一张牢牢钉在门背后的一度雪白的纤维木板","木板上几乎每一寸空间都写满了字","一共有四大栏名言引句"(塞林格,2018c:169)。这里摘录部分内容如下:

> 你有工作的权利,但只是就工作本身而言。你无权获得工作的成果。决不能把对获得工作成果的渴望作为你工作的动机。也绝不能偷懒。
>
> 无论做何事都要一心念着至高无上的主。唾弃对果实的依恋。宠辱不惊[书法家之一在这句下面画了线],盖因瑜伽便旨在不惊。
>
> 带着期待成果的焦灼而完成的工作,远远比不上在投入

自我的宁静中完成的工作。在婆罗贺摩那里寻找庇护。为了结果而自私地工作的人是可悲的。

——《福者之歌》

顺其自然。

——马克·奥勒留

哦,蜗牛,爬上富士山去吧,
不过要慢慢来,慢慢来。

——小林一茶

上帝指导心灵,不是通过概念,而是通过痛苦和矛盾。

——高萨德神父

(塞林格,2018c:169—171)

这些摘录的句子表明西摩一贯受到神性训练,并向来主张一种积极而恬淡的人生态度。这些句子碰巧是对弗兰妮与祖伊的精神问题的回应。祖伊随后找到了西摩二十一岁生日时写的卡片,卡片内容是西摩对这一天家人如何为他庆生的回忆,令祖伊不忍卒读。"祖伊的脸埋在手里,头盔似的手绢耷拉在额头上,他就这样一动不动地坐在西摩的旧桌子前,并没有睡着,却足足坐了二十分钟"(塞林格,2018c:175),当他再次"支起胳膊肘",他"把脸埋在手里","这一次他一动不动地坐了几乎有半个小时。……等他再动起来的时候,感觉他就像个牵线木偶被谁使劲地拉了一下。他的第一个动作是迅速地拿起雪茄,然后那些吊在他身上的看不见的钢丝线又猛地把他拽到了另一张书桌前——巴蒂的书桌——上面有部电话机"(塞林格,2018c:177)。可见,祖伊还深陷西摩之死的创伤,并且是西摩的精神力量促使祖伊冒充巴蒂给弗兰妮打电话。小说末尾关于"胖女士"的谈论成为《祖伊》的高潮,可以说它的存在使这整篇冗长的故事成为一则"公案"。它应和了禅宗顿教对于"自性"的认识。慧能说："一切万法,尽在自身中,何不从于自心顿现真如本性。"(慧能,2012:71)所谓真如本性,就是指绝对真理,而一切真理都在清静自身之中,因此要向自己的内心深处探索求悟。西摩虚构的"胖女士"就是并不存在于身外的"佛性真如",它既是祖伊所说的"基督",也可以是任何一个代名词。它存在于在自性之中,不能通过执着于外在的虚相、脱离本质去求得,即所谓"莫著外法相"(慧能,2012:105)和"离二相诸劳尘"(慧能,2012:40)。也就是说,不要计较人我是非等诸相,而要摒除妄见烦恼,求诸于内心。祖伊是以这种方式告诫弗兰妮,与其执着于对世俗的嫉愤、作无谓的祷告、向外求"悟",不如在内心之中寻求那个绝对真理,并因此获得安宁。而这就是前文所说的,巴蒂自己从西摩那里所得到的启迪。

西摩的"胖女士"比喻与他摘录的句子中提到的精神是一致的,也与巴蒂在信中所写的"我不可能永远在悲喜之间疲于奔命"的情感一致,表现出宗教性与哲学性的双重意义。如斯坦纳所言:"所见的东西能够转化为语词,所感的东西也许在某种意义上先于语言或外在于语言。"(斯坦纳,2013:30)这是因为在创伤的背景下,语言也会遭遇尽头,所以对于创伤的深刻"再现"或许只能在对原初那个事件表示沉默的情况下,"拐弯抹角"地进行。巴蒂在信中说:

今天是我第一次想开口提起这一切。我越往下写这该死的信,就越没有信心,越提不起勇气。但是今天下午,就在那个孩子告诉我,她男朋友的名字叫鲍比和多萝茜的那一刻,我向你发誓,我感觉我对真理有了微妙的把握,真理对我而言成

了完全可以被言说和传递的东西(用切割羊排的方法)。(塞林格，2018c：64)

乍一看，巴蒂所说的"真理"与偶遇这个孩子的小事件无关，令读者一头雾水。但巴蒂继续阐释："西摩有一次告诉我——在一辆穿越市区的公共汽车上，在哪里不好非要在公交车上——任何正宗的宗教研究必须引向对'不同'的扬弃，虚幻的不同，男孩和女孩的不同，动物和石头的不同，日与夜的不同，冷与热的不同……跟你讲一通关于博士学位和演员人生的道理。多混乱，多可笑，而西摩他肯定会微笑，微笑——然后可能会安慰我，还有我们所有人，什么都不用担心。"(塞林格，2018c：64—65)至此，读者发现西摩的主张其实是东方哲学的主张，也就是摒弃逻辑与知识，放下"不同"，如庄子所言："乘物以游心，托不得已以养中"(《庄子·人间世》)，即"心神任随外物的变化而悠游自适，寄托于不得已而保养自己的心性，这就是最好的了"(陈鼓应，2016：135)。实际上，祖伊之前劝导弗兰妮时，已经说出类似的话："既然你有足够的精力让自己崩溃，为什么你就不能把这些精力投入让自己健康起来的忙碌中呢？"(塞林格，2018c：160)弗兰妮当时不能理解，这是西摩和巴蒂对他们的教诲。

复调小说之所以拥有众多声音，并非要为这些声音和意识提供舞台，它的根本目的仍是为主旨服务。巴赫金指出，"陀思妥耶夫斯基孜孜以求的"，"首先是具有充分价值、似乎不受作者制约的主人公语言"，"这种主人公语言所要表现的"是"主人公在世界中采取的最终的思想立场"及其"对世界的看法"(巴赫金，1998：54)。可以说，主人公最终的思想立场就是复调小说的根本。在故事层面上，西摩的这种生命领悟和处世哲学就是一直潜伏在小说中的作者意识,也是格拉斯一家的宝贵财富。引出西摩的精神财富当然不是为了说教,而是重返西摩之死及其所暗含的战争创伤,从而对战争进行隐匿见证。依据怀特海德的说法,创伤小说家"通过重新控制此前被边缘化或沉默的人物的声音来挑战原文本",也就是说,重新写作对作家而言有一种潜在的"改变过去"的安慰(怀特海德,2011:103)。塞林格之子马特便曾在2019年3月19日在南京大学出席塞林格百年纪念活动时表示,他父亲非常后悔在《抓香蕉鱼最好的日子》中"杀死了"西摩。西摩之死的创伤伤害了作家本人,从而也伤害了其他小说人物。费尔曼和劳勃称:"如果谈论创伤的人没有被真正地倾听,讲述本身就可能就成为了回到创伤的精力——再次体验那个事件。"(Felman and Laub,1992:67)塞林格后来的所有作品都是对《抓香蕉鱼最好的日子》结局的修正——让西摩"复活",也是用讲述与战争无关的故事的方式重新回到西摩之死,隐匿地见证战争对西摩所造成的创伤。

《抓香蕉鱼最好的日子》中关于西摩的描述相当含糊,但从《祖伊》开始,西摩形象逐渐丰满。巴赫金曾在他的著作中引述了格罗斯曼的意见,认为"陀思妥耶夫斯基每部小说布局结构的基础",都是几个中篇"相遇的原则","这些中篇故事相互对立又相互补充","按照音乐中的复调原则连接到一起"(巴赫金,1998:57)。这种"大型对话"的复调形式也是塞林格创作格拉斯家世小说时所采取的形式。应当指出,弗兰妮与祖伊的精神危机、巴蒂的信以及西摩的笔记表面上讲述的是完全不同的事件,其最终目的都是为了引出西摩,因而实际是战争的隐匿证言。《哈普华兹十六,一九二四》中,塞林格则用更为激进和实验性的方式围绕创伤进行写作,试图成功跨越持久盘桓的创伤。

第二节　跨越创伤:《哈普华兹十六,一九二四》中的信与时间游戏

《哈普华兹十六,一九二四》是塞林格最后公开的作品。自《九故事》后,格拉斯家世小说数度引来争议,而《哈普华兹十六,一九二四》似乎是对塞林格已经饱受指摘的声名的再次重击。马尔科姆(Janet Malcolm)形容该小说问世迎来的是"不幸的,甚而是尴尬的沉默"(Malcolm, 2001)。《纽约时报》首席书评人角谷美智子(Michiko Kakutani)称,"对于那些不曾多年来密切关注格拉斯家族情感历程的人而言",《哈普华兹十六,一九二四》"不太可能引起任何兴趣"(Kakutani, 1997: 15)。温克也表示:"《哈普华兹十六,一九二四》提供了令人痛苦的尾声:它是[作家的]沉默的冗长序曲。"(Wenke, 1991: 107)塞林格逝世后不久,洛奇(David Lodge)在《纽约时报》专栏的悼念文章中公允地表示,不应让前者职业生涯"后半段给人造成的失望"掩盖他之前的成就;这后半段"包括一篇叫《哈普华兹十六,一九二四》的短篇长小说",这篇小说读起来就仿佛"不友善的评论造成的疼痛磨钝了他的自我批评能力",而"自我批评"是"一个优秀作家必须拥有的能力"(Lodge, 2010)。显而易见,洛奇虽欣赏塞林格,他对《哈普华兹十六,一九二四》评价也比较低。鲍尔称塞林格最后的两篇作品像是"他写给自己的信——福音书"(Bawer, 1986: 34)。塞尔斯曼则认为,塞林格挣扎于禅宗所教导的沉默之中,当他试图寻找一些问题的答案时,"他便渐渐失去自己作为一名艺术家的声音"(Salzman, 1991:

17)。类似意见的反对者则以同样的情感强度激赏塞林格的创作才华。尤内斯指出,如果塞林格后来持续出版作品,"他应该会成为同时代作家(如杰克·凯鲁亚克、艾伦·金斯堡以及威廉·巴勒斯等人)中的佼佼者"(Jonnes,2015:87)。波斯纳克(Ross Posnock)也认为,"塞林格的文学成就被不像样地低估了","其相当卓越的智识也被那些陈词滥调所扼杀"(Posnock,2014)。

一般认为,艺术家在创作生涯的较晚阶段,因其技巧愈熟,经验愈富,洞见愈深,他的作品会呈现备尝世事后的稳妥平和,即所谓"人艺俱老"的状态,譬如莎士比亚在晚期作品中所表现出的完满圆融和乌托邦式的宽恕基调。但很多时候恰恰相反,在许多艺术家的晚期作品中能明显感受到一股消极的力量,譬如易卜生和米沃什的晚期作品所展露的艰涩以及与过去风格截然不同。1937年,阿多诺(Theodor Adorno)创造了"晚期风格"概念来解释这种美学现象。他发现,一些艺术家的晚期作品"并不圆谐",而是"涩口扎嘴","不愿屈服于提供纯粹的艺术享受";它们"缺少经典美学通常对艺术作品所要求的那种和谐",充满"撕扯和裂痕"(Adorno,1993:564,566)。他以贝多芬为例,认为后者在生命末期创作的作品中,用"装饰性的颤音序列、终止式以及花音(fioritura)"创作出"极其无表现的(expressionless)、冷淡的作品"(Adorno,1993:564,566)。阿多诺之后,自诩为其"唯一真正追随者"的赛义德在遗作《论晚期风格:反常合道的音乐与文学》(*On Late Style: Music and Literature Against the Grain*,2006)中对"晚期风格"进行了更为详尽的阐发。① 赛义德指出,"晚期"是艺

---

① 赛义德还用该理论解释阿多诺的"不合时宜":"他是一个特殊的 20 世纪类型,不合 19 世纪末之宜的失望或幻灭浪漫主义者,他几乎是带怀着狂喜而自存,超离各种新兴的畸形现代形式。"(萨义德,2010:105)

术家的"一种放逐",表现为"不和谐、非静穆的紧张"及"刻意不具建设性的、逆行的创造"(赛义德,2010:85—86)。他将其形容为本质上"失去全体性"(lost totality)、"无法调和、解决"、"未经综合的碎片性格"(赛义德,2010:92)。也就是说,"晚期风格"不是一种修辞方法,它本身即包含某种悬而未决的生涩,令人体验到审美上的强烈不适。对此,牟利锋敏锐地指出:"从他们[晚期风格的艺术家]所选取的题材、凭借的媒介、采用的技巧等以至于作品在整体上的风格,都可以看作对权威或主流话语的一种反驳、对抗。从根本上讲,这是一种自居边缘、自觉回避各种'制度''话语'陷阱的努力,反对各种形式的归化,表现出反遮蔽、反叙述、反吸纳等否定性的力量。"(牟利锋,2013:57)。简言之,晚期风格是与主流审美及话语对抗乃至决裂的逆反力量。

阿多诺眼中的晚期风格十分显著地存在于塞林格的《哈普华兹十六,一九二四》之中。作为塞林格生前交付发表的最后一篇小说,其主要篇幅是一封古怪冗琐的长信。在《弗兰妮》《祖伊》《抬高房梁,木匠们》和《西摩:小传》中,主要是格拉斯家族其他家庭成员深刻地缅怀"沉默的"死者西摩,而在《哈普华兹十六,一九二四》中,西摩自己的声音出现了。鲍尔指出:"塞林格如此痴迷于西摩这个人物,以至于他对情节、节奏、人物塑造、矛盾及其他类似的不相关因素完全失去兴趣。"(Bawer, 1986:34)在塞林格最后发表的这篇小说中,除巴蒂作为"作家叙述者"进行简短开篇介绍外,西摩的声音是小说中唯一的声音。七岁的西摩·格拉斯——小说中信件的撰写者——展现出了不合乎其年龄、或如赛义德所称"不合时宜"(untimely)的知识兴趣,其中的神秘主义倾向和多种东方元素的杂糅造成小说意义的格外含混。而这些正是文本所呈现的"消极"特征。从这一点上说,温克或许很好地理解了塞林格的创作意图,他认为:"《哈普华兹十六,一九二四》尤其反映出塞林格根本不打算以任何传统的方式来讲述故事。作为也许是任何重要作家所能写出的最散乱和最无趣的一篇作品,《哈普华兹十六,一九二四》似乎是特地设计成这样令人厌烦的、消耗耐心的作品,仿佛塞林格试着折磨他的读者,让他们别再期待他的新作。"(Wenke, 1991:67)。诚如阿多诺所言,理解"晚期"的作品,不能忽视作家在形式上所采取的技巧。因为艺术家为了完成自我表达,从来是主动创造某种艺术形式,而非被动地打破某种与时代相宜的艺术形式的,他所要表达的事物最终包含在这艺术形式当中(见Adorno, 1993:566)。《哈普华兹十六,一九二四》最大程度地体现了塞林格的晚期风格,其中主要的形式法则(formal law)就是"时间游戏"。这是热奈特在《叙事话语》(*Narrative Discourse*, 1972)中所提到的概念。他谈论了大量叙事时间的问题(其中包括叙事顺序和叙事时距等),并认为所有的叙事时间现象都彼此关联(见热奈特, 1990:103),而"时间游戏"则是对这类变化多样的现象的概括总结。热奈特以普鲁斯特的小说《追忆逝水年华》为例,指出"时间游戏"可能呈现为叙事时间的静止、反复、压缩、扭曲等状态,是对时间的"驾驭、征服、控制、暗中破坏、或确切地说曲解"(热奈特, 1990:106)。塞林格在《哈普华兹十六,一九二四》中将这种时间游戏发挥到极致,加强了小说的含混消极效果,创伤在这篇小说中通过时间游戏被唤起并得到反映。

一、时间的内插:倒错中的重复记忆

《哈普华兹十六,一九二四》的时间游戏首先体现为叙事时间和故事时间之间的混乱与畸变,即叙事的"现在"与"叙事中断为之让位"的被讲述的故事所处的"过去"或"未来"时刻之间的错位,热奈特将之称为"时间倒错"(热奈特，1990：24)。时间倒错包括倒叙、预叙以及这两种叙述方式的多种组合(包括预叙中的倒叙、倒叙中的预叙、预叙中的倒叙的预叙、倒叙中的预叙的预叙、倒叙中的倒叙，等等不一而足)。① 热奈特认为，"时间倒错只说明叙述时间性的一个组成特点"，"企图仅仅从对它的分析中得出最终的结论完全是枉费心机"(热奈特，1990：52)。这种说法是不恰当的。时间倒错在小说中往往发挥重要的作用，并非作家炫技的工具。就《哈普华兹十六，一九二四》的文本而言，它充分表现出记忆的复杂性，反映出某种具备创伤记忆特色的精神错乱。

热奈特将时间倒错划分为两类，一类"由叙事直接承担"，"因而与周围处于同一叙述层"；另一类"由第一叙事的一个人物承担"，"因而处于第二叙述层"(热奈特，1990：24)。据此，《哈普华兹十六，一九二四》也分为两个截然不同而彼此关联的叙事层，第一层是叙述者巴蒂"现在"的讲述(共三段)；第二层则是其余篇幅，即西摩七岁时写的信中的第一人称叙述。两个叙事层处于完全不同的叙述时间，并且是由巴蒂和西摩分别作为叙述者。在《哈普华兹十六，一九二四》的开头三段，巴蒂写道：

---

① 具体到幅度与跨度的不同，热奈特还区分了"外倒叙""内倒叙""外预叙""内预叙"等，如果叙事处于第一叙事的时间起点之前，可以称之为"外倒叙"，"它的整个幅度在第一叙事的幅度之外"，而如果倒叙发生在小说的时间起点之后，那么就是"内倒叙"(热奈特，1990：25)。如果"某些插曲在故事中"位于某主线事件之后，那么这种插曲就是"外预叙"(热奈特，1990：39)，而如果预叙发生在"叙述者的现在时"就是"内预叙"(热奈特，1990：40)。热奈特认为外倒叙和外预叙都不会干扰主要的叙事(即第一层叙事)进程，而内倒叙和内预叙则可能会对第一层叙事造成干扰。另外，热奈特还将"涉及一条故事线索、因而与第一叙事的故事内容不同的"倒叙/预叙称作"异故事"倒叙/预叙，而将"与第一叙事有同一个情节线索的"倒叙/预叙称作"同故事"倒叙/预叙(见热奈特，1990：26、41)。但本书选取的文本尚不需要考虑干扰叙事这方面的问题，因此这里不对这几种类型的叙事方式进行详细讨论。

第三章　杂糅文本中的隐匿证言：重复、交替的话语与叙事频率　173

　　我先做个尽可能简单明了的介绍吧：首先，我叫巴蒂·格拉斯，在我生命中的很多年——极有可能是整整46年——我感觉自己为了过滤掉我那已故的大哥西摩·格拉斯短暂、静默的一生的光泽，我变得僵化、略微有些古怪，而且有时还不可自拔。他自杀而死，自愿结束了生命，那是在1948年，他31岁。

　　我想就在此时，也许就在这页纸上，原原本本地把西摩的那封信打印出来，这封信是我四个小时之前才看到的，以前从没有见到过。贝茜·格拉斯挂号邮寄来的。今天是星期五。上个星期三晚上，我在电话里碰巧告诉贝茜，我正在创作一篇比较长的短篇小说，描写一次特殊的聚会，这是一次有着重要影响的聚会，那是1926年的一天晚上，西摩、我父亲和我都去参加了。我认为，后面这一情况与手头的这封信多少有点奇妙的联系。说实话，"奇妙"这个词并不特别好，但似乎也比较合适。

　　不必再多说了，我只想再强调一遍，我是一字一句，一个标点一个标点地把这封信照录出来的。那么就开始吧。(Salinger, 1965: 32)

在这第一层叙事的三个段落中，几乎每句话的叙述时间都发生了变化：现在("自我介绍")—过去的某个时间段("整整46年")—过去的某个时刻(西摩自杀)—现在—过去的某个时刻("四个小时前")—过去的过去某时间段("以前从没有见到过")—过去的某个时刻(贝茜·格拉斯寄来挂号信)—现在("今天是星期五")—过去的某个时刻("上个星期三晚上")—过去的过去某个时刻("那是1926年的一天晚上")—未来(过去事件与"手头的这封信有点奇妙的联系",即将摘录这封信)—现在—未来(将把这封信"一字一句"打出来)。接下来,抄录西摩的信之前,巴蒂又写明"现在"的时间是"1965 年 5 月 28 日",而信的日期为 1924 年。据卡鲁思等创伤叙事研究者的理论,避免谈论创伤事件(即沉默)会使受害者的记忆越来越"扭曲",甚至产生"错觉"(Caruth,1995:64)。这是创伤的固有特点。叙事反复从过去时间回到现在,又从现在回到过去,乃至过去的过去,又回到未来,扭曲的时间和空间相互交织,暗示着记忆的失真和创伤的持续性重返,实际折射出一种根深蒂固的创伤体验。

预叙与倒叙相反,是对后面发生的情况的提前说明。热奈特指出:"'第一人称叙事'比其他叙事更适于提前,原因在于它具有公开的回顾性,允许叙述者影射可以说构成他角色一部分的未来,尤其是现时的境况。鲁宾逊·克鲁索差不多一开始就可以告诉我们他父亲为打消他去海上冒险的念头讲的一席话是'真正的预言',虽然当时他并无任何概念。"(热奈特,1990:39)《哈普华兹十六,一九二四》中两层叙事中的叙事者恰好均以第一人称进行叙述,但西摩的叙述结构更为复杂。西摩信中的第一人称叙述处于小说的第二层叙事,整封信实际是第一层叙事的倒叙,而信中混合的时间倒错均发生在第一层倒叙基础之上。于是,由于小说中存在着两位第一人称叙述者并且充斥着回顾与预言[1],时间倒错在

---

[1] 在信中,西摩还预言了一些别的事情:"作为一种愉快的调剂,给你们讲些开心和提神的事吧。对我自己来说这可是喜出望外的。在这一个或者下一个冬天,你们,贝茜、里兹、巴蒂以及其他有名有姓的人,都会去出席一个我和巴蒂——不管是单独还是两个人融洽地一起——所去过的内容最丰富而又最重要的聚会。在这次聚会上,整晚,我们会遇见一个很胖的男人,他在空闲时将给我们提供一个颇直接的商业和职业机会;这需要我们拿出当歌手和舞蹈家的高超技艺,但还远远不够。这个臃肿的男人会用这个商业机会,不太严重地改变我们童年时代以及愉快的(转下页)

第三章　杂糅文本中的隐匿证言：重复、交替的话语与叙事频率　175

《哈普华兹十六，一九二四》中表现出经常性的交替，无时无刻地指涉同一件事：西摩之死。例如，西摩在信中用异常老成的口吻写道：

> 在我们[巴蒂和西摩]当中的一个死了的时候，另一个由于种种原因会在场；就我所知，这是极有可能的。我不想描述得这么让人沮丧！这也不是在明天顷刻间到来的！我本人至少可以活得像一根保存完好的电话线杆子那么长，总之就是三十年或更多点儿的事，这没有什么可笑的。你儿子巴蒂可以活得更长些，这一点你们听了会很高兴的。（Salinger，1965：60）

这是预叙。读者联系《抓香蕉鱼最好的日子》以及此前发表的其他格拉斯家世小说，将立即发现这里描述的是"西摩三十一岁便

（接上页）少年时代的正常发展方向，但我确信这种表面的改变也将十分剧烈。不过，这只是我的一半预见。从我个人而言，我全心全意这样认为，还有一半正中我下怀。另一半就是关于巴蒂的，那已经是数年之后的一天，我这位令人可疑又可爱的伙伴已不在他身边，他在一个巨大的、很感人又很令人不舒服的黑色打字机上书写这次聚会。他抽着一支烟，偶尔锁住双手放在头顶，一副沉思和心力交瘁的样子。他的头发已经灰白；他的年龄比你现在还大，里兹！他手上的青筋看上去已经微微突出，所以我一点都还没有跟他起过这件事，部分原因是考虑到他现在对可怜的成年人手上露出的青筋怀有的年轻的偏见。所以就这样吧。你们可能会觉得这特殊的预见会一下子刺伤这个偶然的见证者的心，使他完全残废，无法跟他所热爱的、大度的家人去讨论这一预见。其实不是的；它很大程度上让我深吸一口气，就像是用来对付昏沉一样的一个简单轻快的方法。他的房间比什么都更刺伤我的心。那个房间实现了他小时候的全部梦想！天花板上有一扇非常漂亮的窗户，在我的印象中那是他这个读书人一直热切渴望的天花板！而且，他周围全是很考究的书架，上面都是他的书、设备、便签本、削尖的铅笔、乌黑昂贵的打字机，还有其他令人振奋的个人物品。哦，上帝，他要是看到那个房间会高兴死的，记住我说的话吧！那是我平生最高兴和舒适的一次预见，极有可能最少束缚的一次。莽撞点说，如果那是我人生中最后一次预见，我很可能不会反对。"（Salinger，1965：62）

自杀"一事——这也照映了第一层叙述中巴蒂在第一段末尾的介绍:"他自杀而死,自愿结束了生命,那是在 1948 年,他 31 岁。"(Salinger,1965:32)西摩之死发生在叙述第二层的叙述者暨七岁的西摩写信之后,并且印证了他所预见的未来,而对于叙述第一层的叙述者暨步入中年的巴蒂而言,西摩之死则是他所回顾的往事,是无时无刻不影响着他并使他多年来"僵化""古怪""不可自拔"的事。怀特海德断言:"重复是内在矛盾着的,被悬置于创伤和宣泄之间"(怀特海德,2011:98),这种重复的矛盾感在《哈普华兹十六,一九二四》通过时间倒错的复杂性得到体现。如前所述,西摩之死与战争息息相关,而《哈普华兹十六,一九二四》中的复杂叙事结构反复指涉西摩之死,使其弥漫在这封长信的字里行间,表明创伤也因而悬停于永恒的空间和时间之内。然而,时间倒错并不是唯一的时间游戏,创伤还通过一种扭曲的时间得到反复,隐含的历史就深埋其中。

二、时间的扭曲:省略中的隐含历史

顾名思义,"省略"指的是对时间及情节事件的遗漏和减省。它表现了"叙述的空白感、缺憾感"(热奈特,1990:68)。热奈特依照形式将时间省略分为明确省略、暗含省略和纯假设省略三种。明确省略通常会有清晰明白的时距标志,例如"一年后""十年过去了"等。在暗含省略中,文本则不会声明小说中存在省略,读者只能"通过某个年代空白或叙述中断"进行推测。而在纯假设省略中,省略的时间更为隐蔽,甚至是"无法确定""无处安放"的,"事后才被倒叙透露出来"(热奈特,1990:69)。表面上,时间省略反映了叙事的中断和空白,实际则强调了被刻意略过的事件本身,透露了重要的信息,同时也可能赋予被省略的时间或事件以神秘感。

另一方面它指代了某种重复——意思是,正因为琐碎而反复,所以不必细写。《哈普华兹十六,一九二四》中,时间省略也是塞林格与时间游戏的重要策略之一,热奈特所归纳的三种省略同时存在其中并频繁指涉"西摩之死"。

在小说的开头一段中,叙述者巴蒂的明确省略("我生命中的很多年""整整 46 年")伴随着修辞("我感觉自己变得僵化、略微有些古怪,而且有时还不可自拔"),首先呼应了其他格拉斯家世小说中的情节,表明这是叙述者在西摩过世多年后的回顾,又提示了"西摩之死"在叙述者心中始终萦绕不去,并且是小说叙述者所关注的重心。西摩自己则在信中写道:

> 我的时间太有限了,这既让我感到伤心,又有点好笑。……在我极度疲累无用或完全消失之后很久,他[巴蒂]会敏捷而巧妙地引导家里的每个孩子。……真的。我得说,我老向你们讲些这种折磨人的废话,是因为在我们不合时宜的诀别到来之前或之后,它们会成为你们甜蜜的记忆;同时,别让它令你们感到沮丧。(Salinger, 1965：58)

读者必须通过对塞林格之前的格拉斯家世小说进行互文联系,才能联想到西摩所谓的"时间有限""极度疲累无用或完全消失"和"诀别",是对他三十一岁时自杀这一事件的预言暨预叙。这一预叙同时也是纯假设省略:在故事时间中,西摩之死发生在未来(西摩三十一岁时),而在叙事时间中,西摩之死又发生在过去(最早发表的《抓香蕉鱼最好的日子》)。因此它既是预叙,同时又互文响应并逾越了"西摩之死"。换言之,它省略了所有之前发表的格拉斯家世小说的情节,这些情节必须由读者自行领悟。

时间省略造成的空白不是全然无意义的断裂,其中的裂隙是由情感填充的。莱斯指出,精神创伤的标志是"分裂或健忘症",创伤患者不会清楚记得造成其创伤状态的事件(Leys,1994:625)。如果失去记忆是创伤的特征之一,其结果则是记忆的空白和分裂,而相应的文本形式则是时间省略。诚如梅西勒(Stefan Maechler)所言:"一个人不能说记忆是如实的或准确的,如果记忆有一种真相,那么它更多的是情感的真相,而不是现实的真相。"(Maechler,2001:242)这便是说,创伤记忆是一种情感记忆而非事实记忆,因此关于创伤真相的文本省略了事件却保留甚至强调了创伤情感。读者不要忘记,尽管《哈普华兹十六,一九二四》长篇摘录了西摩七岁时写的一封信,这篇小说的叙述者暨"作者"始终是巴蒂·格拉斯。在前面数篇格拉斯家世小说中,西摩绝大部分时间都作为一个死者而保持沉默,但《哈普华兹十六,一九二四》是西摩长久沉默之后的喋喋不休。这是塞林格通过叙述者巴蒂,借由"巴蒂摘抄西摩的信"使西摩"复活"。"让死人说话",滔滔不绝地向收信人(格拉斯家人)和读者言说,也反映了巴蒂如何因西摩之死对他造成的创伤而自相矛盾、纠葛不清。另一方面,小说的真实作者塞林格使西摩七岁(1924年)便预知自己未来的死讯,二十四岁时(1941年)又产生了自毁的倾向,实际上是用带有神秘主义色调的信息暗示西摩早就准备好赴死,他的死亡是注定发生的事情而并非由战争直接造就。结合塞林格此前的小说创作以及在后期小说中的风格转折,将此理解为塞林格对战争的刻意回避并不为过。

除此之外,《哈普华兹十六,一九二四》中还存在着暗含省略。西摩在这封枝蔓而拖沓的信中不时写出以下内容:"暂别几天或几小时吧！我将怀着纯朴的温情和礼貌把信写完……"(Salinger, 1965：77)接着，他另起一段："如果接下来我的信显得有点简洁和冷淡，请您谅解；我将在剩下的篇幅中节省笔墨，这是我写作中最大的弱点。"(Salinger, 1965：58)他又在另一页中写道："先休息一下吧，再见！把我们赤裸的心献给你们！……没想到我还有一叠纸，真叫人开心……我保证，我的手指已经不情愿写这么长的信，开始背叛我了，就在黎明过后不久，中间只有一两次吃饭间隙，真让人高兴。"(Salinger, 1965：85—86)又例如，西摩还写道："我痛快地休息了一会儿。"(Salinger, 1965：106)这几处暗含省略旨在表现这封信超乎寻常的长度，即西摩没完没了的表达欲。蹊跷的是，在之前的格拉斯家世小说中，西摩几乎从未开口说话，而且巴蒂也曾在《西摩：小传》中提到西摩总是缄默，他们"很少通信"，"即便战争期间也不例外"(塞林格，2018d：148)。事实上，反而是叙述者巴蒂的叙述方式非常接近西摩在信中的叙述方式。从这一角度而言，巴蒂或许也是一位不可靠的叙事者。米沃什(Czeslaw Milosz)说："人类是靠对自己的记忆而活的，即是说，活在历史中。"(米沃什，2011：160)记忆是人存在的基础，巴蒂用这种方式保存、"还原"并沉浸①在西摩长时间的叙述中，是因为后者留下的语言即证言，证明他曾经真实地存在于前者的生活中。

列文指出，塞林格在整个写作过程中表现出"对口头语言的不信任"，例如《康涅狄格州的威格利大叔》《抓香蕉鱼最好的日子》和《美丽是嘴唇而我的眼睛碧绿》都展示了试图"通过对话交流所带给人的绝望"，书写文字是其主人公"交流的模式"(Levine, 1958：

---

① 小说结尾直接以西摩的信的结尾作为结束，没有回到第一层叙事层即巴蒂所在的叙事层。

96)。温克也有类似看法:"对塞林格而言,语言的失败推动了现代生活的恐惧、空虚和绝望。在整个叙述中,塞林格通过持续暗示诸如信件、书籍或铭文这类间接、建构的话语模式,反映了他对探索语言有效性的关注。"(Wenke,1981:252)西摩的这封信打破了口头语言的僵局,虽然用口头语言写信,却又不同于口头语言,这是因为"见证最初是口头的"(利科,2017:217),而记录下的证言可以永存。西摩信的冗长实际突破了口头语言通常的界限,无限地延伸、体验和保存语言。

三、时间的浓缩:重复叙事中的情感真相

"重复叙事"也是热奈特所提出的概念。他根据重复或非重复事件以及重复或非重复叙述,将叙述分为四种类型:讲述一次发生过一次的事、讲述 n 次发生过 n 次的事、讲述 n 次发生过一次的事,以及讲述一次发生过 n 次的事。其中,前两种被热奈特称为"单一叙事",因为"单一性的特征不是双方出现的次数","而是次数的相等"(热奈特,1990:74);第三种表示同一件事可以被讲述多次,热奈特称之为"重复叙事"(热奈特,1990:75);第四种则是对发生过多次的事件的集叙,例如"每天""每周""或'一周的每一天我都睡得很早'",这种叙事被热奈特称为"反复叙事"(热奈特,1990:76)。《哈普华兹十六,一九二四》中主要采取的是第三种"重复叙事"的策略,这也是重要的时间游戏策略之一。在这样的叙事中,人的创伤情感得到反复宣泄,同时又牵引出见证和文字语言的关系问题。

见证者希望获得信任,正如利科所言,由于见证者是"相对于所有行动当事人的第三方",因此"见证者要求被信任","他不仅想说:'我曾在那儿。'他还想说:'请相信我。'……希望别人

第三章　杂糅文本中的隐匿证言：重复、交替的话语与叙事频率　181

相信的行为就等同于对见证者个人的认证"（利科，2017：213）。这是因为只有得到信任，见证才拥有继续存在的意义。在小说开头的第一层叙事层，巴蒂两次提及那封信是他原文摘抄的。他首先说："我想就在此时，也许就在这页纸上，原原本本地把西摩的那封信打印出来。"接着他很快在下一段中写道："不必再多说了，我只想再强调一遍，我是一字一句，一个标点一个标点地把这封信照录出来的。"（Salinger, 1965：32）为了强调这封信的真实性以及强调西摩写这封信时巴蒂尚未在场，信中不同段落还分别写道：

> 由于巴蒂总是在别的地方，也不知会待多长时间，我相信，我们俩的信将由我来写了。令我永远感到好笑和伤心的是，这位了不起、不可捉摸、好玩的小伙子总是不知去什么地方！（Salinger, 1965：32）

> 猜猜是谁巧妙地获准照顾我？是你们那可爱的儿子巴蒂！他现在随时可能回来！（Salinger, 1965：38）

> 又要为你们可爱的儿子巴蒂讲话了，他会随时回来……（Salinger, 1965：60）

> 猜猜谁刚才脸上带着大大的笑容走进营房了！你们的儿子巴蒂！（Salinger, 1965：112）

> 在我就要匆匆结束这封信的时候，在我高兴地看到你们优秀的儿子在消失七个半小时后冲进营房的时候，我差

点忽略了最后一小段要求,很小的,我想是的。(Salinger, 1965:112)

巴蒂这么说无非表明他没有参与西摩写信的过程,对这封信完全陌生,因此这封信可以实现其见证目的。

这封信表达得最多的是西摩对于家人的感情。西摩多次写道：

> 你们心里非常清楚,我们有多么想你们。
> 我多么想念你们中的每一张脸,那么生动,那么有富有表情。
> 在这个令人愉快和悠闲的早晨我是多么想念你们啊!
> 我向你们保证,你们好玩、动人、漂亮的面容就浮现在我眼前,完全就像吊在从天花板垂下来的令人赏心悦目的绳子上!(Salinger, 1965:32—33)

> 在忙碌的露营生活中有这么片刻闲暇跟家人谈谈是多么舒心和有益啊!(Salinger, 1965:36)

> 天呐,我希望你们在遥远的他乡稍微体会一下我们是多么想念你们,亲爱的贝茜和里兹以及另外几个小不点儿!(Salinger, 1965:39)

> 我心里多么需要跟不在身边的五个家人愉快地交谈!(Salinger, 1965:40)

> 我在这里躺了一整天,脑中想着你们的面容,贝茜、里兹,还有几个孩子一张张新鲜迷人的面孔,所以你们是可以推测我多么想要和你们在一块儿。(Salinger, 1965: 62)

> 我们对你们的思念很难言传。和你们在一起才有语言表达的珍贵机会。(Salinger, 1965: 77)

这些语言最大的作用其实是通过互文写出西摩对家人的深厚情感,即他并不是如《抓香蕉鱼最好的日子》中所描述的那样冷淡和无情,他对于周围的人(包括亲人和其他人)的爱真实热烈。这封信如同一份无声的档案(档案是文字证言)告知读者,在此前的格拉斯家世小说中,他们对于西摩的判断可能存在着失误。

另外,《哈普华兹十六,一九二四》中也以重复叙事来多次重申这封的长度:

> 这将是一封长信!会把你上嘴唇都读僵的,里兹!我可以幽默地允许你只读四分之一。(Salinger, 1965: 38)

> 请你们千万、千万、千万别因为这封信的长度不断增加就不耐烦,对它冷漠置之!(Salinger, 1965: 40)

> 如果你因为读信而累了或者感到无聊,就马上停下来,我发自内心地允许你这样做。我当然在利用你杰出的意志、父爱和著名的有幽默感的耐心。我知道,贝茜会把信的后半部分内容摘要讲给你听的;你就彻底放松地点上一支烟,把我这可恶的信像烫手的土豆一般放下,走到你住的宾馆的大厅,完全放松

思绪,随心所欲地带着我对你不朽之爱去享受吧;游一场泳,玩一把皮诺尔纸牌游戏,都很放松心情的!(Salinger,1965:52)

我已经浪费了你们太多的时间;我现在要收敛起来不再折磨你们的神经了。(Salinger,1965:86)

如果我写得太短或过于简练,请原谅,但我很努力地想要很快结束这封信。(Salinger,1965:93)

我请求你们耐心一些,对我的爱更盲目一些,直到我说完!(Salinger,1965:103)

天呐,我现在已经成为你们生活中的一块顽石,那么无趣和琐细!我没有一天不意识到我自己这种讨厌而要求繁多的特点。(Salinger,1965:111)

西摩清楚这封信过分冗长。换句话说,塞林格非常清楚这封信乃至这篇小说的长度令人讶异,但他坚持如此书写无非是为延展西摩的语言长度,使他依托于文字的存在能更长久地回响。

尽管《哈普华兹十六,一九二四》中的情节与战事无关,并且西摩写信时是二战尚未发生的 1924 年,小说中仍然隐藏着战争元素。西摩提到,哈普夫妇的"战友"(war buddy)某个周末来夏令营,"营(the camp)中弥漫着虚伪和欢迎的腐化气氛","到今天还臭气熏天"(Salinger,1965:40)。鉴于塞林格的二战经历以及他解放过纳粹集中营的事实,这似乎是对军营或集中营的影射。西摩将餐厅吃饭的通知称作"军号"(bugle)(Salinger,1965:86),还提到哈普先生曾经的战争经历:"我们都立正站好,哈普先生到营房里来视察,他厉声呵斥巴蒂没有像他当兵时那样整理床铺,就是因为这样他才没有为我们输掉那场战争呢!"(Salinger,1965:74)西摩虽然年纪尚小,他对于战争已经有了成熟的见解:"请寄来任何有关世界大战的大胆的书,全面描写其可耻而掠夺的本质。最好别是虚荣或怀旧的老兵写的,也别是雄心勃勃但能力与良知都有所欠缺的记者写的。"(Salinger,1965:100)他还提道:"……英雄们为了统治,强加于这个世界多么有害而血腥的愚蠢行为。坦白地说,这倒是在我心中引起强烈共鸣。"(Salinger,1965:103)或许可以认为,塞林格通过不再直接提及战争而进入对战争的证言。西摩的信反映了叙述者对过去情感的追忆,同时卷入了与战争的联系。由于西摩的信是唯一在场之物,它暗合了某种见证的档案。这个档案始终是为了反映西摩之死而存在的,是在事件发生之后进行回顾,补充修缮了关于西摩之死的信息,对西摩这一人物形象进行颠覆和说明。小说中的生者巴蒂通过自己言说证言以及展示西摩的证言,从对逝者的深切怀念中幸存下来,同时,完全对战争避而不谈,表明塞林格的晚期风格是其跨越创伤的标识。

创伤在本质上不可描述因而也不可理解,任何对它的解释都可能伤害它的这一本质。卡鲁思便认为,创伤记忆不仅丧失了精确度,还丧失了"事件根本上的不可理解性",正是出于这种困境,"许多幸存者不愿将其经验转化为言论"(Caruth,1995:154)。塞林格刻意选择沉寂,甚至不惜为此"伤害"读者的感情。汉密尔顿便恳切地分析道:"在《哈普华兹十六,一九二四》中,读者被轻易地忽略了:'要么接受,要么走开'是塞林格对听众中非业余爱好者的抱怨毫不含糊的驳斥,他似乎非常确定(事实上很确定)大多数人都会走开。……在这最后一个故事中,格拉斯一家已经成为塞林格的主题、他的读者群、他的创造物和他的同伴。他的生活终于与艺术融为一体。"(I. Hamilton,1988:188)基于此,塞林格还选择越来越远地离开创伤事件本身进行创作,但这不意味着创伤的消失。该小说是塞林格晚期风格的显著代表,也可以视作塞林格对东方哲学的写作实践。在塞林格既已发表的格拉斯家世小说中,《哈普华兹十六,一九二四》最晚问世,却讲述了格拉斯故事世界最早发生的事件,塞林格通过这种方式对读者已知的格拉斯家族人物及其故事进行补充修缮。这封长信表面上暗示西摩之死另有其因,实则说明塞林格跨越创伤、对战争避而不谈的决心。作者以"过去的物证"的形式呈现小说中的书信日记,对战争作出反思。他的小说证明了对战争的见证可以通过隐喻的方式进行,而创伤始终存在。在此基础上,塞林格的晚期风格集中表现为小说中的时间游戏。怀特海德曾指出:"如果原文本被相当程度地修改了,小说家可能强调创伤作为一种离开的方式,暗示着变化或发展的可能性。从风格上而言,互文性允许小说家通过扰乱时间性或年表,来折射创伤的症状,允许他恢复此前沉默的人物的声音,使他们能够证明他们自己的被排除。互文性能够反映那些表现他们没有被亲眼见到的创伤经历的小说家的困境,它可以强调读者的作用,读者行动起来去填平文本间的鸿沟,积极地去组织意义。"(怀德海德,2011:106)这句话精确概括了塞林格的晚期创作,他通过一次次的互文写作修改西摩的形象,并最终让西摩"复活",回到他的童年。通过这种方式,塞林格让读者倾听西摩多年之前的声音,以此表明创伤其实横亘于所有时空中,因而可以淡化创伤并跨越创伤。除了时间游戏,互文改写同样是塞林格晚期作品中写作策略的重中之重,其目的是为了实现重新见证。

第三节 重新见证：《祖伊》《抬高房梁，木匠们》和《西摩：小传》对《抓香蕉鱼最好的日子》的见证反思与互文改写

与普遍认知不同的是，最早使 J. D. 塞林格在文坛崭露头角的作品并非《麦田里的守望者》，而是短篇小说《抓香蕉鱼最好的日子》。一些学者将《抓香蕉鱼最好的日子》列为塞林格写作生涯的分水岭之作，认为它是塞林格的第一篇创作经典（Gwynn and Blotner，1960：19—21）。《抓香蕉鱼最好的日子》中的西摩·格拉斯作为塞林格多篇"格拉斯家世系列"小说的主角，同时也与后来作品中的形象自相抵触。弗伦奇甚至怀疑塞林格只是痴迷于"Seymour"一词的谐音"see-more"而频繁围绕这一人物进行创作，他指出："除了名字相同，他们（《抓香蕉鱼最好的日子》中的西摩与后来的西摩）几乎没有共同之处。"（French，1963：149）1959 年发表的《西摩：小传》中，叙述者自称是《抓香蕉鱼最好的日子》的真正作者，还暗示《特迪》与《麦田里的守望者》均为他所作，并指出《抓香蕉鱼最好的日子》中的西摩"根本不是西摩"（Salinger，1963：113）。许多批评家轻信这一说法，从而在塞林格后期小说的整体框架中重新理解《抓香蕉鱼最好的日子》及其结尾最受瞩目的"西摩之死"。温克指出，随着时间的推移，"塞林格想象中的西摩必然发生变化"，对巴蒂作家身份的强调无疑是为了强调格拉斯一家是"有血有肉的"真实存在的人（Wenke，1991：65—66）。博

斯特维克评论称,这种变化是由于塞林格确定最终的写作目的之前一直在"增删和试验他的素材"(Bostwick,1963:35)。塞林格专家弗伦奇认为,西摩为再度获得穆里尔的注意而报复性自杀(French,1976:85)。汉密尔顿相信,西摩蓄意自戕以解放婚姻牢笼中的穆里尔(K. Hamilton,1967:30)。这类说法小觑塞林格的创作格局,并且仍旧无法解释其作品内部意图不明的龃龉。

由于塞林格后续创作的风格突变,且增加了许多东方文化元素,探索塞林格后期作品与《抓香蕉鱼最好的日子》之间的矛盾成为认识其风格演变和后期作品价值的关键。本书认为,塞林格后期小说《祖伊》《抬高房梁,木匠们》和《西摩:小传》①通过互文改写

---

① 《抬高房梁,木匠们;西摩:小传》合集第一版的防尘套上印有塞林格写给读者的一段话:"无论两篇小说在情绪或效果上的差异如何,它们都密切关乎西摩·格拉斯,他是我尚未完成的格拉斯家族的系列中的主角。令我惊讶的是,如果不是故意将它们配对,最好是赶紧把它们整理出来——如果我不希望它们与系列中的新材料密切接触的话。当然,我只能保证这个,但是我接下来会出版几个关于格拉斯家族的新故事——经过琢磨的、更详尽的——各自有其风格,但我感觉对它们谈得越少越好,尽量不把它们混为一谈。奇怪的是,多年来,我写作格拉斯一家的乐趣和满足感在不断增加和加深。我不能说出原因。至少不能在我的虚构作品娱乐场之外说出原因。"("Whatever their differences in mood or effect, they are both very much concerned with Seymour Glass, who is the main character in my still-uncompleted series about the Glass family. It struck me that they had better be collected together, if not deliberately paired off, in something of a hurry, if I mean them to avoid unduly or undesirably close contact with new material in the series. There is only my word for it, granted, but I have several new Glass stories coming along—waxing, dilating—each in its own way, but I suspect the less said about them, in mixed company, the better. Oddly, the joys and satisfactions of working on the Glass family peculiarly increase and deepen for me with the years. I can't say why, though. Not, at least, outside the casino proper of my fiction.")(Wenke,1991:90)由于温克在塞林格研究领域比较具有权威性,这里将这段话摘录在此。它一方面表明塞林格对格拉斯家世小说的浓厚兴趣,一方面也暗示两篇小说在逻辑上具有内在连续性。而塞林格所提到的关于格拉斯一家的"几个新故事"除了《哈普华兹十六,一九二四》,也并没有更新出版。

的方式,利用笔记、书信等杂糅文本,在《抓香蕉鱼最好的日子》的基础上重新且更深入地见证了二战创伤。塞林格在这部分作品中塑造出叙述者巴蒂,通过巴蒂创造显在证言,深化了《抓香蕉鱼最好的日子》中既有的对战争的见证。同时,塞林格通过强调东方哲学对西摩的影响,表面上隐藏了战争元素,切割了西摩之死与战争创伤的关系,实际却揭示了战争的反人道主义之处,以隐匿证言的方式见证创伤。而由于语言对见证过程的羁绊,塞林格借助于东方诗歌元素,摹拟沉默的证言,从而对战争作出更为深刻的见证与抗议。塞林格后期小说对《抓香蕉鱼最好的日子》的互文改写,表明他的创伤在战后持续发酵及见证过程在小说创作中的深化,反映出他个人在战后对战争的深切反思及对西方文明缺陷的洞察。

一、增添叙述者:创造显在证言

阅读行为不是读者单方面的解码过程,文本也向读者言说,使后者为其见证。哈特曼把阅读行为视作与证言有关的伦理实践,反对以读者为主动主体、文本为被动客体的区分。他认为读者与文本交互共生、巩固联合,构成见证的"共有生命体"(Hartman,1995:549)。只要阅读行为存在,读者便是文本默认的见证者。由此可见,《抓香蕉鱼最好的日子》中隐藏的战争创伤原本便以读者为见证者。西摩退伍后受到创伤摧残,言行举止均与外界格格不入。医生认为他"很可能彻底失控""部队把他从医院里放出来简直是犯罪"(Salinger,1953:4)。虽然塞林格未曾点明,但西摩的战争创伤的确为读者团体所共同见证。

不过,仅列述西摩的种种战后怪癖,尚不足以满足塞林格的见证需求。正如哈特曼所言,任何见证本质上都要求"亲眼见证"(eye-witnessing)(Ballengee,2001:219)。目光在见证中具有统治地位,"看见"才能确认"事件曾真实发生过"。在《西摩:小传》中,巴蒂提道:"整部《圣经》,他最喜欢的一个词是'看'(watch)!"(塞林格,2018d:144)对"看"的癖好暴露了西摩对"见证"的潜在渴求。同时,见证目光必须来自他者。如果缺乏"同情的听者"或"可对其诉说的他者",主体痛苦回忆的真实性便不能得到确认,这将使创伤事件自我湮灭,主体则"因其创伤无人见证而遭受致命打击"(Felman and Laub,1992:68)。由此可见,创伤事件不稳定的特质要求同情的他者为其提供目光,见证过程极度倚赖观众的在场。在《抓香蕉鱼最好的日子》结尾,塞林格让读者跟从西摩回到酒店,随即打破先前叙述的缓慢节奏,使西摩突然自杀。西摩举枪自尽的场景暗含两名证人:小说中,熟睡的穆里尔将被枪声惊醒,目击西摩死状;读者则观看其全过程。西摩自杀前两次望向穆里尔,表明他需要确认实际目击者的存在;而默认为证人的读者也保障叙事获得第二重见证。创伤在此过程中得到传递。

《抓香蕉鱼最好的日子》中的见证主旨通过"书写文字"在塞林格后期作品中进一步延展。《西摩:小传》的叙事者巴蒂自称是《抓香蕉鱼最好的日子》的真正作者,提醒读者那个故事是他所写下来的文字:"但我还是忍不住要提一句,这个故事是我在西摩去世后几个月写的,而且那时的我就和故事里的'西摩'以及'现实生活'中的西摩一样,刚从'欧洲战场'回来。"(塞林格,2018d:106)这句"无法克制"的交代同时也表明,《抓香蕉鱼最好的日子》的创作动机关联着二战,而巴蒂作为隐含作者的第二自我,重新介入了旧文本和隐含作者之间,使小说产生新的效果。哈特曼在接受卡鲁思访谈时指出:"幸存者部分地属于死亡。"(Caruth,1996a:650)这是因为,幸存者虽保全性命乃至身体,精神创伤却频繁提示他脱离死亡实属侥幸。作为二战幸存者,巴蒂与西摩对战争创伤感同身受；作为创伤幸存者，巴蒂则拥有关于战争和西摩之死的双重记忆。《西摩：小传》中，巴蒂说："我身上还有一种甩也甩不掉的自以为是，那种通常是属于幸存者的自以为是，总觉得自己是唯一一个还活着的曾与死者熟识的人。"（塞林格，2018d：135）他是见证的中间环节，既见证战争本身，又为战后的精神创伤作二次见证。

"作出见证"与"渴望被见证"的需求是一致的。经历创伤的人"为了生存下去"，"必须作出见证"（Laub，1995：70）。因为作出见证的人为自身创伤言说，其见证者则见证该过程，前者从而抵制毁灭的威胁。正因如此，巴蒂在《西摩：小传》中承认：

> 我相信我的本质由始至终都没有变过——我一直都是一个叙述者，但我是一个有着极端迫切的个人需求的叙述者。我想介绍，我想描述，我想散发回忆录和护身符。……我有很多很多听起来很没分寸的话要跟你说。……关于那位已逝者〔西摩〕，我渴望述说，渴望被询问，渴望被审讯。（塞林格，2018d：100—101，135）①

巴蒂炽烈的叙述欲望也就是创伤幸存者急迫的生存/言说欲望。创伤幸存者寂寞地负担真相，由于无人代替他言说，他必须独自承担关于真相的责任并努力寻求听众。

事实上，巴蒂的讲述欲望与同样遭受战争创伤的塞林格的叙述欲望一致。依据约翰逊的观点，写作中存在一种"自传性渴望"，

---

① 本书选取的译文部分参考李文俊等译《九故事》（2003）、丁骏译《弗兰妮和祖伊》（2007）及《抬高房梁，木匠们；西摩：小传》（2008），在译文基础上有所改动。

即作家对"创造一个像自己的存在"的隐秘渴望(Johnson,2014:181)。与塞林格一样,巴蒂拥有二战军人和作家身份,也"属于自闭文人"并隐居于"丛林深处"。如果视巴蒂为塞林格的第二自我,则其迫切想要讲述的"没有分寸的话",暗合了后者难以抑制而僭越叙事者的界限向读者言说的声音。进一步而言,"创伤事件的外化仅在一个人能清晰讲述故事时方能有效发生,[其过程是]传递给一个外在的自我,然后再将其带回内部"(Felman and Laub,1992:69)。这表明,个体无法单独完成对创伤的梳理,需要外部对象的协助才能对之彻底把握。因此,塞林格创造"外在的自我"巴蒂,不仅是为西摩指派创伤代言人,也是为他自己创造文本内部的共情见证者。

如果说《抓香蕉鱼最好的日子》中的全知叙述仅通过见证目光呈递创伤真相,尚不足以承担有力见证,后来的叙述者巴蒂则完全对读者开门见山,声言"此即我之所见"——布洛特纳便曾强调塞林格混同巴蒂与作家身份的这种"看似无用的混淆"的策略"首先体现了作家对于他的读者的矛盾态度","他是一个传奇的遁世者","同时作为巴蒂—塞林格又能试图与他的读者建立比任何其他同时代作家与其读者之间更为亲密的融洽关系"(Blotner,1963:106)。他能直接与读者对话——既重新见证战争及西摩的创伤,又言说作家本人的创伤。递进的见证需求表明塞林格的战争创伤在这十年间深化了。但是,见证欲望即便强烈,语言却未必与之相称。一方面,创伤"固有的滞后性"使其"只有在事后与另一个地点、另一个时间的联系中才完全自明"(Caruth,1995:8—11)。这种非时间性的特征意味着不可控的持续性、入侵式记忆重返,导致证言在事实层面的不可靠性。另一方面,证言"包含着阙如"(Agamben,1999:33),隐匿了不在场之物,因为"那些没有经历过的人永远不会知道；而经历过的人永远不会说；不会真正地说，不会完整地说……过去属于死者"(Wiesel, 1975: 314)。这表明，创伤主体在不同程度失语，使真相无法得到明白无误的还原。随着时间的推移，塞林格愈加吝于直抒胸臆，而将战争感受隐蔽于一种与东方有关的委婉话语之中。

二、遮蔽战争创痛：暗示隐匿证言

言说与真相之间横亘着裂缝，费尔曼和劳勃将一种寓言式的证言定义为"隐匿证言"(underground testimony)。"隐匿证言"在指涉上规避了所要见证的事件本身，却影射该事件，为它作出实在见证。费尔曼以加缪的《鼠疫》为例，认为小说影射了二战。她指出："小说(《鼠疫》)最初是作为隐匿证言、作为一种语言抵抗行为出现的，它不是对其所叙述的历史冲突的简单陈述，而是对这场冲突的实际干预。加缪的叙事意图不仅在于作出历史见证，而是要实际参与这些事件。"(Felman and Laub, 1992: 98—99)在费尔曼看来，隐匿证言的效果不因其隐匿性受限，反而更接近创伤的苦涩内核。它逾越了质证的范畴，主动介入历史进行言说。塞林格后期小说正是以东方思想元素以及小说中的杂糅文本为掩饰，遮蔽了《抓香蕉鱼最好的日子》中原有的战争因素，"由彼及此"地对二战创伤进行见证。

实际上，塞林格已经通过一些细节隐晦地提到了战争，譬如西摩与巴蒂曾参与二战，波波是海军少尉，沃特1945年死于日本战场，维克则因为不肯服兵役曾被关押于拒服兵役者的拘留营。与此同时，他将东方思想元素和杂糅文本与战争相连接。《抬高房梁，木匠们》中，西摩在日记里写道："依我看战争也许会永远打下去，我只对一件事有把握，就是如果恢复和平的话，我想做一只死猫。"(塞林格,2018d:66)"死猫"的禅宗公案来自曹山本寂。有人问曹山大师,世界上什么事物的价值最高,曹山回答:"死猫儿头。"(公案《死猫儿头》)这则公案的意思是:凡是可以估算出价格的事物都属于有价之物,而无法做出价值判断的事物才堪称无价之宝。在战争背景下,西摩以"一只死猫"隐喻他想追求的生命意义,表明他专注于精神世界的满足。而不可忽视的战争背景同时表明,西摩对精神世界的专注与战争暴戾有所联系。这表明,尽管西摩对战争的态度非常消极,但东方哲学为他提供了某种精神慰藉。

此外,塞林格描述了西摩的一系列怪异言行,暗示将西摩的自杀与其固有的东方宗教痴迷及精神问题联系起来,从而了弱化西摩之死与战争的关系。《祖伊》中,巴蒂的信中透露,作为弟弟妹妹的第一任老师,西摩主张在获得诸如"荷马或莎士比亚""华盛顿和他的樱桃树""关于半岛的定义"等"更低等、更流行的"知识之前,首先寻求与知识无关的"纯粹意识""先对耶稣、乔达摩、老子、商羯罗查尔雅、六祖慧能和罗摩克里希纳这些人有所了解"(塞林格,2018c:61—62)。《抬高房梁,木匠们》中,巴蒂也回忆道,弗兰妮还在襁褓中时因饥饿哭闹,西摩拒绝给她喂奶,反而给她念诵《九方皋相马》的道家故事。在旁人眼中,西摩是不正常的人类。穆里尔的伴娘指责西摩"横冲直撞","随心所欲地伤害别人的感情",穆里尔母亲则认为他是"精神分裂症患者"(塞林格,2018d:20,36)。塞林格用这些宗教元素掩藏战争因素是为更委婉地重新见证和介入战争。在西摩充满精神生活片段和东方哲学思考的日记中,他便用服从的口吻描绘军旅生涯:

我看一个人如果血液循环正常,就不可能受得了这种非自然的军队立正姿势。尤其还要拿着铅质的来复枪举枪敬礼。① 我没有血液循环,没有脉搏。纹丝不动就是我。《星条旗永不落》的音速和我无比默契。对我而言,它的节奏是一支浪漫的华尔兹。(塞林格,2018d:61—62)

西摩逆来顺受的语气使一些研究者忽略其反讽内涵。埃尔森认为,这段话表明西摩"把对共同体的侍奉等同于奉侍神"(Alsen,1983:152)。但是,如果"没有血液循环""没有脉搏",则从根本上泯灭了"人"作为生命体的存在本质。按照克罗斯威特的说法:"战争不仅是侵略现象,它本身就是一种侵入力——破坏主体与外部环境之间的心理边界……直至最终完全消解这种边界。"(Crosthwaite,2009:115)这是因为,战争既是敌对双方的较量,在双方各自内部,它又以共同体的名义召唤个体的服从、奉献和牺牲。危局之下,人的感受和认知趋于一致,同仇敌忾、同病相怜,因此,自我与他者、个体空间与公共空间的界限趋于模糊。战时状态下的人无法逃脱沙砾般的命运,个体范畴被集体所吸纳,西摩不可能对此表示认同。他的记录实际上反击了战争带来的共同体想象,揭示和嘲弄了战争对个体的蚕食。② 尤内斯便犀利地指

---

① 原文为"Especially if you're holding a leaden rifle up at Present Arms",经朱刚教授提醒,这里译为"沉重的步枪"似乎更合理。首先,二战时 rifle 可直接称作"步枪"。其次,"leaden"英文释义有三个:(1)"dull, heavy, or slow",即"沉重的";(2)"of the color of lead",即"铅灰色的";(3)"made of lead",即"铅制的"。由于这种枪的枪管较长,如果是"铅制",则非常沉重,不太符合常理,所以很可能应当选择第一种释义。
② 塞林格本人也曾给海明威写信称:"我太喜欢军队了。要是可以离开军队,我愿意砍掉我的右手臂。"信上说"喜欢军队"是反语,实际上,由于反感军队,塞林格战后接受精神治疗时未向军方医师求助。埃尔森指出,塞林格仇恨战争和军队是因为坚信美国军方高层在斯莱普顿沙滩、圣罗和许特根森林造成了不必要的大规模人员伤亡(Alsen, 2018:97)。

出:"在《抬高房梁,木匠们》中,战争带了如此巨大的恐惧,甚至是对之最具口才的辩护也只能受到谴责。"(Jonnes,2015:97)

文学的修辞和隐喻特质可以喻指而不必如实记录创伤事件。米勒便指出,"历史是述事性(constative)的","见证是施为性(performative)的"(J. H. Miller, 2011:221)。见证可以通过比喻等委婉的表达得到展现,而不必像历史一样记录事实。东方哲学的隐喻功能和神秘感正符合塞林格隐匿见证的需要,他避免直接提到战争,却讽刺和批判了战争的暴虐。在《抓香蕉鱼最好的日子》的结尾举枪自尽的西摩通过日记重新发声,揭穿关于战争共同体的虚假投射,但西摩日记只是见证的权宜之计。见证不仅包含当下之所见,更涉及由于暂时浸淫在历史之中而滞后的创伤感受,这一感受存在于可提供见证的语词之外。当日常语言不再能够表述现实的恐怖,只有诗歌语言与创伤感受最为接近。诗歌因此构成对灾厄的有力见证,由于语言逐渐失效,作家要向读者揭示一种更为隐忍深沉的见证过程。

三、重返诗歌语言:摹拟沉默证言

在《抓香蕉鱼最好的日子》中,西摩战争期间曾寄给穆里尔一本由"本世纪最伟大的诗人"①撰写的诗集,并要求她学习德语以方便读诗。当小女孩西比尔提及伙伴的名字,西摩又道:"啊,莎朗·利普舒兹。又是这个名字。记忆与欲望的混杂。"(塞林格,2018b:15)此末句源于T. S. 艾略特的《荒原》。诗歌作为不完美的现实世界抵达精神世界的媒介,传递了救赎意志。塞林格在《抓

---

① 塞林格研究者普遍认定,这位诗人是奥地利诗人里尔克。(参见 Gwynn et al., 1960;James F. Cotter, 1989:83—98;McCort, 1997:260—278)1951年,在其罕有的一次《纽约客》访谈中,塞林格本人亦曾表达对里尔克的挚爱。

香蕉鱼最好的日子》中对里尔克和艾略特的指涉不是巧合,某种程度而言,西摩和巴蒂均认可二位诗人因战争而产生的对时代的失落感。

但是,在《西摩：小传》中,西摩的诗歌品味发生了明显改变,巴蒂介绍道:"西摩青春期的大部分时间以及整个成年期,最打动他的是中国诗歌,其次是日本诗歌,后者同样令他一往情深,这世界上其他任何诗都不曾这样打动过他。"(塞林格,2018d：111)这里不复提及西方诗歌。西摩诗歌审美趣味的改变反映出塞林格和同时代人一样省思过文明和野蛮的复杂关系,并产生与东方思维和生活方式接轨的期许。他热爱东方宗教哲学、迷恋中日诗歌;巴蒂甚至直接称其为"闪米特凯尔特血统的东方人"(塞林格,2018d：115)。这些与东方元素紧密牵连的改写和补充其实是塞林格自身创伤发酵后的结果。

不止于此,《西摩：小传》中,巴蒂反复重申西摩的诗人身份。"西摩的诗极度私密,将他本人彻底暴露,然而尽管如此,西摩写任何一首诗的时候,……他也不会留下丝毫真正有关他个人现实生活的痕迹。"(塞林格,2018d：139)西摩写诗时回避所喻之物的隐喻式书写方法,其实是着力消弭语词对见证过程的羁绊的尝试,与禅宗不立文字、寻求纯粹意识状态的"悟"的意图一致。巴蒂指出,西摩的诗"太非西方了","太充满莲花味了",西摩自己也感觉"这些诗隐隐带点儿冒犯",仿佛是在"背叛自己的家园以及家园中那些他所亲近的人们"(塞林格,2018d：117)西摩创作"非西方诗歌"的负疚感源于对西方文明具有背叛意味的否定,他既不赞同"希特勒的德国",又无法认可美国的表现。如果说"马拉梅或策兰这样的诗人写诗是为了通过证言寻找方向"(Felman and Laub, 1992：25),这一点也可用于理解西摩写诗的逻辑。他服役时所作的具有东方风格的诗歌及对其母语所代表的文明的陌生感,可看作西方文明的语言领域一再失势的旁证。这促使他转向东方哲学及诗歌文化,探寻东方思想中具有颠覆性力量的宇宙观。西摩喜爱的俳句简单朴实,《祖伊》中透露,西摩将小林一茶的诗句"哦,蜗牛,爬上富士山去吧,不过要慢慢来,慢慢来"写在门后木板上,用于时刻自勉(塞林格,2018c:170)。《西摩:小传》中提到,西摩创作的诗歌也深受中国和日本的影响,"一概朴实无华"(塞林格,2018d:122)。巴蒂也对此评论道,"中国和日本的古典诗词在其最打动人之处,往往就是简单明了的倾诉",譬如"柿子之美""螃蟹之肥""玉臂上的蚊子包之妙"(塞林格,2018d:111)。经由东方诗歌,语言回到了简约实在的生活和日常物品之中。这是因为,经历战争的人渴望日常生活,珍视其中散发着日常温情的细节,并从中获得创伤治愈的可能。

简略朴实的诗歌仅仅是沉默的前奏。《西摩:小传》中指出,诗人西摩酷爱缄默,他的每一首诗都低沉而安静,正是他所认为的"诗歌应有的安静感觉"(塞林格,2018d:120)。《抬高房梁,木匠们》中,西摩自己更是在日记里写道:"人的声音密谋要把世上的一切亵渎个遍。"(塞林格,2018d:63)斯坦纳指出,"当语言到了尽头",就会"见证一种更柔软、更深邃的难以表达的现实或语言",如果这依然无法给出精神世界"存在的外在证据",诗人就会"陷入沉默"(斯坦纳,2013:56)。换言之,诗人作为语言最后的守卫者在见证反人道主义的暴行时,也可能无力对其做出演绎。按照费尔曼和劳勃的观点,"沉默也是证言的一部分,是人所见证的历史真相的重要组成部分"(Felman and Laub,1992:62)。由于创伤超越了语言所能描绘的范畴,沉默成为更深层次的、未形成语词的证言。

对沉默的频繁关照预演了西摩必死的命运,因为死亡将确保诗人永久沉默。斯坦纳说:"完全外在于语言的东西,也是外在于生命的"(斯坦纳,2013:37)。这即是说,语言界限之外是死亡的虚空。因此,塞林格的安排绝非偶然,而西摩一开始在《抓香蕉鱼最好的日子》中死去,然后在旁人的讲述及对他过去留下的文字话语中沉默复活,甚至经由《哈普华斯十六,一九二四》回到童年去,是为了乞灵于语言尚能承荷意义时的力量,并重新作出见证。西摩无法继续进行的言说则由其遗作诗歌及巴蒂的叙述所代劳。与西摩的沉默恰恰相反,巴蒂喋喋不休,拖沓地讲述看上去毫无必要的细节。他过分地使用语言,或是为抵抗语词的失势。在《西摩:小传》中,巴蒂说:"晚安!晚安,你们这些缄默得叫我抓狂的人!"(塞林格,2018d:185)毋庸置疑,这既是对死者的述说,因为只有在死者身上可以找到完全的沉默,也是对想象中的听众的诉说,因为想象得不到回应。"缄默得叫人抓狂"则表现出幸存者面对语言的不解和沟通阻断时的悲哀,这也是幸存的见证者的悲哀。《祖伊》中,巴蒂写信告诉祖伊,西摩自杀前创作了一首古典俳句诗,并将其留在旅馆房间:"飞机上的小女孩/她把洋娃娃的头转过来/让它看着我。"(塞林格,2018c:60)诗中具有见证意味的"看"恰如其分地证实了西摩的战争创伤及其言说渴望,同时,这目光来自一具毫无生命(死寂一般)的玩偶,既说明他所得到的见证无效,也暗示着他的悲剧命运。

尽管弗伦奇等批评家认为"不应将塞林格后期作品所提供的背景材料用于对《抓香蕉鱼最好的日子》的阐释中"(French,1963:84),塞林格后期创作中对人物的修改确实表明他对人物的理解有所发展,这个发展必定建立在他个人思想变化的基础之上。

塞林格在后期作品《祖伊》《抬高房梁，木匠们》及《西摩：小传》中对小说《抓香蕉鱼最好的日子》所描绘的西摩形象的互文改写，利用日记、笔记等书写下来的杂糅文本，逐步深化了《抓香蕉鱼最好的日子》中原有的战争见证过程。塞林格通过在后期作品的文本内部同时做加法（创造显在的叙述者）和减法（遮蔽战争元素）、反思语言在见证过程中的局限，试图探索和构建显在证言、隐匿证言和沉默证言等不同创伤证言，从而对战争进行深刻的批判性省察。互文改写的策略凸显出塞林格本人在战后对战争和西方文明的反思轨迹。作为塞林格最为看重的"格拉斯家世小说"系列的主要组成，塞林格的后期作品表明，战争见证是他战后文学创作的主要动因。

结　论

在20世纪的美国文坛，塞林格毋庸置疑占据一席之地，但他珍视写作的私密性，提前终结了自己的出版生涯，磨灭了外界对他的期待。由于他战后过度沉迷于宗教，他的写作风格发生改变，作品的隐喻性和诗性特征愈发突出，丰富的宗教内涵使文本的文学性减弱，导致他的写作生涯更加不易获得公允的评价。连《麦田里的守望者》也往往因为仅被视作成长小说而难以获得更细致的解读。还有学者认为相比《麦田里的守望者》这种"严肃艺术"，《西摩：小传》是"品味不高的庸俗作品"（kitsch）(French，1963：160)，这类判断并不准确。事实上，塞林格小说具有丰富的主旨内涵，无论是他奇诡的创作风格或深隐难见的创作主旨，都与他个人的战争经历有着千丝万缕的联系，表现着因战争而起的人文关怀。"所有的证言都包含着某种自传成分"(Felman，2014：57)，塞林格见证了两次世界大战中的欧洲，亲历了第二次世界大战的战场，体悟了文化、政治、宗教、社会关系等各方面在历史洪流中的纷纭变化，其作品总会无意识地流露出关于他自身的经历和思想，正如本雅明所言："叙述者的痕迹依附在文本之中"(阿伦特，2008：92)。在塞林格短暂的发表和出版生涯中，人性始终是他关切的焦点，战争则是其中的隐性主题。这一判断既来自本书对他的作品的解读，也可以从他生平事迹中找到证据。他的女儿玛格丽特曾经写道:"我们看到、碰到、听到的几乎一切都表明他是军人。……我住在家那几年,战争阴霾恒在,战争没有真正过去。"(玛格丽特·塞林格,2005:40—41)不论是塞林格早期、中期或晚期的作品,战争和创伤因素始终是其中的重要内容。他将战后乐观境况里的绝望与期待糅合在一起,试图重拾信仰和浪漫主义的遗韵。他书写"幸存者"暨"见证者",让文字成为见证的工具。用温克的话来说:"塞林格在他所创作的每一个故事中都表现了某种消失的田园牧歌、消失的纯真、消失的过往或者消失的机会,揭示了他对生活在某种堕落的恩典中的人类的关注。他笔下的人物常常像是从一个死去的更好的世界幸存下来的人。"(Wenke,1991:32)而站在今天看待塞林格对于战争的认识,看待他探索个体应如何在复杂世界独善其身,对我们而言也具备特殊意义。

如今世界虽然整体上获得了和平,但二战的阴影犹在。借用费尔曼和劳勃的语言,二战创伤是"我们时代的分水岭","它不是一个尘封在过去的事件","而是根本尚未结束的历史","这个历史的影响不仅在我们所有的文化活动中无所不在","其创伤性的后果仍在今天的政治、历史、文化和艺术领域蓬勃发展"(Felman and Laub,1992:xiv)。20世纪后半叶,冷战背景下,世界范围内发生的大事件几乎都可以视作二战的后续效应,而21世纪的风云变幻与政治极化也与20世纪的大事件息息相关。正如尤内斯所言:"在大规模的伤亡、大屠杀、广岛和长崎的原子弹爆炸之后,创伤必定来临"(Jonnes,2015:90),对那场灾难的思考不会过时。在此情形下,证言既是对任何可能的创伤记忆的复述,更是对历史真相的主观反应。见证研究虽兴起于对犹太群体的大屠杀的讨论,但它所涉及的范围至今已经发展扩大至许多领域。因而,证言叙事不应囿于大屠杀创伤研究,而应该被置于所有创伤小说的研究之中。正如基尔比和罗兰德在《见证的未来》(The Future of Testimony，2014)一书前言中所提到的，如今，"暴力和磨难"的内容已发生改变，但它们的效果却依然如故(Kilby and Rowland，2014：1)。也就是说，时间赋予"见证"以新的历史使命及意义。怀特海德也承认"证言"的话语背景有拓展的可能性，她同时指出，"见证的观念带来了三个相互关联的问题"，即"历史或真实的指涉性和文学形式之间的关系""个人的见证能够介入文化记忆的程度""在一个给定的领域，谁有资格书写见证文学"(怀特海德，2011：34)。随着信息技术的革新、网络科技的发达、电子产品的普及，个人与世界的距离就在手指和电子屏幕的指令之间。在全球化浪潮和民族主义持续冲突的时代，战争、贫穷、不公的苦难没有停止。互联网的即时性让群体和个体的历史随时进入人们的视野。人们轻易成为历史事件或他人遭际的见证者，也更轻易地忘却这种记忆。因此，见证应当成为当今社会值得关切的话题。

然而，在见证过程中，往往无法回避记忆危机和语言问题。这两者关系十分紧密。一方面，如苏雷曼所言："记忆危机中的一个问题是自我陈述的问题：我们如何看待自己以及我们如何向他人表达自己，这与我们所讲述的过去的故事密不可分。"(Suleiman，2010：93)这里的"自我陈述的问题"就是证言的问题，即"如何说出创伤"的问题。将创伤转化为证言的过程关涉如何重新呈递和回应造成创伤的事件以及创伤本身。它涉及"记忆和证词的变迁"，包括"个人证词与历史事实的关系，记忆随着时间的流逝有所变化，自传与小说之间的关系"(Suleiman，2010：93)。换言之，正是由于记忆的种种特性，对记忆的语言表达(即证言)才值得关注。证言不仅揭示事实性的细节，更重要的是它能反映与"人"有关的真相——记忆、情感、思想，这三者是"人之所以为人"的要素。而另一方面，所谓证言的终极问题，便在于如何用语言表达记忆、情感与思想。罗兰德也认为证言研究的关键就是语言："未来的证言研究应当聚焦于证言的文学性，即书面和口头证言的表述行为。"(Rowland, 2010：114)见证与语言的关系是微妙的。见证的目的原本是"言说"，但语言却往往成为它的障碍，正如阿甘本所言："证言的价值正是在于它所欠缺的东西；它的核心包含了一些不能被见证的东西，而这一点会解除幸存者的权威。'真正的'证人，'完整的'证人，是那些不可证明且无法作证的人。他们是那些"触底"的人：是'穆斯林'①，是'溺水之人'。幸存者代替他们言说，如同代理，成为他们的假证人；他们见证的是消失的证词。"(Agamben, 1999：34)见证的核心之处必然是空无，是超越语言的沉默，这其实是见证最深刻的文化内涵。也正是基于证言与语言的奇妙关系，本书发现证言叙事是理解塞林格创作的一个契机，它既为塞林格作品中的儿童语言、人物自白以及杂糅文本提供阐释，也可以解释他中后期创作的风格变化，甚至使我们得以洞悉他的写作生涯为何最终归于沉默。

证言或许不限于无意识证言、初始证言和隐匿证言这三种由费尔曼和劳勃所归纳的证言形式，但它们与塞林格的文学创作内容最为吻合，反映了塞林格的见证书写如何处理"必须言说"与"无法言说"之间的矛盾。同时，除儿童语言、人物自白和杂糅文本之外，必然存在许多其他叙事表现形式，但塞林格仍以这三种为其作品中最主要的叙事表现形式，这既出自其个人偏好，也因为它们能最大限度地表现战争证言的内核。首先，儿童语言的"无意识"特

---

① "穆斯林"是纳粹集中营里的黑话，指代那些受尽折磨形容枯槁的"活死人"一般的犹太囚徒。这些人被纳粹分子虐待，肉体即将消失，同时也被自己的同伴所放弃，得不到他们的怜悯。

质使塞林格笔下的成年人借助于儿童的善意打开与世界沟通的窗户,获得其见证。塞林格对孩童的偏爱或许正是来自战争创伤——如赫尔曼所言,创伤者喜欢亲近儿童,与之分享自己的经历,因为创伤是他的"遗产"(Herman,1992:206);或来自塞林格自己的浪漫主义观点——如布莱恩所言,在塞林格的"体系"中,"纯真"和"世界最终的希望"都在儿童身上,因为"儿童最接近真理和智慧"(Bryan,1962:227),雅各布斯也认为"对于塞林格来说,儿童是生命的善的源泉。只有处于儿童的状态,彼此之间才有真诚坦荡的爱"(Jacobs,1959:13);或来自塞林格的宗教认识——在他所喜爱的《圣经》中,儿童地位很高,《马太福音》里,耶稣说道:"让小孩子到我这里来,不要禁止他们,因为在天国的,正是这样的人。"其次,塞林格笔下的人物自白叙述最为接近"初始证言",因为它们最大程度撇清了"现在"与"过去"的关系,将"过去"对"现在"的影响压制在叙述语言当中,反而有助于深刻见证和理解过去的事件。最后,塞林格的小说中存在非常多诸如信件、日记、笔记等"书写下来"的杂糅文本,仿佛小说人物(如格拉斯家族成员)必须通过文字才可以最深切地理解彼此,这是因为经过整理的语言既可以实现意义的表达,又能巧妙隐藏意义的表达,是隐匿证言的最佳表达。

通过写作,塞林格从读者身上寻找见证的"眼睛",因为证言叙事有助于书写者获得见证团体——读者。在这个过程中,塞林格十分喜欢制造人物的死亡。笑面人、特迪、霍尔顿的弟弟艾里、德·杜米埃-史密斯的母亲、战争中牺牲的文森特、艾斯美的父亲、沃特·格拉斯都是逝者,连霍尔顿的妹妹菲比也直言霍尔顿只喜欢死去的人,西摩的自杀更是让许多人至今无法释怀。格罗斯(Theodore L. Gross)说,"塞林格作品中更深刻、根本上更引人注意的是他对于自杀和生存的处理,他试着表现在这个世界上可以保有意义和尊严的一种生存模式",而西摩的死"不仅是一个完美之人的死,而且是诗人之死,是艺术无法在现代世界生存的后果"(Gross,1971:263)。这或许是因为越深刻的创伤越难以用语言传达,诗人和小说家会陷入沉默,死亡也是沉默的终极形式——"创伤的发言者在某种程度上更喜欢沉默,以保护自己免于被倾听和倾听自我的恐惧。虽然沉默是失败的,但它既是庇护所,也是束缚人的地方。沉默对他们来说是命中注定的流亡,同时也是家、目的地和有约束力的誓言。沉默则是规则而不是例外。"(Felman and Laub,1992:58)这大概是塞林格最终沉寂的原因——如尤内斯所说,塞林格的沉默是"'一个绝对诚实的人'在面对可怕的恐怖和大规模苦难的时候的沉默","他强加给自己的沉默……恰恰说明了它所无法言说的事"(Jonnes,2015:97)。

由于语言和证言的关系,证言赋予了小说家崇高的使命,如莫言所说:"小说家并不负责再现历史也不可能再现历史,所谓的历史事件只不过是小说家把历史寓言化和预言化的材料。历史学家是根据历史事件来思想,小说家是用思想来选择和改造事件,如果没有这样的历史事件,他就会虚构出这样的历史事件。"(莫言,2010:187)小说家如何归纳记忆、整理创伤并书写证言,均反映在其作品中。对于真正经历过重大历史事件和创伤的小说家而言,写作和见证的愿望往往更为急迫。尤内斯已经指出:"冷战是塑形20世纪后半叶的美国文化与文学的核心事件"(Jonnes,2015:xi)。二战结束后,美国社会既焕发出勃勃生机,又暗中涌动着紧张的叛逆、矛盾和危险。或许是在这种氛围的孕育之下,从米勒的《推销员之死》(*Death of a Salesman*,1949),埃里森的《隐形人》(*The Invisible Man*,1952),贝娄的《奥基·马奇历险记》(*The*

Adventures of Augie March，1953），金斯堡的《嚎》(Howl，1956)，凯鲁亚克的《在路上》(On the Road，1957)，凯西的《飞越疯人院》(One Flew Over the Cuckoo's Nest，1962)，到莫里森的《所罗门之歌》(Song of Solomon，1979)和德里罗的《白噪音》(White Noise，1985)等，20世纪后半叶的美国文学作品"经常讴歌离经叛道的局外人"，"他们或软弱或叛逆"，"结局或悲惨或胜利"(Hungerford，2017：8—9)。然而，追根溯源，塞林格是他们之中的先锋("还深刻影响了菲利普·罗斯、约翰·厄普代克及哈罗德·布洛基等后继作家"，McGrath，2010)。凡提及50年代放荡不羁的文学人物，人们首先联想到《麦田里的守望者》中的霍尔顿，对该角色的褒贬之词也早已滥觞。但是，其实霍尔顿并非塞林格最早构思的"局外人"。塞林格早在40年代便率先创造出乔·瓦里奥尼、雷蒙德·福特、西摩·格拉斯等一系列与社会格格不入的人物角色。如果说20世纪后半叶美国文学中的"局外人"是历史必然的产物，塞林格比大多数人更早体察到时局带给个体的冲击，体察到这种"必然"。不同于大部分其他文学作品中的"局外人"，塞林格笔下的"叛逆者"不在乎世俗意义上的失败或胜利，他们始终与自我抗争，直面人性的美与恶，寻找内心的安宁。

  对战争的态度也使塞林格与众不同。他参战后不久便立即反感战争，此后也终生(包括在写作中)对之保持警惕。尽管他战时曾与海明威过从甚密，并敬仰后者的文学成就，但"他的信件表明他对海明威[热衷战争的]男子气概的姿态颇不耐烦"，正如"他笔下的战争人物都反感战争"(I. Hamilton，1988：86)。传记作家汉密尔顿还揭示道，"没人相信塞林格对战争的忠诚"，他不喜欢战事，"曾表示希望退出部队"，"他愿委身奉献的事业唯有写作"

(I. Hamilton，1988：86)。此外，塞林格自战时便一直试图通过文学创作对战争进行见证和反省，不同于契弗等人对战后光鲜亮丽的社会生活的倾情描绘，他讽刺战后美国文化对战争的神化和美化。战后，"Beat"一词原本表示"堕落而不入流的"和"贫穷而疲惫的"(Weinreich，2004：74)，"垮掉的一代"(The Beat Generation)则指二战后精神上流离失所的年轻人，格拉斯家庭成员就是他们当中的先行者，而《抓香蕉鱼最好的日子》中西摩给妻子穆里尔取名"一九四八年精神流浪小姐"的举动无疑也富于深意，因为塞林格的"格拉斯家世小说"始终旨在临摹西摩这位在精神上处于绝境的人物为生者(幸存者)留下的精神财富。

　　战后文学书写既书写历史，又书写创伤。历史的真实通过创伤书写和证言叙事进入文学，塞林格的写作就是对战争的隐秘回应和见证。他经由写作介入创伤，历史的真实便是在此过程中以隐喻的形式进入文学。文学见证历史的方式只能是通过语言，它借助于语言反映出历史所强加于个人的感受。"见证"在文学中意味着用文学化的语言书写历史，既希望忠实地表达，又竭力使证言更有分量。在此过程中，事实细节不一定准确，但人类的情感不分时空地彼此相通。语言及其形式则是见证过程中不可或缺的环节，证言依赖于语言，没有语言就只能沉默。尽管沉默既是最痛苦也或许是最有效的减轻负担的方式，它却可能意味着遗忘，只有书写负担了对人类的见证责任。因此可以说，文学的各种形式都不影响它反映和见证历史，个人的见证始终有权介入文化记忆，任何人都有资格书写见证文学，在其中回应或重构历史。诚如弗伦奇所言："塞林格在小说中关心的是人类困境所造成的后果而不是造成这些困境的原因"(French，1963：41)，塞林格的小说不仅反映个体在宏大战争历史背景下的处境，最终关怀的还有个体如何在一个不由他所把控的社会中掌控命运并保持对"善"的感知和追求。他身体力行的写作由此逐步发展成为精神之旅,对生命哲理性的思考始终贯穿在他的小说之中。

参考文献

英文文献：

Adorno, Theodor, "Late Style in Beethoven." in Richard Leppert (ed.), *Essays on Music*. trans. by Susan H., Gillespie. Berkeley, Los Angeles, and London: University of California Press, 1993. 564—568.

Agamben, Giorgio, *Nudities*. California: Stanford University Press, 2011.

——. *Remnants of Auschwitz: The Witness and the Archive*. New York: Zone Books, 1999.

Aldridge, John W., *In Search of Heresy: American Literature in an Age of Conformity*. Westport: Greenwood Press, 1956.

Alexander, Jeffery C., *The Meaning of Social Life: A Cultural Sociology*. Oxford: Oxford University Press, 2003.

Allen, Graham, *Intertexuality: The New Critical Idiom*. New York: Routledge, 2011.

Alsen, Eberhard, *A Reader's Guide to J. D. Salinger*. Westport: Greenwood Press, 2002.

——. *Salinger and the Nazis*. Madison: University of Wisconsin

Press, 2018.

——. *The Glass Stories as a Composite Novel*. New York: The Whitston Publishing Company, 1983.

Amir, Dana, "From the Position of the Victim to the Position of the Witness." *Journal of Literature and Trauma Studies* 3 (2014): 43—62.

Bakhtin, M. M. and V. N. Volosinov, *Marxism and the Philosophy of Language*. trans. by L. Matejka and I. R. Titunik. Cambridge MA and London: Harvard University Press, 1986.

Bakhtin, M. M., *Problems of Dostoevsky's Poetics*. trans. and ed. by C. Emerson. Minneapolis MN: University of Minnesota Press, 1984.

——. *The Dialogic Imagination: Four Essays*. trans. by C. Emerson and M. Holquist. ed. by M. Holquist. Austin TX: University of Texas Press, 1981.

Bal, Mieke, *Narratology: Introduction to the Theory of Narrative*. trans. by Christine van Boheemen. Toronto: University of Toronto Press, 2017.

Ballengee, Jennifer, "Witnessing Video Testimony: An Interview with Geoffrey Hartman." *The Yale Journal of Criticism* 14 (2001): 217—232.

Barthes, Roland, *Image, Music, Text*. trans. by Stephen Heath. London: Fontana, 1977.

Bawer, Bruce, "Salinger's Arrested Development." *New Criterion* 5 (September 1986): 34—47.

Benjamin, Walter, "The Storyteller: Reflections on the Works of Nikolai Leskov." in Hannah Arendt (ed.), *Illuminations*. trans. by Harry Zohn. New York: Schocken Books, 1969. 83—109.

Bergonzi, Bernard, *Wartime and Aftermath: English Literature and its Background 1939—1960*. Oxford: Oxford University Press, 1993.

Bhabha, Homi, *The Location of Culture*. New York: Routledge, 2004.

Bloom, Harold, *Bloom's Modern Critical Interpretations: J. D. Salinger's The Catcher in the Rye*. New York: Infobase Publishing, 2009.

——. *Bloom's Modern Critical Interpretations: J. D. Salinger's Short Stories*. ed. by Harold Bloom. New York: Infobase Publishing, 2011.

——. *Bloom's Modern Critical Views: J. D. Salinger*. ed. by Harold Bloom. New York: Infobase Publishing, 2008.

——. *How to Write about J. D. Salinger*. Broomall: Chelsea House Publishers, 2007.

Blotner, Joseph L., "Salinger Now: An Appraisal." *Wisconsin Studies in Contemporary Literature* Vol. 4, No. 1, Special Number: Salinger (Winter, 1963): 100—108.

Booth, C. Wayne, "Censorship and the Value of Fiction." *The English Journal* 53 (1964): 155—164.

——. "Why Ethical Criticism Can Never Be Simple." in Todd F. Davis and Kenneth Womack (eds.), *Mapping the Ethical*

Turn. Virginia: The University Press of Virginia, 2001. 16—29.

——. *The Company We Keep*. California: University of California Press, 1988.

Bostwick, Sally, "Reality, Compassion, and Mysticism in the World of J. D. Salinger," *Midwest Review*, 5 (Summer 1963): 30—43.

Branch, Edgar, "Mark Twain and J. D. Salinger: A Study in Literary Continuity." *American Quarterly* 9 (Summer 1957): 144—158.

Bryan, James E., "Salinger's Seymour's Suicide." *College English* Vol. 24, No. 3 (December, 1962): 226—229.

Canetti, Elias, *Kafka's Other Trial*. New York: Schocken Books, 1974.

Caruth, Cathy, (ed.), *Trauma: Explorations in Memory*. Baltimore: The Johns Hopkins University Press, 1995.

——. "An Interview with Geoffrey Hartman." *Studies in Romanticism* 35 (1996a): 630—652.

——. *Unclaimed Experience: Trauma, Narrative and History*. Baltimore: Johns Hopkins University Press, 1996b.

Conley, M. Thomas, "Booth's Company and the Rhetoric We Keep." *Retorica* 8 (1990): 161—174.

Connell, R. W., *The Men and the Boys*. Berkeley: University of California Press, 2000.

Corbett, Edward P. J., "Raise High the Barriers, Censors," *America* CIV (January 17, 1961): 441—443.

Cotter, James F., "A Source for Seymour's Suicide: Rilke's Voices and Salinger's Nine Stories", in *Papers on Language and Literature*, 25 (1989): 83—98.

Crosthwaite, Paul, *Trauma, Postmodernism, and the Aftermath of World War II*. Basingstoke: Palgrave Macmillan, 2009.

Davison, Richard A., "Salinger Criticism and 'The Laughing Man': A Case of Arrested Development." in Harold Bloom (ed.), *Bloom's Modern Critical Interpretations: J. D. Salinger's Short Stories*. New York: Infobase Publishing, 2011. 53—68.

Deák, István, "Memories of Hell." *New York Review of Books* 44/11 (26 June 1997): 38—43.

Derrida, Jacque, *Sovereignties in Question: The Poetics of Paul Celan*. eds. by Thomas Dutoit And Outi Pasanen. New York: Fordham University Press, 2005.

Felman, Shoshana and Dori Laub, *Testimony: Crisis of Witnessing in Literature, Psychoanalysis, and History*. New York: Routledge, 1992.

Felman, Shoshana, "Education and Crisis, or the Vicissitudes of Teaching." in Cathy Caruth (ed.), *Trauma: Explorations in Memory*. Maryland: The John Hopkins University Press, 1995: 13—60.

——. *The Claims of Literature, A Shoshana Felman Reader*. eds. by Emily Sun, Eyal Peretz, and Ulrich Baer. New York: Fordham University Press, 2007. 295—347.

——. *The Future of Testimony: Interdisciplinary Perspectives* on Witnessing. eds. by Kilby, Jane and Antony Rowland. New York: Routledge, 2014. 48—68.

Fiene, Donald M., "J. D. Salinger: A Bibliography." *Wisconsin Studies in Contemporary Literature* Vol. 4, No. 1, Special Number: Salinger (Winter, 1963): 109—149.

Filene, Peter, *Him /Her /Self: Gender Identities in Modern America*. Baltimore: Johns Hopkins University Press, 1998.

Foley, Martha (ed.), *Best American Short Stories of 1950*. Boston: Houghton Mifflin Co., 1950.

Foster, Jonathan K., *Memory: A Very Short Introduction*. Oxford: Oxford University Press. 2009.

Freinkel, L. "Catachresis." in Ronald Greene (ed.), *The Princeton Encyclopedia of Poetry and Poetics*, 4th edition. Princeton: Princeton University Press, 2012. 209—211.

French, Warren. "The Age of Salinger." in Warren French (ed.), *The Fifties: Fiction, Poetry, Drama*. Florida: Everett/ Edwards, 1970. 1—39.

——. *J. D. Salinger*. Boston: Twayne, 1963.

——. *Moses and Monotheism*. trans. by Katherine Jones. Bloomsbury: The Hogarth Press and the Institute of Psychoanalysis, 1939.

Galloway, David D., *The Absurd Hero in American Fiction*, Austin & London: University of Texas Press, 1974.

Genthe, Charles V., "Six, Sex, Sick: Seymour, Some Comments." *Twentieth Century Literature*, Vol. 10, No. 4 (Jan., 1965): 170—171.

Graham, Sarah, *J. D. Salinger's the Catcher in the Rye*. London: Routledge, 2007.

Granofsky, Roland, *The Trauma Novel: ontemporary Symbolic Depictions of Collective Disaster*. New York: Peter Lang, 1995.

Green, Martin, "Amis and Salinger: The Latitude of Private Conscience." *Chicago Review* Vol.11, No.4 (Winter 1958): 20—25.

Gross, Theodore L., *The Heroic Ideal in American Literature*. New York: Free Press, 1971.

Grunwald, Henry Anatole (ed.), *Salinger: A Critical and Personal Portrait*, New York: Harper & Bros, 1962.

Gwynn, Frederick L. and Joseph L. Blotner, *The Fiction of J. D. Salinger*. Whitfield: Neville Spearman Ltd., 1960.

Hamilton, Ian, *In Search of J. D. Salinger*. New York: Random House, 1988.

Hamilton, Kenneth, *J. D. Salinger: A Critical Essay*. Grand Rapids: Eerdmans, 1967.

Hartman, Geoffrey H., "On Traumatic Knowledge and Literary Studies." *New Literary History* 26 (1995): 537—563.

Hassan, Ihab, *Radical Innocence*. Princeton: Princeton University Press, 1961.

Heiserman, Arthur and James E. Miller, Jr., "J. D. Salinger: Some Crazy Cliff." *Western Humanities Review* 10 (Spring 1956): 129—137.

Hendin, Josephine G., "Introducing American Literature and

Culture in the Postwar Years." in Josephine G. Hendin (ed.), *A Concise Companion to Postwar American Literature and Culture*. Malden: Blackwell Publishing Ltd., 2004. 1—19.

Herman, Judith, *Trauma and Recovery*. New York: BasicBooks, 1992.

Hermann, John, "J. D. Salinger: Hello, Hello, Hello," *College English* 22(1961): 262—264.

Howell, John M., "Salinger in The Waste Land." in Joel Salzburg (ed.), *Critical Essays on Salinger's The Catcher in The Rye*. Boston: G. K. Hall, 1990. 85—142.

Hucheon, Linda, *The Politics of Postmodernism*. London: Routledge, 1989.

Hungerford, Amy (ed.), *The Norton Anthology of American Literature: American Literature since 1945*. Ninth Edition. New York: W.W. Norton & Company, 2017.

Huyssen, Andreas, *Present Pasts: Urban Palimpsests and the Politics of Memory*. Stanford: Stanford University Press, 2003.

Jacobs, Robert, "J. D. Salinger's *The Catcher in the Rye*: Holden's 'Goddam Autobiography.'" *Iowa English Yearbook*, 1959. 9—14.

Jahn, Manfred, "Focalization." in David Herman (ed.), *The Cambridge Companion to Narrative*. Cambridge: Cambridge University Press, 2007: 94—108.

——. "More Aspects of Focalization: Refinements and

Applications." in John Pier (ed.), *GRAAT: Revue des Groupes de Recherches Anglo-Américaines de L'Université François Rabelais de Tours*. 1999: 85—110.

Jameson, Fredric, *The Political Unconscious: Narrative as a Socially Symbolic Act*. Ithaca, NY: Cornell University Press, 1981.

Johnson, Barbara, "My Monster / Myself." *The Barbara Johnson Reader*. Eds. Melissa Feuerstein et al. Durham: Duke University Press, 2014. 179—190.

Jonnes, Denis, *Cold War American Literature and the Rise of Youth Culture: Children of Empire*. New York: Routledge, 2015.

Kakutani, Michiko, "From Salinger, A New Dash of Mystery." *New York Times*, February 20, 1997, Section C.

Kaplan, Charles, "Holden and Huck: The Odysseys of Youth." *College English* 18 (November, 1956): 76—80.

Karl, Frederick R., "The Fifties and After: An Ambiguous Culture." in Josephine G. Hendin (ed.), *A Concise Companion to Postwar American Literature and Culture*. Malden: Blackwell Publishing Ltd., 2004. 20—71.

Kazin, Alfred, "The Alone Generation: A Comment on the Fiction of the Fifties." *Harper's*. special supplement October, 1959. https://harpers.org/archive/2014/12/the-alone-generation-2.

Kilby, Jane and Antony Rowland (eds.), *The Future of Testimony: Interdisciplinary Perspectives on Witnessing*. New York: Routledge, 2014.

Lane, Gary, "Seymour's Suicide Again: A New Reading of J.D. Salinger's 'A Perfect Day for Bananafish.'" in Harold Bloom (ed.), *Bloom's Modern Critical Interpretations: J. D. Salinger's Short Stories*. New York: Infobase Publishing, 2011. 21—28.

Langer, Lawrence, *Holocaust Testimonies: The Ruins of Memory*. New Haven, CT and London: Yale University Press, 1991.

Laser, Marvin and Norman Fruman, "Not Suitable for Temple City." in Marvin Laser and Norman Fruman (eds.), *Studies in J. D. Salinger: Reviews, Essays, and Critiques of The Catcher in the Rye and Other Fiction*. New York: Odyssey Press, 1963. 124—129.

Laub, Dori, "A Record That Has Yet to Be Made: An Interview with Dori Laub." in Cathy Caruth (ed.), *Listening to Trauma*. Maryland: John Hopkins University Press, 2014. 47—78.

——. "Truth and Testimony: The Process and the Struggle." in Cathy Caruth (ed.), *Trauma: Explorations in Memory*. Baltimore: The Johns Hopkins University Press, 1995. 61—75.

Levinas, Emmanuel, *Totality and Infinity*. The Hague: Martinus Nijhoff Publishers bv, 1979.

Levine, Paul, "J. D. Salinger: The Development of the Misfit Hero." *Twentieth Century Literature* Vol. 4, No. 3 (October, 1958): 92—99.

Leys, Ruth, "Traumatic Cures: Shell Shock, Janet, and the Question of Memory." *Critical Inquiry* 20 (Summer 1994): 623—662.

Lodge, David, "The Pre-Postmodernist," January 29, 2010. https://www.nytimes.com/2010/01/30/opinion/30lodge.html? mtrref=www.bing.com&gwh=8857BB13C452A9FC720D9EC84CF80142&gwt=pay&assetType=REGIWALL.

Lundquist, James, *J. D. Salinger*. New York: Frederick Ungar, 1979.

MacLean, Hugh, "Conservatism in Modern American Fiction." *College English* XV (March, 1954): 315—325.

Maechler, Stefan. *The Wilkormirski Affair: A Study in Biographical Truth*. Trans. John E. Woods. London: Picador, 2001.

Malcolm, Janet, "Justice to J. D. Salinger," June 21, 2001. https://www.nybooks.com/articles/2001/06/21/justice-jd-salinger/.

Maynard, Joyce, *At Home in the World: A Memoir*. New York: Picador, 1998.

Mazzaro, Jerome L., "Review: People in Glass Houses." *The North American Review* Vol. 249, No. 1 (March, 1964): 84—86.

McCort, Dennis, "Hyakujo's Geese, Amban's Doughnuts and Rilke's Carrousel: Sources East and West for Salinger's Catcher." *Comparative Literature Studies* 34 (1997): 260—278.

McGrath, Charles, "J. D. Salinger, Literary Recluse, Dies at 91," January 28, 2010. https://www.nytimes.com/2010/01/29/books/29salinger.html.

McQuillan, Martin, *The Narrative Reader*. London: Routledge, 2000.

Medovoi, Leerom, "Democracy, Capitalism, and American Literature: The Cold War Construction of J. D. Salinger's Paperback Hero." in Joel Foreman (ed.), *The Other Fifties: Interrogating Midcentury American Icons*. Urbana: University of Illinois Press, 1997. 255—287.

Miller, J. H., *The Conflagration of Community: Fiction Before and After Auschwitz*. Chicago: The University of Chicago Press, 2011.

Miller, James E. Jr., "'Catcher' in and out of History." *Critical Inquiry* Vol. 3, No. 3 (Spring, 1977): 599—603.

——. *J. D. Salinger*. Minneapolis: U of Minnesota Pamphlet Series, 1965.

Mintz, Steven, *Huck's Raft: A History of American Childhood*. Cambridge, Massachusetts, and London, England: The Belknap Press of Harvard University Press, 2004.

Mitschke, Samantha, "*Bent* and the Staging of the Queer Holocaust Experience." in David Dean et al., (eds.), *History, Memory, Performance*. London: Palgrave Macmillan, 2015.

Mizener, Arthur, "The Love Song of J. D. Salinger." *Harper's Monthly* 218 (February 1959): 83—90.

Nadel, Alan, *Containment Culture: American Narratives, Postmodernism, and the Atomic Age*. Durham: Duke University Press, 1995.

Nancy, Jean-Luc. *The Ground of the Image*. New York: Fordham University. 2005.

O'Connor, Dennis L., "J. D. Salinger: Writing as Religion." *The Wilson Quarterly* 2 (1980): 182—190.

Ohmann, Carol and Richard Ohmann, "Reviewers, Critics, and *The Catcher in the Rye*." *Critical Inquiry* Vol. 3, No. 1. (Autumn 1976): 15—37.

——. "Universals and the Historically Particular." *Critical Inquiry* Vol. 3, No. 4. (Summer 1977): 773—777.

Ooms, Julie, "'Some Quick, However Slight, Therapy': Neighborliness and Rebuilding Community after War in J. D. Salinger's War Stories." *Christian Scholar's Review* 46 (2016): 43—64.

Phelan, James, "Estranging Unreliability, Bonding Unreliability, and the Ethics of Lolita." *Narrative* 15 (2007): 222—238.

Posnock, Ross, "The Salinger Riddle." *Public Books* November 1, 2014. https://academiccommons.columbia.edu/doi/10.7916/D8TH8MWS.

Prescott, Orville, "Books of The Times." January 28, 1963. http://movies2.nytimes.com/books/98/09/13/specials/salinger-raise.html.

Purcell, William F., "World War II and the Early Fiction of J.D. Salinger." *Studies in American Literature* 28 (1991):

77—93.

Richardson, Michael, "'Every Moment Is Two Moments': Witnessing and the Poetics of Trauma in *Fugitive Pieces*, by Anne Michaels." *Journal of Literature and Trauma Studies* Volume 3, Number 1 (Spring 2014): 81—99.

Ricoeur, Paul, *Memory, History, Forgetting*. Trans. Kathleen Blamey and David Pellauer. Chicago: The University of Chicago Press, 2004.

Rowland, Antony, "The Future of Testimony: Introduction." in Richard Crownshaw, Jane Kilby, and Antony Rowland. (eds.), *The Future of Memory*. Oxford: Berghahn Books, 2010. 113—121.

Said, W. Edward, *The World, the Text, and the Critic*. Massachusetts: Harvard University Press, 1983.

Salinger, J. D., "A Boy in France." *The Saturday Evening Post* March 31, 1945a, Philadelphia: Curtis Publishing.

——. "Jerome David Salinger Early Stories (1940—1948)." http://ae-lib.org.ua/texts/salinger__early_stories__en.htm#20.

——. "Last Day of the Last Furlough." *Saturday Evening Post* CCXVII (July 15, 1944b): 26—27, 61—62, 64.

——. "Soft-boiled Sergeant." *Saturday Evening Post* CCXVI (April 15, 1944a): 18, 82, 84—85.

——. *Franny and Zooey*. New York: Little, Brown and Company, 1961.

——. *Nine Stories*, New York: Little, Brown and Company,

1953.

——. *Raise High the Roofbeam, Carpenters and Seymour: An Introduction*. New York: Little, Brown and Company, 1963.

——. *The Catcher in the Rye*. New York: Little, Brown and Company, 1951.

——. "A Girl I Knew." *Good Housekeeping*. Vol 126. No. 2 (February 1948), New York: Hearst Magazines, 1948.

——. "The Stranger." *Collier's Weekly*. New York: Crowell-Collier Publishing Company, December 1, 1945b.

Salzman, Jack (ed.), *New Essays on The Catcher in the Rye*. Cambridge: Cambridge University Press, 1991.

Scarry, Elaine, *The Body in Pain: The Making and Unmaking of the World*. New York: Oxford University Press, 1985.

Shields, David and Shane Salerno, *Salinger*. New York: Simon & Schuster, 2013.

Slawenski, Kenneth, *J. D. Salinger: A Life*. New York: Random House, 2010.

Smith, Dominic, "Salinger's Nine Stories: Fifty Years Later." *The Antioch Review* Vol. 61, No. 4 (Autumn, 2003): 639—649.

Sontag, Susan, *Regarding the Pain of Others*. New York: Picador, 2003.

Steiner, George, "The Salinger Industry." *The Nation* (November 14, 1959): 360—363.

Steinle, Pamela Hunt, *In Cold Fear: The Catcher in the Rye*

Censorship and Postwar American Character. Columbus, Ohio: Ohio State University Press, 2000.

Stone, Edward, *A Certain Morbidness: A View of American Literature*. Carbondale: Southern Illinois University Press, 1969.

Strauch, Carl F., "Kings in the Back Row: Meaning through Structure." *Wisconsin Studies in Contemporary Literature* Vol. 2, No. 1 (1961): 5—30.

Sublette, Jack R., *J. D. Salinger: An Annotated Bibliography, 1938—1981*. New York: Garland, 1984.

Suleiman, Susan R., "The Edge of Memory: Literary Innovation and Childhood Trauma." in Richard Crownshaw, Jane Kilby, and Antony Rowland (eds.), *The Future of Memory*. Oxford: Berghahn Books, 2010. 93—109.

Suzuki, D. T., *Zen Buddhism: Selected Writings of D. T. Suzuki*. ed. by William Barrett. New York: Doubleday Anchor Books, 1956.

——. *Zen Koan as a Means of Attaining Enlightenment*. Boston • Rutland, Vermon • Tokyo: Charles E. Tuttle Co., Inc., 1994.

Tierce, Mike, " Salinger's ' For Esmé—with Love and Squalor'," *Explicator*, 3(1984 Spring): 56—57.

Updike, John. "Anxious Days for the Glass Family." *New York Times Book Review* 17 September 1961, rpt. in *Salinger: A Critical and Personal Portrait*. Ed. Henry Anatole Grunwald. New York: Harper & Row, 1962. 53—55. https: //archive.

nytimes.com/www.nytimes.com/books/98/09/13/specials/salinger-franny01.html.

Van der Hart, Onno, "The Haunted Self: An Interview with Onno van der Hart." in Cathy Caruth(ed.), *Listening to Trauma*. Maryland: The Johns Hopkins University Press, 2014. 179—211.

Van der Kolk, Bessel A. and Onno van der Hart, "The Intrusive Past: The Flexibility of Memory and the Engraving of Trauma." in Cathy Caruth (ed.), *Trauma: Exploration in Memory*. Baltimore: The Johns Hopkins University Press, 1995. 158—182.

Weinreich, Regina, "The Beat Generation Is Now about Everything." in Josephine G. Hendin (ed.), *A Concise Companion to Postwar American Literature and Culture*. Malden: Blackwell Publishing Ltd., 2004. 72—94.

Welty, Eudora, "Threads of Innocence; Nine Stories. By J. D. Salinger." *New York Times*. April 5, 1953.

Wenke, John, "Sergeant X, Esmé, and the Meaning of Words." *Studies in Short Fiction* 18.3 (1981): 251—259.

——. *J. D. Salinger: A Study of the Short Fiction*. Boston: Twayne Publishers, 1991.

Wiegand, William, "J. D. Salinger: Seventy—Eight Bananas." *Chicago Review* 11.4 (1958): 3—19.

Wiesel, Elie, "For Some Measure of Humanity." *Sh'ma, A Journal of Jewish Responsibility* 5 (1975): 314—315.

Xie Youguang, "Trauma Theory Today: An Interview with

Cathy Caruth."《外国文学研究》2016 年第 2 期,第 1—6 页。

Young, James E, *Writing and Rewriting the Holocaust: Narrative and the Consequences of Interpretation*. Bloomington：Indiana University Press, 1988.

中文文献：

J. D. 塞林格：《弗兰妮与祖伊》,丁骏译,译林出版社 2018 年版(c)。

J. D. 塞林格：《九故事》,丁骏译,译林出版社 2018 年版(b)。

J. D. 塞林格：《麦田里的守望者》,丁骏译,译林出版社 2018 年版(a)。

J. D. 塞林格：《抬高房梁,木匠们；西摩：小传》,丁骏译,译林出版社 2018 年版(d)。

M. M. 巴赫金：《陀思妥耶夫斯基诗学问题》,白春仁、顾亚铃译,河北教育出版社 1998 年版。

爱德华·赛义德：《东方学》,王宇根译,生活·读书·新知三联书店 1999 年版。

爱德华·赛义德：《论晚期风格：反常合道的音乐与文学》,彭淮栋译,麦田出版社 2010 年版。

爱德华·赛义德：《文化与帝国主义》,李琨译,生活·读书·新知三联书店 2004 年版。

安妮·怀特海德：《创伤小说》,李敏译,河南大学出版社 2011 年版。

保罗·艾特伍德：《美国战争史：战争如何塑造美国(1775—2010)》,张敏、黄玲、冷雪峰译,新华出版社 2013 年版。

保罗·利科：《记忆,历史,遗忘》,李彦岑、陈颖译,华东师范大学出版社2017年版。

保罗·亚历山大:《塞林格传》,孙仲旭译,译林出版社2001年版。

彼得·利德尔:《最长的一天:我见证了诺曼底登陆》,王国平、潘金凤译,世界图书出版公司北京公司2013年版。

陈鼓应:《庄子今译今注》,中华书局2016年版。

达尼埃尔-亨利·巴柔:《形象》,孟华主编:《比较文学形象学》,北京大学出版社2001年版,第153—184页。

丁骏:《"信"与"雅"的调和——语法结构偏离在文学翻译中的意义》,载《复旦外国语言文学论丛》2016年春季号,第97—102页。

菲利普·莫里森等著,吴山编:《战争与回忆:二战亲历者口述实录》,新世界出版社2015年版。

弗吉尼亚·伍尔夫:《达洛维夫人》,王家湘译,译林出版社2001年版。

公案《死猫儿头》,责编:小七,禅文化网,2014年5月19日,http://www.cwhweb.com/news.php? id=3250。

龚缨晏:《鸦片的传播与对华鸦片贸易》,东方出版社1999年版。

韩德:《一种特殊关系的形成:1914年前的美国与中国》,项立岭、林勇军译,复旦大学出版社1993年版。

汉娜·阿伦特:《启迪:本雅明文选》,张旭东、王斑译,生活·读书·新知三联书店2008年版。

慧能:《坛经校注》,郭朋校释,中华书局2012年版。

寇旭华:《从个体与异化社会的二元对立到超越对立》,博士论文,吉林大学,2012年。

理查德·奥弗里:《二战图文史:战争历程完整实录》,朱鸿飞译,金城出版社2015年版。

铃木大拙:《禅与生活》,刘大悲译,上海三联书店 2013 年版。

吕芳芳:《复调小说内涵与特征》,载《吉林广播电视大学学报》2015 年第 3 期,第 153—154 页。

玛格丽特·塞林格:《梦幻守望者:我的父亲——塞林格》,潘小松、刘晓洁译,北京十月文艺出版社 2005 年版。

玛丽-劳勒·莱恩:《电脑时代的叙事学:计算机、隐喻和叙事》,载戴维·赫尔曼主编:《新叙事学》,马海良译,北京大学出版社 2002 年版。

孟湘:《塞林格的"生命超越"与"中国的禅"》,载《山西师大学报(社会科学版)》2010 年第 4 期,第 25—29 页。

莫言:《我的〈丰乳肥臀〉——在哥伦比亚大学的演讲》,载莫言:《我的高密》,中国青年出版社 2010 年版,第 180—187 页。

牟利锋:《鲁迅杂文的"晚期风格"》,载《鲁迅研究月刊》2013 年第 3 期,第 53—61 页。

乔纳森·休斯、路易斯·凯恩:《美国经济史》,邸晓燕等译,北京大学出版社 2011 年版。

乔治·斯坦纳:《语言与沉默:论语言、文学与非人道》,李小均译,上海人民出版社 2013 年版。

切斯瓦夫·米沃什:《诗的见证》,黄灿然译,广西师范大学出版社 2011 年版。

热拉尔·热奈特:《叙事话语 新叙事话语》,王文融译,中国社会科学出版社 1990 年版。

申丹:《叙事、文体与潜文本——重读英美经典短篇小说》,北京大学出版社 2009 年版。

斯蒂芬·E.阿姆布鲁斯:《诺曼底 1944》,云晓丽译,海南出版社 2015 年版。

韦恩·布斯：《小说修辞学》，华明、胡晓苏、周宪译，北京大学出版社1987年版。

韦恩·布斯：《修辞的复兴》，穆雷等译，译林出版社2009年版。

希利斯·米勒：《文学死了吗》，秦立彦译，广西师范大学出版社2007年版。

亚里士多德：《尼各马可伦理学》，廖申白译注，商务印书馆2003年版。

亚里士多德：《诗学》，陈中梅译注，商务印书馆1996年版。

杨春时、简圣宇：《巴赫金：复调小说的主体间性世界》，载《东南学术》2011年第2期，第177—182页。

杨琳琳：《神话与宗教：塞林格笔下"少年智者"的自我追寻》，硕士论文，华东师范大学，2014年。

姚仪敏：《盛唐诗与禅》，佛光山文教基金会2004年版。

钟玲：《中国禅与美国文学》，首都师范大学出版社2009年版。

资中筠：《美国对华政策的缘起和发展（1945—1950）》，重庆出版社1987年版。

后　记

在 20 世纪美国作家中,塞林格未必是最重要的那一位,但他对当代小说的贡献无疑是卓著的。早些时候,他勉力在美国主流刊物上发表短篇小说,然后参军,从战场上带回后来风靡世界的《麦田里的守望者》。随后,《九故事》继续迎来读者的热爱,直到他过度自我封闭的隐居志向和后现代主义风格日渐过甚的《弗兰妮与祖伊》、《抬高房梁,木匠们;西摩:小传》以及《哈普华兹十六,一九二四》挫伤了一部分读者的信心。即使将他见刊和出版的全部作品加起来,体量也不能算大——当然,不发表并不意味着停止写作,他的儿子马特·塞林格告诉我,父亲未出版的笔记和文稿浩如烟海,要勤恳地整理完成,大约还须好几年——但他仍然凭借这些作品成功地(但应是无意识地)引领了美国 60 年代的反文化运动与垮掉派文学,对后现代主义风格,乃至对当代阅读和写作均产生深远的影响。

要读懂塞林格,当然必须读懂《麦田里的守望者》,为此,又必须首先放下《麦田里的守望者》。这部塞林格唯一的长篇小说固然精彩,其谋篇布局和叙事方式仍然较为传统,中规中矩,塞林格更耐人寻味的作品始终是他的中短篇故事。在他短暂的"新手期",他已经写过一些非常漂亮的小说,例如《破碎故事之心》("The Heart of a Broken Story," 1941)、《瓦里奥尼兄弟》("The Varioni

Brothers",1943),以及近年来有违其意愿披露的《宝拉》("Paula",1941)和《保龄球海洋》("The Ocean Full of Bowling Balls",1945)等。后来有了《九故事》中的那些令人感动、困惑、痛苦的作品:晦涩、混沌,甚至杂乱,却又于平地处见惊雷。梳理他的全部作品可以看见,塞林格尽管有过一些青涩之作,但他最初的小说已经精湛纯熟,似乎他不曾受制于经验的缺乏。整个写作生涯中,他的风格当然有变化,但是又仿佛从来没有变过:他的早期和晚期作品都有极大的相似之处,甚至可以说,《麦田里的守望者》和《抬高房梁,木匠们》等几部比较传统的、能够迎合读者审美期待的优秀作品是从他那比较稳定的"令人不适"的风格中变异而来的。他好像一开始就是成熟的小说家,拥有过剩的注意力和能量,也有过混乱的爆发,只不过后来放弃了这种力量,归于平静、虚无,但不是凄凉。或者说,是凄凉中有亲密感。也许是在经年累月的摸索中,他最后决定自己想要成就怎样的作品:他不是写不出情节合理、结构规矩的传统小说,恰恰相反,他相当会写。但是,他偏要制造不适,在小说中创造让人战栗的异化的力量,进而对现实进行否定。随着时移,他的写作愈发出于内在需要,倾心于自己原本不熟悉的土壤:禅宗、道家思想、印度教教义,直到完全磨灭小说人物的世俗性,在写作中过一种智识性的生活。读者能看到他在严肃地写作,冒着输掉一切的风险。在这方面,可以说他是鲁莽亢进的,因为要通过小说这种媒介去完成他的精神理想是奢侈的,也是一种苦役。从塞林格的作品中看到他的意志,看到他在动荡的世界中如何自处,看到他的写作跟二战有关,跟冷战有关,跟一个作家的良心有关。我们由此去想象美国和一个时代,然后从混沌中再回到《麦田里的守望者》,读到这部小说的另一层面(恐怕还需要至少一两篇论文才能阐述清楚这一层面,便不在此赘言),才能算读懂了塞林格。从他的作品中,读者不会看到一个快乐的作者,但是会看到一个趋于平静的作者,阅读和研究塞林格也是这样一个从激荡逐渐变得平和的过程。这时候我们可以负责任地说,文学虽然不太能解决实际的问题,至少不解决面包和牛奶,但文学实实在在是一种心灵的教育。

塞林格研究是我学术生涯的起点,我从此要往前看,往前走。但是,当初在日日煎熬和兴奋中写作,直至完成,纵有遗憾,一点一滴,不敢忘怀。我的母亲告诉我,世上有太多人努力却没有回报,我们如果有幸取得一点成绩,不要忘记这是因为有许多人的帮助。我赞同她的话。

感谢我的导师朱刚教授,我不能忘记老师耐心为我解惑,为我提供支持,教给我做学问的方法。

特别感谢陆赟老师。他是我学术路上的领路人。每当我向他请教学术问题时,常常会得到他数千字条理清晰的反馈意见。毫无疑问,若没有陆老师的指导、帮助和鼓励,我的学术道路会倍加艰辛。

感谢解友广老师。我曾经因跨专业读博,非常不适,是解老师最早教我如何做文学研究,甚至具体到如何构思论文架构、如何拟定研究题目这样的"小事"。是他帮助我逐步建立自信,使我相信我也可以成为一名好的研究者。

感谢杨国静老师。他无私慷慨的帮助和提点令我充满感激,充满对未来的信心。

我永远感恩但汉松老师。若非但老师从我研一时期就鼓励我回到英文系读博,有时甚至用过激的语言像禅师一般给我当头棒喝,在我心中埋下这粒种子,我的人生将会完全不同。

感谢我的挚友吴江天,他是一名真正热爱学问、懂得怎样做学问的理想主义者。感谢纪宇,她的聪明才智和写作热情鼓舞着我。感谢汪徐莹,她是我读博时心心相印的学友,我们的友谊延续至今。朋友们让我觉得学术路上的困难尚可以克服。

感谢我的丈夫,他无条件接纳我的全部负面情绪,全力支持我的事业,呵护我们温暖的家。我们曾经相濡以沫走过了各自人生的至暗时刻,我相信这是我们未来生活的根基。

最后,我永远感谢我的母亲。她是我的榜样,是我最好的朋友,但愿我也没有令她失望。